mars 2006
n'ai pas essié la
traduction c. e. le "longa"

Le Miroir se brisa

le 9 septembre, 2004
to Jacques
love Claude
xoxo

Arthur Bernède
LE MASQUE
Collection de romans d'aventures
créée par
ALBERT PIGASSE

Agatha Christie

Le Miroir se brisa

Nouvelle traduction de Michel Averlant

LIBRAIRIE DES CHAMPS-ÉLYSÉES
17, rue Jacob, 75006 Paris

Titre de l'édition originale :

THE MIRROR CRACK'D FROM SIDE TO SIDE

© AGATHA CHRISTIE LIMITED, 1962.
© AGATHA CHRISTIE ET LIBRAIRIE DES CHAMPS-ÉLYSÉES, 1963.
© ÉDITIONS DU MASQUE-HACHETTE LIVRE 1998, *pour la nouvelle traduction.*
Tous droits de traduction, reproduction, adaptation, représentation
réservés pour tous pays.

*A Margaret Rutherford,
en témoignage d'admiration*

*Se défaisant, la trame s'affaissa ;
En mille éclats le miroir se brisa :
« La malédiction est sur moi ! » s'écria
La Dame de Shalott.*
                   Alfred TENNYSON

1

Miss Jane Marple était assise à sa fenêtre. Laquelle fenêtre donnait sur son jardin, longtemps pour elle source d'orgueil et de satisfaction. Tel n'était plus le cas désormais. Le visage de la vieille demoiselle se crispait chaque fois qu'elle le regardait. Cela faisait en effet belle lurette que tout jardinage lui était interdit. Plus question pour elle de se baisser, de biner ni de planter — tout au plus lui était-il permis de tailler çà et là une branche folle, pourvu qu'elle soit à hauteur de main. Le vieux Laycock, qui venait trois fois par semaine, faisait bien évidemment de son mieux. Mais ce mieux-là — encore qu'il n'y eût pas de quoi en faire un plat — obéissait à ses critères à *lui* et ne prenait guère en compte les goûts de la maîtresse de céans. Miss Marple savait très exactement ce qu'elle voulait voir faire et quand elle voulait qu'on le fasse, et elle l'en informait avec force détails et explications. A quoi le vieux Laycock réagissait immanquablement avec son génie bien particulier : acquiescement enthousiaste en aucun cas suivi d'effet.

— Z'avez ben raison, ma p'tite dame. J'm'en vas vous les mettre là dans l'coin, vos saponaires, et pis vos campanules contre l'mur comme c'est qu'vous les voulez... même qu'j'm'en vas vous l'faire sans faute la semaine qui vient.

Les échappatoires de Laycock étaient toujours justifiées par des explications frappées au coin du bon sens et n'allaient jamais sans évoquer les raisons raisonnables invoquées par le capitaine George de *Trois hommes dans un bateau* pour éviter d'avoir à prendre la mer. Dans le cas du capitaine, le vent était toujours contraire, qu'il fût de noroît ou de suroît, qu'il soufflât de l'ouest auquel nul ne saurait se fier ou bien de l'est mille fois plus traître encore. Dans celui de Laycock, c'était le temps. Trop sec — trop humide — annonciateur de déluge — prometteur de gelées sournoises. A moins encore qu'une tâche essentielle n'eût tout bonnement la priorité : d'ordinaire la plantation de choux — cabus ou de Bruxelles — qu'il aimait à cultiver en quantités passant l'entendement. Les principes de Laycock en matière de jardinage étaient simples et aucun de ses employeurs, si prévenu fût-il sur le sujet, n'avait jamais réussi à l'y faire manquer.

Sa doctrine se fondait sur l'absorption d'un nombre incalculable de tasses de thé, fort et très sucré, pour se donner du cœur au ventre, sur le lent balayage répété des feuilles mortes à l'automne et sur la confection de parterres de ses vivaces favorites — essentiellement des asters et des sauges — de manière que, comme il aimait à le préciser, ça « fasse son petit effet » l'été venu. Fervent partisan du poudrage des rosiers pour prévenir l'apparition des pucerons, il tardait cependant toujours à passer à l'action, et toute exigence de bêchage profond et de semis des petits pois en poquets se voyait invariablement opposer que vous auriez dû goûter ses petits pois à lui ! Un régal à pas croire, l'année dernière, et sans qu'il y ait eu besoin de chercher midi à quatorze heures.

Pour être juste, il était attaché à ses employeurs, se prêtait volontiers à leurs caprices horticoles (pour autant qu'il n'en découlât aucun surcroît de travail), mais les légumes demeuraient son credo : parlez-moi d'un bon frisé de Milan ou d'un rouge bien pommé ! Quant aux fleurs, c'était une foutaise à laquelle les personnes du sexe, n'ayant rien de mieux à faire de leurs dix doigts, aimaient à s'adonner. Son affection, il vous la prouvait par l'offrande de plants et boutures des susmentionnés asters, sauges, lobélias de bordure et chrysanthèmes d'été :

— J'suis été faire deux-trois bricoles dans ces nouvelles propriétés du Développement. Y en a des qui veulent des vraiment beaux jardins, là-haut.

Z'achètent bien plus d'plantes qu'y leur en faut, c'qui fait qu'j'en ai apporté quéqu'z'unes, et que j'vous les ai mises en terre en lieu et place d'ces vieux rosiers anciens que plus personne en veut.

Songeant à tout cela, miss Marple détourna son regard du jardin et reprit son tricot.

Il fallait regarder la réalité en face : St Mary Mead n'était plus du tout ce qu'il avait été. Dans un sens, il y a du vrai là-dedans, rien n'est jamais plus ce qu'il était. Libre à tout un chacun d'en accuser la guerre — les deux, en l'occurrence —, la jeune génération, les femmes qui travaillent, la bombe atomique, voire, en dernier ressort, le gouvernement... alors que la réalité, c'est qu'on vieillit. Miss Marple, qui avait oublié d'être bête, le savait fort bien. A ceci près que, bizarrement, c'était à St Mary Mead, sans doute parce qu'elle y avait si longtemps vécu, qu'elle ressentait plus que partout ailleurs les outrages du temps.

Le village, ou en tout cas son cœur « historique », existait encore. Le *Sanglier bleu* s'y dressait toujours, tout comme l'église, le presbytère, ainsi que l'îlot de maisons datant de la reine Anne ou des quatre rois George et dont l'une était la sienne. La maison de miss Hartnell était toujours là, tout comme d'ailleurs miss Hartnell elle-même, bien décidée à pourfendre le progrès jusqu'à son dernier souffle. Miss Wetherby en revanche était morte, et le gérant de la banque avait établi chez elle ses pénates en compagnie de sa famille après avoir donné un coup de jeune à la façade en faisant repeindre portes et fenêtres en bleu roi. S'il y avait des nouveaux venus dans la plupart des autres vieilles demeures, l'apparence de ces dernières n'avait cependant guère changé pour autant car leurs acquéreurs appréciaient précisément ce que l'agent immobilier local appelait « le bon vieux charme d'antan ». Tout au plus s'étaient-ils empressés de les équiper de salles de bains supplémentaires et de s'y ruiner en plomberie, cuisinières électriques et autres lave-vaisselle.

Mais si les bâtisses demeuraient en gros semblables à elles-mêmes, on n'en pouvait dire autant de l'aspect général de la grand-rue. Sitôt que les magasins y changeaient de main, c'était avec la perspective d'une modernisation immédiate autant que forcenée. Avec ses vitrines géantes derrière lesquelles s'alignaient harengs, carrelets et merlans surgelés, la poissonnerie était méconnaissable. Le boucher, quant à lui, avait fait preuve de conservatisme — la bonne viande sera toujours de la bonne viande tant que vous aurez de quoi vous l'offrir. Dans la négative, contentez-vous des bas morceaux et gobergez-vous de semelles de bottes. Barnes, l'épicier, était resté tel qu'en lui-même, ce dont miss Hartnell, miss Marple et consorts remerciaient quotidiennement le ciel. Un homme si *serviable*, qui mettait des sièges confortables à la disposition de ses clientes afin qu'elles puissent mieux débattre avec lui de l'art et la manière de découper le bacon, et chez qui l'on vous proposait un tel choix de fromages ! Au bout de la rue, cependant, là où Mr Toms avait autrefois fait commerce de vannerie, se dressait à présent un supermarché flambant neuf — vilipendé par tout ce que St Mary Mead pouvait compter de vieilles.

— Des foules de choses dont on n'a même jamais entendu *parler* ! vitupérait miss Hartnell, intarissable. Tous ces énormes paquets de céréales pour le matin alors qu'on devrait cuisiner pour les enfants des petits déjeuners convenables à base d'œufs au bacon. *En plus de ça*, vous êtes priées de prendre un panier *vous-même* et de tourner en rond pour chercher la marchandise... cela peut aller jusqu'à vous prendre un bon quart d'heure pour trouver tout ce que vous voulez... sans compter que tout est « conditionné » en dépit du bon sens : c'est trop pour vous, ou pas assez. Et puis après ça vous avez droit à une queue à n'en plus finir avant de pouvoir payer à la sortie. Ereintant. Bien sûr, tout ça c'est bel et bon pour les gens du Développement...

Parvenue là, elle s'interrompait.

Parce que, comme c'en était devenu la coutume, toute phrase se devait de s'arrêter là. Pas question de parler de Zone de Développement Urbaine. Le Développement, Point final, comme disaient les modernes. C'était une entité en soi, qui avait droit à la majuscule.

*

Miss Marple poussa une brève exclamation de mécontentement. Elle avait encore sauté une maille. Qui plus est, elle devait l'avoir sautée depuis un bon moment déjà. Et ce n'était que maintenant, alors qu'il lui fallait les recompter avant d'attaquer les diminutions du col, qu'elle s'en avisait. Elle prit une aiguille, plaça son tricot à la lumière et s'arracha les yeux à essayer de trouver l'origine du défaut. Même sa nouvelle paire de lunettes ne l'avançait à rien. Et ça, réfléchit-elle, cela tenait à ce qu'il vient un moment où, en dépit de leurs salles d'attente luxueuses, de leurs instruments à la pointe du progrès, des lumières éblouissantes dont ils vous martyrisent la rétine et des honoraires ahurissants qu'ils vous soutirent, les ophtalmologistes ne peuvent plus grand-chose pour vous. Miss Marple songea non sans quelque nostalgie aux temps si proches encore — mais, à tout prendre, peut-être pas *si proches que ça* — où sa vue portait à l'infini. Du promontoire de son jardin, idéalement situé pour surveiller tout ce qui se passait à St Mary Mead, bien peu avait échappé à son œil acéré ! Et avec l'aide de ses jumelles d'observatrice des oiseaux... (s'adonner à l'observation des oiseaux peut s'avérer *si* profitable !)... elle avait été à même de voir... Elle s'abandonna, laissant libre cours aux images du passé. Anne Protheroe, dans sa robe d'été, longeant le mur du presbytère. Et le colonel Protheroe... le pauvre... un homme insupportable et oh ! combien déplaisant, bien sûr... mais se faire assassiner comme ça... Elle secoua la tête et orienta ses pensées vers Griselda, la ravissante jeune épouse du pasteur. Chère Griselda... une amie si fidèle... une carte de vœux tous les ans. Son gros poupon joufflu était maintenant un robuste gaillard à la tête d'une belle situation. Dans l'ingénierie, c'était bien ça ? Il avait toujours *adoré* mettre ses trains modèle réduit en pièces détachées. Derrière le presbytère, il y avait l'échalier et le sentier conduisant aux gras pâturages où Giles, le fermier, menait

11

paître ses troupeaux et où maintenant... maintenant...

Le Développement.

Mais après tout pourquoi pas ? se rabroua miss Marple. Il fallait bien en passer par là. Ces maisons étaient nécessaires, et elles étaient fort bien construites, s'était-elle laissé dire. Elles avaient été « planifiées », quel qu'ait pu être le sens de ce néologisme. Encore que la raison pour laquelle les rues qui quadrillaient le quartier devaient toutes s'appeler Clos lui échappât. Le clos Aubrey, le clos Longwood, le clos Grandison et le reste à l'avenant. Comme si une rue pouvait, de près ou de loin, ressembler à un clos ! Pourquoi pas le Cloître, tant qu'ils y étaient ? Miss Marple savait parfaitement ce qu'était un cloître. Son oncle avait été chanoine de la cathédrale de Chichester. Enfant, elle était allée faire un séjour chez lui, dans le cloître.

C'était comme Cherry Baker, qui appelait toujours l'antique salon de miss Marple où meubles et bibelots s'entassaient à la mode d'autrefois son « séjour ». Miss Marple la corrigeait gentiment : « C'est mon salon, Cherry. » Et Cherry, parce qu'elle était jeune et pleine de bonne volonté, s'efforçait de s'en souvenir, même si le « séjour » reprenait souvent le dessus. Miss Marple aimait beaucoup Cherry. Elle s'appelait Mrs Baker et venait du Développement. Elle faisait partie du détachement de jeunes femmes au foyer qui faisaient leurs courses au supermarché et poussaient leurs voitures d'enfant dans les rues paisibles de St Mary Mead. Elles étaient toutes coquettes et soignées. Leurs cheveux étaient permanentés. Elles pépiaient, riaient, s'interpellaient. On aurait dit un joyeux envol de moineaux. Prises au piège insidieux de l'Achat à Crédit, elles étaient sans cesse — bien que leurs maris perçoivent tous de bons salaires — en quête de trois sous pour boucler leurs fins de mois. Ce qui les amenait à offrir leurs services pour le ménage ou la cuisine. Cherry était bonne cuisinière, intelligente, savait répondre au téléphone et n'avait pas sa pareille pour relever les erreurs dans les factures des commerçants. Elle rechignait cependant à retourner les matelas et, pour ce qui est de la vaisselle, miss Marple ne passait désormais plus jamais devant l'office sans regarder ailleurs afin de ne pas être témoin de la méthode Cherry qui consistait à jeter le tout pêle-mêle dans l'évier et à l'enfouir sous une avalanche de détergent. Miss Marple avait subrepticement retiré de la circulation son vieux service à thé en Worcester pour ne le ressortir qu'aux grandes occasions. Elle l'avait remplacé par un service moderne à motifs gris perle sur fond blanc et dépourvu de la moindre dorure qui eût été vouée à finir dans le siphon.

Comme tout cela avait été différent par le passé... La fidèle Florence, par exemple, ce grenadier en jupons... et puis il y avait eu Amy, et Clara, et Alice, ces « gentilles petites bonnes » fraîches émoulues de l'Orphelinat de St Faith qu'il fallait « former » et qui s'en allaient ensuite chercher ailleurs de meilleurs gages. La plupart du temps un peu simplettes, souvent souffreteuses et, dans le cas d'Amy, résolument débile. Toutes bavardaient et échangeaient invariablement des ragots avec les autres bonnes du village ; toutes avaient fréquenté le livreur de la poissonnerie, l'aide-jardinier de la mairie ou l'un des innombrables commis de Mr Barnes, l'épicier. Miss Marple les laissa défiler sur l'écran de sa mémoire, se rappelant avec émotion toutes les barboteuses qu'elle avait tricotées pour les naissances qui s'en étaient suivies. Elles n'avaient jamais su se servir d'un téléphone, et l'arithmétique n'était pas leur fort. D'un autre côté, elles savaient nettoyer la vaisselle, et faire un lit. A défaut d'éducation, elles avaient de la pratique. Bizarre que, de nos jours, ce soient les filles instruites qui s'attellent aux tâches domestiques. Des étudiantes étrangères, des filles au pair, des diplômées d'université en vacances, des jeunes femmes mariées comme Cherry Baker qui demeuraient dans les prétendus Clos des nouveaux quartiers.

Restaient toujours, bien évidemment, les créatures comme miss Knight. Ce fut son pas, à l'étage au-dessus, qui, faisant tinter les pendeloques sur la cheminée, la rappela au bon souvenir de miss Marple. Miss Knight venait manifestement d'achever sa sieste et s'apprêtait à sortir faire sa promenade hygiénique. Elle allait descendre demander à miss Marple si elle avait besoin de quelque chose en ville. Le seul fait de penser à miss Knight produisit chez miss Marple l'effet habituel. Bien sûr, c'était très généreux de la part de ce cher Raymond (son neveu), et personne n'aurait pu être plus prévenant que miss Knight, et il allait de soi que cette mauvaise bronchite l'avait bel et bien laissée dans un grand état de faiblesse, et que le Dr Haydock avait décrété avec fermeté qu'elle ne pouvait pas continuer à dormir seule dans la maison avec quelqu'un venant uniquement pour la journée, mais... Elle s'interrompit là. Parce qu'il ne servait à rien de se répéter : « Si seulement il s'agissait de quelqu'un d'autre que miss Knight ! » Car il ne restait maintenant plus grand choix pour les vieilles personnes. La mode de la servante au grand cœur était passée. En cas de maladie grave, vous pouviez batailler pour vous offrir, à prix d'or, une infirmière à domicile, ou encore aller à l'hôpital. Mais, passé la période critique, force était de s'en remettre aux miss Knight de tout poil.

On ne pouvait, au fond, pas reprocher grand-chose à la cohorte des miss Knight, songea miss Marple. Si ce n'est l'état d'exaspération permanente dans lequel elles vous plongeaient. Elles étaient éperdues de gentillesse, prêtes à éprouver une affection vraie pour les personnes dont elles avaient la charge, soucieuses de ne les contrarier sous aucun prétexte mais au contraire de les dérider, de se montrer enjouées et primesautières, et, en gros, de les traiter comme des gamines mentalement attardées.

« Seulement moi, se dit miss Marple, je suis peut-être vieille, mais je n'ai rien d'une gamine attardée. »

A ce moment précis, soufflant comme un phoque ainsi qu'elle ne pouvait s'en empêcher, miss Knight fit bruyamment irruption dans le salon. C'était une grosse femme de 56 printemps aux chairs un peu flasques, aux cheveux jaunâtres relevés en pièce montée et au long nez pointu chaussé de lunettes et qui surmontait une bouche généreuse et une totale absence de menton.

— Nous voilà, nous voilà, nous voilà ! s'exclama-t-elle avec cette radieuse pétulance censée chasser les brumes crépusculaires enveloppant la sénilité. J'espère que *nous avons* fait notre petit somme ?

— *Je* me suis contentée de tricoter, répliqua miss Marple non sans mettre quelque emphase sur le pronom. Et, poursuivit-elle, honteuse et contrite d'avoir à confesser ses faiblesses, j'ai sauté une maille.

— Oh, là, là ! s'émut miss Knight. Mais ce n'est pas grave, nous aurons tôt fait de remédier à cela, n'est-ce pas ?

— *Vous* allez y remédier, précisa miss Marple. *Moi*, j'en suis hélas incapable.

La tonalité un tantinet acerbe de la remarque passa inaperçue. Miss Knight, comme toujours, ne demandait qu'à se montrer serviable.

— Et voilà, fit-elle au bout d'un petit moment. Voilà, voilà, voilà, mon pauvre chou. Notre gros malheur est réparé.

Bien que miss Marple n'ait jamais vu aucun inconvénient à se faire appeler « mon chou » (voire « mon canard ») par la marchande de fruits et légumes ou la gamine de la papeterie, se l'entendre dire par miss Knight la mettait hors d'elle. Encore une de ces avanies dont les vieilles personnes ont à souffrir. Elle remercia miss Knight avec infiniment de courtoisie.

— Et maintenant je m'en vais aller faire ma petite trotte, déclara miss Knight avec entrain. Je ne serai pas longue.

— Ne vous croyez surtout pas obligée de vous dépêcher, affirma miss Marple le plus sincèrement du monde.

— Vous savez que je n'aime pas vous abandonner trop longtemps à vous-même, mon chou, vous pourriez broyer du noir.

— Je vous assure que je suis de très bonne humeur, se défendit miss Marple. Je vais peut-être bien...

Elle ferma les yeux :

— Je vais peut-être bien le faire après tout, ce petit somme.

— C'est parfait, mon chou. Y a-t-il quoi que ce soit que je puisse vous rapporter ?

Miss Marple rouvrit les yeux et se creusa la tête :

— Vous pourriez passer voir chez Longdon si les rideaux sont prêts. Et peut-être me prendre un autre écheveau de laine bleue chez Wisley. Ainsi qu'une boîte de pastilles au cassis à la pharmacie. Et puis m'échanger mon livre à la bibliothèque... mais ne vous en laissez pas refiler d'autres que ceux qui sont sur ma liste. Le dernier était abominable. Je n'ai pas réussi à le lire.

Elle lui tendit *L'Eveil du printemps*.

— Comment, comment, comment ? Vous ne l'avez pas aimé ? J'aurais juré que vous en raffoleriez. Une si belle histoire !

— Et si ce n'est pas trop loin pour vous et ne vous ennuyait pas trop, peut-être pourriez-vous pousser jusqu'à chez Halletts et leur demander s'ils ont un de ces battoirs à faire les blancs en neige... ceux à ressort vertical — pas ceux-à-poignée-qu'il-faut-tourner.

(Elle savait pertinemment qu'ils ne faisaient pas ce genre d'article, mais c'était le magasin le plus éloigné auquel elle puisse songer.)

— Si tout cela n'est pas beaucoup trop vous demander... murmura-t-elle.

— Mais pas du tout ! se récria miss Knight avec une sincérité manifeste. J'en serai ravie.

Miss Knight adorait courir les magasins. C'était pour elle le sel de l'existence. On y rencontrait amies et connaissances, on pouvait y faire la causette, cancaner avec les serveuses, comparer l'échantillonnage des articles d'une boutique à l'autre. Le tout pendant des heures et sans en éprouver le moindre sentiment de culpabilité.

Aussi, sur un dernier regard à la frêle vieille qui dodelinait béatement de la tête auprès de sa fenêtre, miss Knight s'en fut-elle gaiement.

Après avoir patienté quelques minutes de peur qu'elle ne revienne chercher un filet à provisions, son sac à main ou un mouchoir (miss Knight, qui n'avait pas de tête, était coutumière du retour inopiné), et aussi afin de se laisser le temps de récupérer après l'effort mental qu'il lui avait fallu fournir pour prier la malheureuse de lui rapporter un si grand nombre de bricoles dont elle n'avait aucun besoin, miss Marple sauta sur ses pieds, abandonna son tricot et se dirigea à grands pas vers le hall. Elle décrocha son paletot de demi-saison, troqua ses chaussons contre de solides bottines de marche et prit sa canne. Puis elle sortit de chez elle par la porte de côté.

« Elle en aura pour une heure et demie au bas mot, pronostiqua-t-elle. Et encore... avec tous ces gens du Développement qui doivent être descendus faire leurs achats... »

Miss Marple se représenta les vains efforts de miss Knight, en train de réclamer, chez Longdon, des rideaux qui n'avaient aucune raison d'être prêts.

Elle voyait juste.

A ce moment précis, miss Knight s'exclamait en effet :

— Mais bien sûr ! J'étais quasi certaine en mon for intérieur qu'ils ne seraient pas encore prêts. Mais il va de soi que, dès que la pauvre petite vieille y a fait allusion, je lui ai promis de venir voir. Tous ces pauvres petits vieux, il leur reste si peu à espérer de l'existence. Il faut bien leur passer leurs petites fantaisies. Et c'est une si adorable petite vieille. Elle baisse un peu, ces derniers temps, il fallait bien s'y attendre... leurs facultés s'amenuisent. Tiens ! quelle belle étoffe vous avez là. Vous la faites dans d'autres coloris ?

Vingt minutes exquises s'écoulèrent. Mais quand miss Knight se fut enfin décidée à battre en retraite, la doyenne des serveuses eut un reniflement de mépris :

— Elle baisse ? Je le croirai quand je le verrai. La vieille miss Marple a toujours eu bon pied bon œil et été maligne comme un singe, et je serais surprise que ça lui ait passé !

Sur quoi elle condescendit à s'intéresser au cas d'une jeune personne en jeans serrés et polo en canevas qui voulait un métrage de plastique orné de crabes pour s'en faire des rideaux de salle de bains.

« Emily Waters, voilà à qui elle me fait penser, était en train de se dire miss Marple avec la satisfaction qu'elle éprouvait toujours à trouver à un personnage

17

son pendant dans le passé. La même cervelle d'oiseau. Voyons voir, qu'a-t-il bien pu advenir d'Emily ? »

Pas grand-chose, telle fut sa conclusion. Elle avait une fois été à deux doigts des fiançailles avec un vicaire ou un sacristain, mais après quelques années de bonne intelligence, leur liaison avait fait long feu. Chassant sa garde-malade de ses préoccupations, miss Marple reporta son attention sur son environnement immédiat. Elle avait traversé rapidement son jardin, notant tout au plus du coin de l'œil que Laycock avait rabattu ses roses anciennes selon un système de taille qui eût davantage convenu à des hybrides de thé, mais elle refusa de le prendre au tragique et de se laisser distraire du plaisir qu'elle se promettait de cette sortie solitaire. Elle ressentait le délicieux frisson de l'aventure. Elle prit à main droite, poussa la barrière du presbytère, en traversa le jardin et en ressortit par le fond. A l'endroit où se dressait jadis l'échalier il y avait désormais un portillon métallique ouvrant sur un sentier asphalté. Ce dernier menait à un petit pont jeté en travers du ruisseau et, de l'autre côté — là où dans le bon vieux temps paissaient les vaches — au Développement.

2

Se sentant l'âme de Colomb cinglant à la découverte d'un monde nouveau, miss Marple franchit le pont, emprunta le sentier et se retrouva bientôt à fouler le macadam du clos Aubrey.

Bien évidemment, elle avait déjà aperçu le Développement depuis la route de Market Basing, c'est-à-dire loin de son quadrillage de « clos », de ses rangées de maisons pimpantes et coulées dans le même moule avec leurs antennes de télévision et leurs portes et fenêtres à tour de rôle peintes de bleu, de rose, de vert ou de jaune. Mais le tout n'avait jusqu'à présent guère eu plus de réalité qu'une carte de l'Institut géographique. Elle n'y avait jamais mis les pieds. Or, voilà maintenant qu'elle était dans la place, à même de contempler le radieux monde nouveau en train de pousser comme font les champignons — un monde résolument étranger à tout ce qu'elle avait jamais connu. On eût dit une maquette ou un jeu de construction d'enfants. Il s'en dégageait pour elle une incroyable impression d'irréalité.

Les gens non plus ne lui semblaient pas réels. Ces femmes en pantalon, ces garçons et ces hommes à la mine patibulaire, les seins épanouis des gamines de quinze ans... Miss Marple ne pouvait s'empêcher de se croire rendue dans les bas-fonds.

Personne ne semblait se soucier de cette petite vieille qui clopinait au gré de sa fantaisie. Elle quitta le clos Aubrey pour tourner dans le clos Darlington. Elle cheminait à pas lents, tendant avidement l'oreille pour cueillir au passage des bribes de conversation entre les mères qui poussaient leurs landaus, glaner les mots doux que les filles glissaient aux garçons, essayer de traduire les obscures remarques que des « jeunes gens en colère » à l'allure inquiétante échangeaient entre eux. (Etant donné leur âge et leur dégaine, elle supposait qu'ils appartenaient à la confrérie des « jeunes gens en colère ».) Des matrones sortaient sur le pas de leur porte pour houspiller leurs enfants qui, comme toujours, étaient fort occupés à faire ce qu'on les avait sommés de ne surtout pas faire. Les enfants, rendit aussitôt grâces miss Marple, seraient toujours des enfants. Et bientôt elle se prit à sourire, et à réapprovisionner l'éternel stock de ressemblances qu'elle gardait toujours dans un repli de son cerveau.

« Cette femme-là, c'est Carry Edwards tout craché... et cette brune, elle ressemble comme deux gouttes d'eau à Mary Hooper... elle fichera son mariage en l'air aussi sûrement que l'a fait cette petite dinde. Ces garçons... le petit brun, on jurerait Edward Leeke, grand colporteur de bobards devant l'Eternel mais le cœur sur la main... un bon petit homme, réellement... le blond, c'est le portrait du Josh de Mrs Bedwell. De gentils garçons, aussi bien l'un que l'autre... Celui qui a de faux airs de Gregory

Binns risque fort de tourner mal, j'en ai bien peur. Il faut croire qu'il a le même genre de mère... »

Elle bifurqua dans le clos Walsingham et sa bonne humeur ne fit que croître et embellir.

Ce monde tout neuf était le même que l'ancien. Les maisons n'avaient pas le même style, les rues s'appelaient des Clos, les vêtements ne ressemblaient à rien et jusqu'aux voix étaient différentes, mais les êtres humains étaient semblables à ce qu'ils avaient toujours été. Et bien qu'ils massacrent la phraséologie consacrée, leurs sujets de conversation étaient identiques.

A force de tourner à chaque coin dans son périple exploratoire, miss Marple finit par quasiment perdre tout sens de l'orientation et par se retrouver aux limites du lotissement. Elle déboucha en effet dans le clos Carrisbrook, dont la moitié était encore « en construction ». Un jeune couple était penché à la fenêtre du premier étage d'une maison en cours d'achèvement. Ils en discutaient les agréments et leurs voix parvenaient jusqu'à elle :

— Reconnais qu'elle est bien située, Harry.
— L'autre l'était tout aussi bien.
— Celle-ci a deux pièces de plus.
— Qui ne seront pas données ni l'une ni l'autre.
— Oui, mais *j'aime bien* celle-ci.
— Tu m'étonnes !
— Oui, eh bien, toi, arrête de toujours jouer les rabat-joie. Tu sais ce qu'a dit ma mère.
— Ta mère en dit toujours trop.
— Et toi, ne parle pas mal d'elle. Où est-ce que je serais sans ma mère ? Avec ça qu'elle aurait pu se montrer encore plus vache. Au tribunal, qu'elle aurait pu te traîner.
— Oh ! laisse tomber, Lily.
— On a une jolie vue sur les collines. Pour un peu, on verrait...

Elle se pencha davantage au-dehors, corps tout entier tordu vers la gauche :

— Pour un peu on verrait le lac artificiel...

Elle se pencha encore plus largement, sans se rendre compte qu'elle pesait de tout son poids sur un assemblage de solives provisoirement posées là en équilibre instable. Elles cédèrent sous la poussée et basculèrent dans le vide, l'entraînant avec elles. Elle chercha à se rattraper et hurla :

— Harry...

Le jeune se trouvait à deux pas en arrière. Sa seule réaction consista à reculer encore d'un pas...

Battant désespérément l'air de ses bras, elle parvint à se raccrocher au mur. Et elle se redressa.

— Ooouf ! haleta-t-elle en tremblant. Un peu plus et je finissais en bas. Pourquoi tu ne m'as pas retenue ?

— Ça s'est passé tellement vite. Et puis, après tout, tu t'en es tirée sans bobo.

— Tu en as de bonnes, toi ! Il s'en est fallu d'un cheveu, c'est moi qui te le dis. Et regarde le devant de mon corsage : il est fichu.

Miss Marple s'éloigna un peu, puis, cédant à son impulsion, revint sur ses pas.

Plantée au bord de la route, Lily attendait que le jeune homme ait refermé la maison.

Miss Marple la rejoignit et lui parla rapidement à voix basse :

— Si j'étais vous, ma chère petite, je n'épouserais pas ce garçon. Ce qu'il vous faudrait, c'est quelqu'un sur qui compter en cas de danger. Pardonnez-moi de vous avoir dit ça... mais j'estime qu'il était impératif de vous mettre en garde.

Sur quoi elle tourna les talons, abandonnant une Lily éberluée :

— Eh bien ça, par exemple...

Son galant approchait :

— Qu'est-ce qu'elle était en train de te raconter, Lil ?

Lily ouvrit la bouche, la referma, puis sembla se décider :

— Elle me faisait le coup de la diseuse de bonne aventure, si tu veux tout savoir.

Et elle le considéra d'un œil neuf.

Tout à son désir de s'éloigner au plus vite, miss Marple tourna le premier coin de rue, trébucha sur une pierre et s'étala de tout son long.

Une femme sortit en courant de l'une des maisons :

— Seigneur Dieu, voilà ce qui s'appelle ramasser

un billet de parterre ! J'espère que vous ne vous êtes pas fait mal ?

Manifestant un empressement quelque peu excessif, elle passa les deux bras autour de miss Marple et la remit sur ses pieds :

— Rien de cassé, au moins ? A la bonne heure ! Vous devez quand même vous sentir un peu secouée.

La voix était autoritaire, mais néanmoins amicale. Quant à la femme, de formes généreuses et solidement charpentée, elle devait être dans la quarantaine. Ses cheveux très noirs commençaient à grisonner et sa bouche gourmande s'ouvrait, tout au moins aux yeux effarés de miss Marple, sur une trop grande quantité de dents beaucoup trop blanches à son gré.

— Il vaudrait mieux que vous entriez vous asseoir un moment histoire de vous reposer un peu. Je vous ferai une tasse de thé.

Miss Marple la remercia et se laissa guider, au-delà d'une porte peinte en bleu, jusqu'à une petite pièce surabondamment garnie de chaises et de sofas tapissés de cretonne éclatante.

— Là, lui dit son sauveteur en l'installant dans un fauteuil capitonné. Ne bougez pas, je ne disparais que le temps de mettre la bouilloire sur le feu.

Elle s'esquiva en coup de vent et la pièce parut aussitôt plus calme et de proportions plus normales. Miss Marple respira un bon coup. Elle n'avait mal nulle part, mais c'était vrai que son plat ventre l'avait secouée. Les chutes, à son âge, n'étaient pas recommandées. Quoi qu'il en soit, avec un peu de chance, miss Knight n'en saurait jamais rien. Elle remua précautionneusement bras et jambes. Non, rien de cassé. Si seulement elle parvenait à rentrer chez elle sans encombre... Peut-être qu'après une tasse de thé...

La tasse de thé arrivait précisément. Sur un plateau, et accompagnée de quatre petits-beurre au creux d'une coupelle :

— Et voilà ! Je vous la pose devant vous sur la table basse. Voulez-vous que je vous la verse ? Et le sucre ? Vous devriez le boire très sucré.

— Non, pas de sucre, merci.

— Il faut que vous en preniez. A cause de la commotion. J'ai été ambulancière pendant la guerre. Rien de tel que le sucre pour vous remettre d'aplomb.

Elle en plongea d'autorité quatre morceaux dans la tasse et remua vigoureusement :

— Maintenant, avalez ça, et en moins de deux vous vous sentirez d'attaque.

Miss Marple accepta le diktat.

« Gentille femme, songea-t-elle. Elle me rappelle quelqu'un... mais du diable si je me souviens qui ! »

— Vous êtes trop gentille avec moi, sourit-elle.

— Pensez-vous ! L'ange gardien de service, c'est toujours moi. J'adore me décarcasser.

Le bruit de la barrière qu'on poussait la fit regarder par la fenêtre :

— Voilà mon mari qui est de retour. Arthur... nous avons de la visite !

Elle alla dans le hall et en revint avec le dénommé Arthur qui semblait plutôt ahuri. C'était un individu pâlichon, maigrelet et à l'élocution lente.

— Cette dame est tombée sur le trottoir devant chez nous, alors je l'ai bien évidemment fait entrer.

— Votre femme est la gentillesse même, Mr...

— Badcock.

— J'ai peur de lui avoir occasionné bien du tracas, Mr Badcock.

— Ne croyez pas ça. Heather n'aime rien tant que s'occuper de son prochain.

Il regarda la vieille demoiselle avec curiosité :

— Vous vous rendiez à un endroit bien précis ?

— Non, je faisais un tour. J'habite St Mary Mead, la maison derrière le presbytère. Je m'appelle Marple.

— Eh bien si je m'attendais ! s'exclama Heather Badcock. Alors, comme ça, c'est vous miss Marple. Je vous connais comme le loup blanc. Vous êtes celle qui trempe dans tous ces meurtres.

— Heather ! Qu'est-ce que tu...

— Oh ! tu sais bien ce que je veux dire. Pas qui les commet... qui les tire au clair. C'est bien ça, n'est-ce pas ?

Miss Marple confessa avec modestie qu'elle avait

effectivement aidé une fois ou deux à la solution d'affaires criminelles.

— Je me suis laissé dire qu'il y avait eu des meurtres ici, au village. On en parlait, l'autre soir, au club de bingo. Il y en a eu un au manoir de Gossington. Ce n'est pas moi qui irais acheter une propriété où il y a eu un meurtre. J'aurais trop peur que la maison soit hantée.

— Il n'avait pas été commis au manoir. Le cadavre avait été transporté à Gossington, un point c'est tout.

— Et retrouvé dans la bibliothèque, sur la carpette de cheminée, d'après ce qu'on raconte ?

Miss Marple acquiesça de la tête.

— A-t-on idée ! Peut-être qu'ils vont en faire un film. Peut-être que c'est pour ça que Marina Gregg a acheté ce manoir de Gossington.

— Marina Gregg ?

— Oui. Avec son mari. Lui, j'ai oublié son nom... c'est un producteur, je crois bien, ou un metteur en scène... Jason quelque chose. Mais Marina Gregg, elle est ravissante, non ? D'accord, elle n'a pas été dans beaucoup de films depuis quelques années... elle a été malade un bon bout de temps. N'empêche que je continue quand même à trouver que personne ne lui arrive à la cheville. Vous l'avez vue dans *Carmenella* ? Et dans *Le Prix de l'Amour* ? Et dans *Marie, Reine d'Ecosse* ? Elle n'est plus aussi jeune, mais ça reste une actrice fantastique. J'ai été une de ses fans, je l'ai toujours portée aux nues. Quand j'avais quinze ans, je rêvais d'elle. La plus grande joie de mon existence, ç'a été quand il y a eu une grande fête de bienfaisance au profit du dispensaire St John, qui avait une antenne aux Bermudes, et que Marina Gregg devait venir inaugurer. Ça m'avait tellement mise dans tous mes états que je m'étais retrouvée avec une fièvre de cheval et que le médecin m'avait interdit de sortir de mon lit. Mais je n'allais pas me laisser abattre pour si peu. Je ne me sentais après tout pas si mal. Ce qui fait que je me suis levée, que je me suis tartiné trois couches de maquillage et que j'y ai foncé. Je lui ai été présentée, et elle m'a parlé trois bonnes minutes et donné un autographe. C'était fabuleux. Je n'oublierai jamais ce jour-là.

Miss Marple ouvrit de grands yeux.

— J'espère que vous n'avez pas souffert de... de séquelles fâcheuses ? s'inquiéta-t-elle rétrospectivement.

Heather Badcock éclata de rire :

— Pas le moins du monde. Je ne me suis jamais sentie mieux après. Comme j'aime à le répéter : quand on veut vraiment quelque chose, il ne faut reculer devant rien pour l'obtenir. C'est ce que je fais toujours.

Elle se remit à rire. D'un rire un peu strident.

— Il n'y a jamais rien pour arrêter Heather, souligna Arthur Badcock avec admiration. Elle finit toujours par emporter le morceau.

— Alison Wilde, murmura miss Marple en redressant le menton avec satisfaction.

— Je vous demande pardon ? balbutia Mr Badcock.

— Oh ! rien... Juste quelqu'un que j'ai connu.

Heather la regarda d'un air inquisiteur.

— Vous me rappelez quelqu'un, la renseigna-t-elle. C'est tout.

— C'est vrai ? J'espère que c'était quelqu'un de bien.

— De très bien, oui, répondit lentement miss Marple. Elle était gentille, pleine de santé. Elle adorait la vie.

— Elle avait quand même ses défauts, j'imagine ? fit Heather en riant. J'en ai bien, moi.

— Comment dire ? Alison était toujours tellement obnubilée par sa propre vision des choses qu'elle ne soupçonnait même pas que ses décisions puissent affecter autrui.

— Comme la fois où tu as hébergé cette famille expulsée d'un pavillon voué à la destruction et où ils sont partis en emportant les petites cuillères, maugréa Arthur.

— Mais enfin, Arthur !... On ne pouvait pas les laisser à la rue. Ça ne se fait pas.

— C'était de l'argenterie de famille, continua de geindre Arthur. Elle me venait de mon arrière-grand-mère.

— Oh ! oublie cette vieille histoire de cuillères, Arthur. C'est toujours la même rengaine, avec toi.

— Je suis sans doute du genre rancunier.

Miss Marple le dévisagea, pensive.

— Et qu'est devenue votre amie ? lui demanda Heather, manifestant un intérêt poli.

Miss Marple traîna quelque peu à répondre :

— Alison Wilde ? Oh !... elle est morte.

3

— Je suis bien contente d'être de retour, déclara Mrs Bantry. Dieu sait pourtant si ce périple a été merveilleux.

Miss Marple hocha la tête avec satisfaction et accepta la tasse de thé que lui tendait son amie.

Quand son mari, le colonel Bantry, était mort quelques années plus tôt, Mrs Bantry avait vendu le manoir de Gossington et les terres qui y étaient attachées, ne gardant pour elle que East Lodge, charmante bâtisse à colonnades d'un total inconfort que même l'aide-jardinier avait naguère refusé d'habiter. Elle avait fait adjoindre à cet ancien pavillon de garde depuis longtemps désaffecté les éléments obligés de la vie moderne : l'eau, l'électricité, une cuisine intégrée dernier cri et une salle de bains. Le tout avait coûté les yeux de la tête mais lui était cependant revenu moins cher que ne l'eût fait l'entretien du manoir. Elle s'était en outre assuré un minimum d'isolement — trois bons hectares de pelouses joliment cernées d'arbres —, ce qui revenait à dire, ainsi qu'elle l'expliquait, que : « Quoi qu'ils fassent de Gossington, je ne le verrai pas et n'aurai pas à m'en soucier. »

Les dernières années, elle les avait essentiellement passées à voyager pour visiter enfants et petits-enfants aux quatre coins du monde, ne revenant que de temps à autre goûter l'intimité de sa nouvelle installation. Le manoir de Gossington, quant à lui, avait plusieurs fois changé de mains. Transformé de prime abord en pension de famille aussitôt vouée à l'insuccès, il avait été racheté par quatre ménages qui s'étaient empressés de le diviser sommairement en appartements et n'avaient, comme il se doit, pas tardé à se battre comme des chiffonniers. Ensuite de quoi le ministère de la Santé s'en était porté acquéreur pour la réalisation d'un obscur projet — lequel n'avait aussitôt plus été à l'ordre du jour. Ce ministère venait de le revendre — et c'était de cette vente-là que discutaient les deux amies.

— J'ai eu vent des rumeurs, bien entendu, signala miss Marple.

— Le contraire m'eût étonnée, sourit Mrs Bantry. On a été jusqu'à raconter que Charlie Chaplin et toute sa marmaille allaient venir vivre ici. Ç'aurait été tordant. Hélas, c'était un bobard. Non, c'est en fin de compte Marina Gregg.

— Ce qu'elle était adorable ! s'émut miss Marple dans un soupir. Je me souviendrai toujours des films de sa première période. *Oiseau de passage*, avec le beau Joel Roberts. Et son film sur la vie de Marie, reine d'Ecosse. Et, bien sûr, c'était un peu guimauve, mais j'ai adoré *Gambadons dans les blés*. Mon Dieu, cela ne nous rajeunit pas, tout ça.

— Non, convint Mrs Bantry. Elle doit avoir... qu'est-ce que vous en pensez ? 45 ans ? 50 ?

Miss Marple penchait pour les 50.

— Elle a tourné dans quelque chose, récemment ? C'est vrai que je ne vais pas souvent au cinéma.

— Rien que des petits rôles, je crois, dit Mrs Bantry. Son statut de star, elle l'a perdu depuis un petit bout de temps déjà. Elle a fait une mauvaise dépression nerveuse. Après un de ses divorces.

— La collection de maris qu'elles ont toutes ! soupira miss Marple. Ce doit être éreintant.

— Moi, ça ne m'irait pas du tout, décréta Mrs Bantry. Après être tombée amoureuse d'un homme, l'avoir épousé, vous être résignée à ses manies... s'en aller tout flanquer en l'air et recommencer ! Il faut être cinglée.

— N'ayant jamais été mariée, je m'avance sans doute beaucoup, commenta miss Marple avec le petit rire toussoté commun aux vieilles filles. Mais, voyez-vous, ma toute bonne, cela me paraît du *gâchis*.

— Etant donné le genre de vie qu'elles mènent, toujours sous le nez du public, j'imagine qu'elles n'y peuvent au fond rien, hasarda Mrs Bantry. Je l'ai rencontrée, au fait, ajouta-t-elle. Quand j'étais en Californie.

— Comment était-elle ? tint à savoir miss Marple.

— Exquise, la rassura Mrs Bantry. Le comble du naturel et de la simplicité.

» C'est comme un emploi à plein temps, au bout du compte, ajouta-t-elle après mûre réflexion.

— Quoi donc ?

— Se montrer naturelle, et virginale comme au premier jour. Vous apprenez à le faire, et puis après vous êtes contrainte et forcée de continuer quoi qu'il arrive. Vous imaginez l'enfer que ça doit représenter ? Ne jamais pouvoir tout envoyer balader, ne jamais pouvoir dire aux gens : « Bon Dieu de bois, arrêtez de me casser les pieds ! » Pas étonnant que, pour compenser, vous vous jetiez sur la drogue ou couriez les orgies.

— Elle a eu cinq maris, si je ne m'abuse ?

— Au bas mot. Un premier, très tôt et qui n'a pas compté, et puis un prince ou un comte étranger, et ensuite une star lui aussi, Robert Truscott c'est bien ça ? On en a fait la romance du siècle. Mais ça n'a duré que quatre ans. Après ça, il y a eu Isidore Wright, l'auteur dramatique. Ça a été assez sérieux et sans histoire, et elle a eu un enfant — apparemment, elle était toujours morte d'envie d'en avoir un... elle était même allée jusqu'à adopter à moitié une poignée d'orphelins — quoi qu'il en soit, ça a été le grand truc. Monté en épingle comme jamais. La Maternité avec un grand M. Cela dit, je crois bien que le gosse était anormal, ou débile profond ou Dieu sait quoi... Et c'est après ça qu'elle a fait sa dépression, qu'elle a sombré dans la drogue et tout ce qui s'ensuit, et puis qu'elle a fichu en l'air sa carrière.

— Vous semblez en savoir long sur son compte, s'étonna miss Marple.

— C'est pourtant bien naturel. Quand elle s'est

portée acquéreur de Gossington, le sujet s'est mis à m'intéresser. Elle a épousé son mari actuel il y a deux ans et il paraît qu'elle est de nouveau très bien. Il est producteur... ou est-ce que ce n'est pas plutôt metteur en scène ? Je m'embrouille toujours. Il était amoureux d'elle depuis ses débuts, seulement il ne représentait pas grand-chose sur le marché à l'époque. Mais maintenant, je crois qu'on parle beaucoup de lui. Comment s'appelle-t-il, au fait ? Jason... Jason je ne sais pas trop quoi. Jason Hudd, non Rudd, c'est ça. Ils ont acheté Gossington parce que c'est bien situé par rapport à...

Elle hésita :

— ... à Elstree ?

Miss Marple secoua la tête :

— Cela m'étonnerait. Elstree est au nord de Londres.

— Ce sont les nouveaux studios. Hellingforth... voilà, j'y suis. Ça a l'air tellement finlandais, comme nom ! C'est à 10 kilomètres de Market Basing. Elle va tourner un film sur Elisabeth d'Autriche, si j'ai bien compris.

— Vous savez vraiment tout sur la vie des stars de cinéma, s'émerveilla miss Marple. Vous avez appris tout ça en Californie ?

— Pas vraiment, avoua Mrs Bantry. Je tire en fait ma science des magazines époustouflants que je dévore chez mon coiffeur. Je ne connais même pas la plupart des vedettes par leur nom mais, comme je vous l'ai dit, Marina Gregg et son mari ayant acheté Gossington, ma curiosité a été piquée. Si vous saviez les choses que ces magazines peuvent raconter ! Je ne peux pas imaginer un instant que même la moitié soit vrai... probablement même pas le quart. *Je ne crois pas* que Marina Gregg soit nymphomane, *je ne crois pas* qu'elle boive, sans doute ne se drogue-t-elle même pas et, selon toute vraisemblance, elle aura simplement fichu le camp pour se reposer et n'aura jamais eu de dépression nerveuse du tout ! Le seul renseignement exact concerne son arrivée ici.

— La semaine prochaine, ai-je entendu dire, souffla miss Marple.

— Si vite que ça ? Je sais qu'elle prête Gossington

le 23 pour une kermesse monstre au profit de la Fondation St John. J'imagine qu'ils ont fait beaucoup de transformations dans la maison ?

— Ils ont pratiquement tout changé, déplora miss Marple. Ç'aurait été plus simple, et cela aurait sûrement coûté moins cher, de la raser et d'en construire une neuve.

— Des salles de bains, sans l'ombre d'un doute ?

— Six de plus, il paraît. Et un court de squash. Et une piscine. Et ce que je crois qu'ils appellent des fenêtres panoramiques. Et ils ont abattu la cloison entre le bureau de votre mari et la bibliothèque pour créer une salle de musique.

— Arthur va se retourner dans sa tombe. Vous savez comme il détestait la musique. Il ne reconnaissait pas un son d'un autre, le pauvre. Sa tête quand des amis nous emmenaient à l'opéra ! Il va probablement revenir les hanter.

Elle s'interrompit et demanda tout à trac :

— Personne n'est encore allé raconter que Gossington pouvait être hanté ?

Miss Marple secoua la tête, catégorique :

— Il ne l'est pas.

— Ce n'est pas ça qui empêcherait les gens de prétendre le contraire, fit remarquer Mrs Bantry.

— Personne ne s'y est encore risqué.

Miss Marple marqua un temps et reprit :

— Les gens ne sont pas stupides, voyons. Pas dans nos villages.

Mrs Bantry lui décocha un coup d'œil en coin :

— Vous avez toujours tenu à ça mordicus, Jane. Et ce n'est pas moi qui irai prétendre que vous avez tort.

Son visage s'éclaira d'un sourire :

— Marina Gregg m'a demandé, avec beaucoup de douceur et de délicatesse, si ça ne me ferait pas de la peine de voir ma maison occupée par des étrangers. Je lui ai garanti que ça ne me ferait ni chaud ni froid. Et j'ai l'impression qu'elle ne m'a pas crue. Mais après tout, et vous le savez très bien, Jane, Gossington n'a jamais été pour nous une maison de famille. Nous n'y sommes pas nés et n'y avons pas été élevés, or c'est cela qui compte. C'était juste une

propriété, idéale pour la chasse et la pêche, que nous avions achetée quand Arthur a pris sa retraite. Nous l'avions envisagée, je m'en souviens encore, comme une maison sans problèmes et facile à tenir ! Où avions-nous la tête, je me le demande ! Ces enfilades de couloirs et ces escaliers à n'en plus finir. Quatre domestiques seulement ! *Seulement !* C'était le bon temps, ha ! ha !
Elle enchaîna brusquement :
— Qu'est-ce que c'est que cette histoire de chute que vous avez faite ? Cette Knight de malheur ne devrait pas vous laisser sortir toute seule.
— La pauvre miss Knight n'y est pour rien. Je lui avais donné un tas de courses à faire et puis je...
— Vous lui aviez sciemment fait débarrasser le plancher ? Je vois. Vous ne devriez pas jouer avec ça, Jane. Pas à votre âge.
— Comment en avez-vous entendu parler ?
Mrs Bantry cligna de l'œil :
— Rien n'est jamais secret bien longtemps à St Mary Mead. Combien de fois ne me l'avez-vous pas répété ? C'est Mrs Meavy qui m'a vendu la mèche.
— Mrs Meavy ? répéta miss Marple, nageant dans le bleu.
— Elle vient me faire mon ménage. Elle habite le Développement.
— Ah ! Le Développement.
Le silence habituel s'ensuivit.
— Et qu'est-ce que vous y fabriquiez, vous, au Développement ? voulut néanmoins savoir Mrs Bantry.
— J'avais eu envie d'y jeter un coup d'œil. D'aller voir à quoi y ressemblaient les gens.
— Et à quelle conclusion êtes-vous parvenue ?
— Ils sont faits comme tout un chacun. Et j'hésite à décider si je trouve cela décevant ou au contraire rassurant.
— Je parierais pour décevant, non ?
— Non. A vrai dire, je crois plutôt que c'est rassurant. Cela vous permet de... comment dire ?... de définir certains types humains... de telle sorte que si quoi que ce soit arrive... vous serez mieux à même d'en appréhender la raison profonde, le *pourquoi*.

— Un meurtre, vous voulez dire ?

Miss Marple parut choquée :

— Je ne vois pas ce qui pourrait bien vous faire croire que je pense *tout le temps* au meurtre et à l'assassinat.

— Votre réaction est absurde, Jane. Je ne comprends pas ce qui vous empêche de sauter le pas, de vous déclarer criminologiste en chambre et que le problème soit réglé.

— Le simple fait que criminologiste ne suis ! s'enflamma miss Marple. Il se trouve tout au plus que je possède une certaine connaissance de l'être humain et de sa nature profonde... ce qui n'a rien que de parfaitement banal chez quelqu'un qui a passé toute sa vie dans un petit village.

— Vous devez avoir raison, admit pensivement Mrs Bantry. Encore que la plupart des gens soient bien entendu de l'avis opposé. Votre neveu Raymond a toujours clamé haut et fort que cet endroit était un cul-de-basse-fosse.

— Cher Raymond, murmura miss Marple avec indulgence. Il s'est toujours montré si gentil avec moi, ajouta-t-elle. C'est lui qui paie miss Knight, vous savez.

Le fait de citer miss Knight la ramena à un tout autre genre de préoccupations et elle se leva :

— Je crois qu'il serait grand temps que je rentre.

— Vous n'avez pas fait tout le chemin à pied jusqu'ici, j'espère ?

— Bien sûr que non. J'étais venue en Inch.

Cette déclaration somme toute assez énigmatique rencontra la plus parfaite compréhension. En des temps désormais lointains, Mr Inch avait été propriétaire de deux fiacres qui attendaient les voyageurs à la gare locale et que les dames du cru affrétaient à la journée pour « faire visite », utilisaient pour se rendre à leurs thés et empruntaient même à l'occasion avec leurs filles pour mener les chères petites à des plaisirs aussi frivoles que les après-midi dansants. L'âge venu, Inch, vieillard rubicond qui allait sur ses 70 printemps et quelques, avait cédé la place à son fils — connu comme « le jeune Inch » (il avait alors 45 ans) — tout en continuant à conduire lui-même certaines nonagénaires effarouchées par la jeunesse et la subséquente irresponsabilité du gamin. Pour être de son temps, le jeune Inch avait abandonné ses fiacres au profit de véhicules à moteur. Hélas pas très doué pour la mécanique, il s'était vu un beau jour supplanter par un Mr Bardwell. Le nom de Inch n'en avait pas moins perduré. Mr Bardwell avait à son tour vendu le fonds de commerce à Mr Roberts, mais dans le bottin la dénomination officielle était demeurée *Entreprise de Taxis Inch* et les doyennes de la communauté continuaient à évoquer leurs déplacements « en Inch », comme si elles étaient Jonas et Inch, la baleine.

*

— Le Dr Haydock est passé, lui reprocha Miss Knight. Je lui ai expliqué que vous étiez allée prendre le thé avec Mrs Bantry. Il m'a dit qu'il reviendrait demain matin.

Elle aida miss Marple à se défaire de ses écharpes.

— Et maintenant, j'imagine que nous sommes épuisée, enchaîna-t-elle d'un ton accusateur.

— *Vous* l'êtes peut-être, riposta miss Marple. *Moi*, pas le moins du monde.

— Venez vite vous asseoir bien au chaud près du feu, poursuivit miss Knight qui, selon son habitude, n'avait pas écouté. (« Inutile de se soucier de ce que racontent ces vieilles choutes chéries. Je suis là pour leur remonter le moral. ») Et maintenant que dirions-nous d'une bonne tasse d'Ovomaltine ? Ou d'un Viandox, pour changer ?

Miss Marple la remercia et lui confia qu'elle aimerait un petit verre de xérès. Du sec. Miss Knight lui jeta un regard désapprobateur.

— Ce que je ne sais pas, c'est ce que le docteur dirait de ça, gronda-t-elle quand elle revint avec le verre.

— Nous nous ferons un devoir de lui poser la question demain matin, trancha miss Marple.

Le lendemain matin, miss Knight retint le Dr Haydock dans l'entrée et se répandit en chuchotements exacerbés.

Sitôt après le vieux médecin pénétra dans le salon en se frottant les mains, car la matinée était fraîche.

— Voici notre docteur qui vient nous voir, fredonna presque miss Knight. Puis-je vous débarrasser de vos gants, docteur ?

— Ils seront très bien là, répondit Haydock en les jetant sur la table. Il fait frisquet, aujourd'hui.

— Un petit verre de xérès pour vous réchauffer, peut-être ? offrit miss Marple.

— Je me suis laissé dire que vous sombriez dans l'alcoolisme. Et on ne devrait jamais laisser quiconque boire en solitaire.

La carafe et les verres trônaient déjà sur la table basse, à portée de main de la vieille demoiselle. Miss Knight battit en retraite.

Le Dr Haydock était un ami de fort longue date. A demi retiré, il n'en continuait pas moins à soigner quelques-unes de ses plus anciennes clientes.

— On m'a confié aussi que vous vous cassez un peu partout la figure, dit-il en finissant son verre. Et ça, ce n'est pas très malin à votre âge. Faites un peu attention. Il paraît enfin que vous ne vouliez pas qu'on envoie chercher Sandford.

Sandford partageait le cabinet de Haydock.

— Votre miss Knight l'a appelé quand même... et elle a eu bien raison.

— J'étais seulement contusionnée et un peu secouée. C'est d'ailleurs ce qu'a confirmé le Dr Sandford. J'aurais très bien pu attendre votre retour.

— Non, alors là, écoutez-moi, ma chère. Je ne serai pas éternel. Et Sandford, permettez-moi de vous le répéter, est bien plus qualifié que moi. C'est un praticien de premier ordre.

— Ces jeunes médecins sont tous les mêmes, ronchonna miss Marple. Ils vous prennent votre tension et, quoi que vous puissiez avoir, ils vous refilent leurs pilules dernier modèle fabriquées à grande échelle dans des laboratoires. Des brunes, des jaunes, des roses. La médecine s'est mise à ressembler à un supermarché... tout y est préemballé.

— Vous mériteriez que je vous fasse poser des sangsues et que je vous prescrive des ventouses et des massages pectoraux à l'huile camphrée.

— C'est comme ça que je me soigne moi-même quand j'ai un rhume, fulmina miss Marple, et je m'en suis toujours très bien trouvée.

— Nous n'aimons pas vieillir, c'est ça le problème, lui dit gentiment Haydock. Moi, cela me fait horreur.

— A côté de moi, vous êtes un gamin, sourit miss Marple. Et puis cela ne m'ennuie pas vraiment de m'enfoncer dans la vieillesse... cela ne m'ennuie pas en soi. Ce phénomène physique n'est encore que le moindre des outrages.

— Je crois savoir ce que vous voulez dire.

— Ne plus jamais être seule ! Ne plus pouvoir mettre un pied dehors sans que cela fasse des histoires. Ne plus avoir une minute de paix bien à soi. Et même mon tricot... Dieu sait le plaisir et le réconfort que cela avait toujours été pour moi, qui étais adroite de mes mains... Maintenant, je saute tout le temps des mailles... et bien souvent je ne m'aperçois même pas que je les ai sautées.

Haydock la considéra d'un air pensif.

Puis son œil pétilla :

— Il vous reste toujours la solution inverse.

— Allons bon ! Qu'est-ce que vous entendez par là ?

— Si vous n'arrivez pas à tricoter, pourquoi ne détricoteriez-vous pas pour changer ? Faire et défaire, c'est toujours travailler... Pénélope y a passé son existence.

— Ma situation n'est de loin pas la même.

— Mais détricoter d'innombrables intrigues et démêler de sombres écheveaux est plutôt votre tasse de thé, non ?

Il se leva :

— Il faut que je file. Mon ordonnance pour aujourd'hui ? Un bon petit meurtre bien juteux.

— Vous devriez avoir honte de proférer des horreurs pareilles !

— N'est-ce pas ? Cependant, à titre d'ersatz, vous pouvez toujours tenter de calculer la vitesse à laquelle le persil haché s'enfonce dans le beurre par une belle journée d'été. Je me suis toujours posé la question moi-même. Cher et brave vieux Holmes.

Considéré comme une antiquité, à l'heure actuelle, j'imagine. Mais il ne sera jamais oublié.

Miss Knight revint, folâtre, après le départ du médecin :

— Eh bien, eh bien, mais nous paraissons *beaucoup* plus enjouée ! Ce bon docteur nous a prescrit un remontant ?

— Il m'a recommandé de m'intéresser au crime.

— Un bon roman policier ?

— Non, un meurtre pour de vrai.

— Seigneur Dieu ! s'étrangla miss Knight. Mais il n'y a heureusement guère de chances qu'un meurtre soit perpétré dans ce St Mary Mead bien tranquille.

— Les meurtres, professa miss Marple, peuvent être commis n'importe où... et ne s'en privent d'ailleurs pas.

— Au Développement, peut-être ? hasarda miss Knight. Un tas de blousons noirs s'y promènent avec des couteaux.

Pourtant le meurtre, quand il eut lieu, ne le fit pas au Développement.

4

Mrs Bantry recula de deux pas, se regarda dans sa psyché, rectifia l'inclinaison de son chapeau (elle n'avait pas l'habitude d'en porter), enfila une paire de gants de bonne qualité et sortit de chez elle en refermant soigneusement sa porte. Elle se faisait une joie de ce qui l'attendait. Quelque trois semaines s'étaient écoulées depuis sa conversation avec miss Marple. Marina Gregg et son mari étaient arrivés au manoir de Gossington et y étaient maintenant plus ou moins installés.

Une réunion y était cet après-midi prévue pour les principaux organisateurs de la fête au profit du dispensaire St John. Mrs Bantry ne faisait pas partie du comité mais avait reçu un mot de Marina Gregg lui demandant de venir prendre le thé juste avant. L'invitation, rédigée à la main et pas tapée à la machine, rappelait leur rencontre en Californie et était signée « Cordialement, Marina Gregg ». Il va sans dire que Mrs Bantry en était à la fois ravie et flattée. Après tout, une star de cinéma adulée sera toujours une star de cinéma adulée et les vieilles douairières, eussent-elles joui un temps d'une quelconque notoriété locale, ne sont que trop conscientes de leur totale insignifiance dans la constellation des célébrités. Aussi l'ex-« petite colonelle » se trouvait-elle dans l'état d'esprit d'une gamine à qui on a promis des bonbons.

Tandis qu'elle remontait l'allée principale, son œil expert enregistrait les moindres détails. Depuis la fin de ses reventes en cascade, le parc avait retrouvé beaucoup de classe. On n'avait pas lésiné sur les frais, nota Mrs Bantry avec satisfaction. Les massifs jalonnant l'allée ne laissaient rien deviner du jardin de fleurs et elle en fut satisfaite. Le jardin de fleurs et son fameux parterre d'herbacées avaient toujours été son péché mignon aux temps lointains où elle vivait au manoir. Elle s'autorisa une réminiscence nostalgique de ses iris. La plus belle collection d'iris de la région, se rappela-t-elle avec un sursaut d'orgueil.

Devant une grande porte à la peinture encore quasiment fraîche, elle pressa le bouton de la sonnette. Et le battant lui fut ouvert avec une promptitude de bon aloi par ce qui était indubitablement un majordome italien. Il la mena droit à ce qui avait été la bibliothèque. La pièce, elle le savait déjà, avait été augmentée du bureau de feu le colonel Bantry. Le résultat était impressionnant. Les murs étaient lambrissés, le sol parqueté. Un piano à queue trônait à l'une des extrémités du salon et un splendide électrophone occupait le mur du fond. De l'autre côté, une sorte d'îlot d'intimité se composait d'une table basse et de quelques fauteuils disposés en rond sur un tapis persan. Marina Gregg était assise près de la table tandis qu'un homme, dont Mrs Bantry jugea d'emblée qu'elle n'en avait jamais vu d'aussi laid, s'adossait à la cheminée.

Quelques secondes à peine avant que Mrs Bantry eût sonné, Marina Gregg confiait à son mari d'une voix douce que l'enthousiasme faisait néanmoins vibrer :

— Cet endroit est *fait* pour moi, Jinks, *fait* pour moi. C'est ce dont j'avais toujours rêvé. Le *calme*. Le calme anglais au cœur de la campagne anglaise. Je me vois vivre ici, vivre ici jusqu'à la fin de mes jours au besoin. Et nous allons adopter le mode de vie anglais. Nous prendrons tous les après-midi à 5 heures du thé de Chine dans mon exquis service de porcelaine XVIIIe. Et nous contemplerons par les fenêtres ces pelouses divines et ces merveilleux parterres d'herbacées si typiquement britanniques. Je touche enfin au port. Je suis ici *chez moi*, voilà ce que je ressens. Je sens que je peux m'installer ici, que je peux y goûter le bonheur et la joie. Cette demeure va être notre *foyer*. Voilà ce que j'éprouve. Je suis *chez moi*.

Et Jason Rudd (Jinks pour sa femme) lui avait souri. Ç'avait été un sourire d'indulgent acquiescement, qui n'en trahissait pas moins une réserve bien légitime car c'était là un refrain souvent entendu. Mais qui sait ? Peut-être que, cette fois, ce serait vrai. Peut-être cet endroit était-il bel et bien celui-là même où elle se sentirait chez elle. Mais il ne connaissait que trop bien ses foucades passées. Elle était toujours si sûre d'avoir enfin trouvé ce qu'elle cherchait.

— C'est formidable, chérie, lui avait-il dit de sa voix grave. C'est absolument formidable. Je suis content que cet endroit te plaise.

— Qu'il me plaise ? Mais je l'adore ! Tu ne l'adores pas, toi ?

— Bien sûr que si. Bien sûr que si.

Ce n'était en effet pas trop mal, s'était-il alors dit. Du bon gros victorien mastoc, laid à souhait mais solidement construit. Il en émanait, il fallait l'admettre, une impression de sécurité, d'invulnérabilité. Maintenant que les plus effroyables de ses inconvénients avaient été gommés, la bâtisse serait raisonnablement confortable à vivre. Pas désagréable comme endroit où revenir de temps en temps. Avec un peu de chance, Marina ne la prendrait pas en grippe avant... mettons deux ans ou deux ans et demi. Comment savoir ?

— C'est tellement merveilleux de se sentir à nouveau bien, ronronnait Marina. Bien et en forme. A même d'affronter l'existence.

— Bien sûr, chérie, répéta-t-il. Bien sûr.

Et c'était à ce moment-là que la porte s'était ouverte et que le majordome italien à l'œil de braise avait introduit Mrs Bantry.

L'accueil que lui réserva Marina Gregg fut en tous points charmant. Elle se précipita, mains tendues, disant combien elle était heureuse de ces retrouvailles. Et quelle coïncidence que, pas plus tard que deux ans après qu'elles avaient fait connaissance à San Francisco, Jinks et elle aient précisément acheté la maison qui lui avait autrefois appartenu. Et elle espérait de tout son cœur, elle espérait vraiment que Mrs Bantry ne leur en voudrait pas du bouleversement et des transformations qu'ils avaient apportés et qu'elle n'en viendrait jamais à les considérer comme d'abominables intrus.

— Le fait que vous soyez venus vous y installer est un des événements les plus extraordinaires qui se soient jamais produits ici ! se récria Mrs Bantry en regardant en direction de la cheminée.

Le résultat en fut que, presque comme si l'idée venait seulement de lui traverser l'esprit, Marina Gregg fit les présentations :

— Vous ne connaissez pas mon mari, n'est-ce pas ? Jason, voici Mrs Bantry.

Mrs Bantry dévisagea Jason Rudd avec intérêt. Sa première impression de laideur absolue s'atténua. Il avait des yeux intéressants. Les plus profondément enfoncés dans leurs orbites dont elle ait jamais croisé le regard. D'insondables lacs d'eau tranquille, se dit-elle en songeant qu'elle versait dans le côté romancière cucul la praline. Le reste de ses traits était raviné et presque grotesquement disproportionné. Son nez avait des allures de promontoire et une touche de rouge l'aurait sans peine transformé en nez de clown. Du clown, il avait aussi l'énorme bouche triste. Etait-il en outre d'une humeur de dogue ou faisait-il toujours cette tête-là, il était trop tôt pour parvenir à une conclusion. Sa voix, quand

39

il se mit à parler, la surprit cependant en bien. Elle était agréable. Profonde et mesurée.

— Un mari, fit-il, on y pense toujours avec un temps de décalage. Mais permettez-moi de vous affirmer avec ma femme que nous sommes infiniment heureux de vous accueillir ici. J'espère que vous ne déplorez pas trop que ce ne soit pas l'inverse qui se passe.

— Otez-vous de l'esprit l'idée selon laquelle j'aurais été spoliée par vous du toit sous lequel je suis née. Ce manoir n'a jamais été une propriété de famille. Je ne cesse de me féliciter de l'avoir vendu. Il était très incommode à tenir. J'aimais beaucoup le jardin, mais la maison devenait chaque jour davantage une charge. Je coule des jours divins depuis que j'en suis débarrassée. Je m'amuse, je voyage, je sillonne le monde pour voir mes filles mariées, mes petits-enfants et les amis que j'ai un peu partout.

— Vos filles, releva Marina Gregg. Vous avez des filles et des garçons ?

— Deux garçons et deux filles, et très éparpillés. Une au Kenya, l'autre en Afrique du Sud. Un fils du côté du Texas, et le dernier à Londres, Dieu merci.

— Quatre, s'émut Marina Gregg. Quatre enfants... et des petits-enfants ?

— Neuf aux dernières nouvelles. C'est tordant d'être grand-mère. Vous ne vous sentez plus aucune responsabilité parentale. Et vous pouvez les gâter et les pourrir sans remords aucun.

Jason Rudd l'interrompit.

— J'ai peur que le soleil vous gêne, dit-il en allant baisser un store. Il faut que vous nous décriviez à fond ce délicieux village.

Il revint lui tendre une tasse de thé :

— Prendrez-vous un scone tout chaud, un sandwich, ou de ce cake ? Nous avons une cuisinière italienne qui fait d'assez bonnes pâtisseries. Vous voyez que nous nous sommes mis au thé anglais à 5 heures.

— Et celui que vous venez de m'offrir est délicieux, sourit Mrs Bantry tout en le buvant à petites gorgées.

Marina Gregg sourit et parut enchantée. La soudaine crispation de ses doigts, qu'avait remarquée Jason Rudd quelques instants plus tôt, avait maintenant cessé.

Mrs Bantry contemplait son hôtesse avec une admiration non feinte. L'apogée de Marina Gregg avait eu lieu avant que ne s'instaure la prééminence des courbes de terrain. Nul n'aurait pu songer à la décrire comme le Sexe Incarné, pas plus que la surnommer « Le Buste », voire « La Paire de Seins ». Elle était grande, longue et sinueuse. L'architecture de son visage était d'une beauté qui n'allait pas sans rappeler celle de Garbo. Ce qu'elle avait apporté à ses films ? Sa personnalité, plus que son sex-appeal proprement dit. Sa façon de tourner la tête, d'ouvrir ses yeux immenses au regard sans fond, l'imperceptible frémissement de ses lèvres faisaient soudain naître dans l'esprit du spectateur cette sensation de beauté idéale qui ne vient pas de la régularité des traits mais qui vous laisse sans voix. Tout cela, elle le possédait encore, bien qu'à un moindre degré. Comme nombre de comédiennes de la scène et de l'écran, elle maîtrisait cet art qui semble toucher parfois à la manie et qui leur permet de changer de personnalité à volonté. Elle pouvait sans transition rentrer en elle-même, se montrer calme, adorable, lointaine, odieuse au plus éperdu de ses adorateurs. Et puis une inclinaison de la tête, un geste de la main, l'ébauche d'un sourire et la magie renaissait de ses cendres.

L'un de ses triomphes avait été *Marie, Reine d'Ecosse*, et c'était de sa performance dans ce rôle que se souvenait Mrs Bantry en la regardant. L'œil de la digne douairière dévia vers le mari. Lui aussi contemplait Marina. Et, n'étant apparemment plus sur ses gardes, il laissait son visage exprimer sans fard ses sentiments.

« Seigneur Dieu, se dit Mrs Bantry, cet homme est fou d'elle. »

Elle ne savait pas au juste pourquoi elle en était tellement surprise. Peut-être après tout parce que les vedettes de cinéma, leurs amours et la dévotion dont elles sont l'objet semblent si indissociablement liées à la surabondance de presse qu'elles suscitent qu'on ne saurait s'attendre à les voir afficher leurs sentiments sous vos yeux.

— J'espère sincèrement que vous vous plairez ici et que vous serez à même d'y rester un moment, fit-elle impulsivement. Vous comptez garder la maison longtemps ?

Marina tourna la tête en ouvrant de grands yeux étonnés :

— Je souhaite y demeurer ma vie entière. Oh ! je ne veux pas dire que je n'aurai pas à m'éloigner souvent. Il le faudra, bien sûr. J'ai un projet de film en Afrique du Nord l'année prochaine, même si rien n'est encore arrêté. Non, mais ça va être mon port d'attache. Je m'arrangerai toujours pour revenir ici.

Elle soupira :

— C'est ça qui est tellement merveilleux. Le fait de s'être enfin trouvé un endroit où l'on se sente *chez soi*.

— Comme je vous comprends, affirma Mrs Bantry tout en se disant : « Je ne crois pas que cela se passera comme ça. Je ne crois pas un instant que vous soyez du genre à jamais se fixer où que ce soit. »

Elle jeta de nouveau à Jason Rudd un coup d'œil subreptice. Il ne faisait plus la tête, maintenant. Il souriait, au contraire, d'un sourire inattendu et très doux mais qui n'en était pas moins infiniment triste. « Il le sait encore mieux que moi », se dit Mrs Bantry.

La porte s'ouvrit et une jeune femme entra :

— Les Bartlett vous demandent au téléphone, Jason.

— Dites-leur de rappeler.

— Il paraît que c'est urgent.

Il se leva en soupirant.

— Laissez-moi au moins vous présenter à Mrs Bantry, dit-il avant de s'éclipser. Ella Zielinsky, ma secrétaire.

— Prenez une tasse de thé, Ella, proposa Marina comme Ella Zielinsky répondait à la présentation par un souriant « ravie de faire votre connaissance ».

— Je vais manger un sandwich, dit Ella. Je ne suis pas très thé de Chine.

Ella Zielinsky avait à vue de nez 35 ans. Elle portait un tailleur bien coupé, un strict corsage à manchettes et offrait toutes les apparences de la confiance en soi. Elle avait le front large et ses cheveux noirs étaient coupés courts.

— Vous viviez ici, m'ont-ils expliqué, dit-elle à Mrs Bantry.

— C'était il y a maintenant pas mal d'années, répondit cette dernière. J'ai vendu la propriété à la mort de mon mari et elle a, depuis, plusieurs fois changé de mains.

— Mrs Bantry nous assure qu'elle n'est pas horrifiée par les modifications que nous y avons apportées, rappela Marina.

— J'aurais été affreusement déçue de découvrir que vous n'en aviez pas fait, renchérit Mrs Bantry. Je suis venue en piaffant. Je ne peux pas vous dire les rumeurs toutes plus extravagantes les unes que les autres qui courent le village.

— Moi, ce que je n'aurais jamais imaginé, c'est à quel point il est difficile de trouver un plombier dans ce pays, commenta miss Zielinsky en mâchonnant méthodiquement un sandwich. Encore que ça ne fasse pas réellement partie de mes attributions.

— Tout fait partie de vos attributions, tout dépend de vous dans cette maison, Ella, se récria Marina. Et vous dominez tout cela si bien. Les domestiques, et la plomberie, et ces interminables discussions avec les corps de métiers.

— Personne dans le coin ne semble avoir jamais entendu parler de baies panoramiques, regretta Ella.

Ella tourna les yeux vers la fenêtre :

— Mais c'est vrai que la vue est jolie, je dois bien l'admettre.

— C'est un divin panorama de campagne anglaise à l'ancienne ! surenchérit Marina. Cette maison a une *atmosphère*.

Ça paraîtrait nettement moins rural s'il n'y avait pas ces arbres, fit remarquer Ella Zielinsky. Les maisons là-bas au fond poussent comme des champignons.

— Elles n'existaient pas de mon temps, soupira Mrs Bantry.

— Vous voulez dire qu'il n'y avait que le village quand vous viviez ici ?

Mrs Bantry acquiesça de la tête.
— Faire ses courses devait relever de l'exploit.
— Je n'ai jamais trouvé, non. Je crois bien que c'était même incroyablement facile.
— Je comprends qu'on aime avoir des fleurs à sa porte, convint Ella Zielinsky, mais j'ai l'impression que tous les gens du coin tiennent à faire pousser également leurs légumes. Est-ce que ça ne serait pas plus simple de les acheter ? Il y a bien un supermarché, non ?
— C'est sans doute ce qui va se généraliser, déplora Mrs Bantry. Ils n'auront hélas pas le même goût.
— Ne nous gâchez pas notre atmosphère, Ella, supplia Marina.
La porte s'ouvrit et Jason passa la tête :
— Chérie, ça m'ennuie de te déranger, mais si ça ne t'embête pas trop... Ils tiennent à avoir ton point de vue à toi sur la question.
Marina se leva et s'en fut languissamment vers le seuil.
— Il faut toujours qu'il y ait quelque chose, gémit-elle. Je suis désolée, Mrs Bantry. Je ne pense vraiment pas en avoir pour plus d'une minute ou deux.
— De l'atmosphère ! maugréa Ella Zielinsky tandis que Marina refermait le battant derrière elle. Vous trouvez réellement que cette maison a une atmosphère particulière ?
— Je ne peux pas dire que je l'aie jamais pensé, sourit Mrs Bantry. Cela n'a jamais été pour moi qu'une maison. Bourrée d'inconvénients d'une certaine façon, et chaleureuse et confortable par bien des côtés.
— C'est sans doute comme ça que je l'aurais considérée moi-même. A propos d'atmosphère, quand le meurtre a-t-il eu lieu ici ?
— Il n'y a jamais eu de meurtre sous ce toit ! s'insurgea Mrs Bantry.
— Allons donc ! Si vous saviez ce que j'ai pu entendre ! Tout le monde en parle encore. Sur la carpette, juste là, je n'ai pas raison ? insista miss Zielinsky en désignant le devant de la cheminée.

— Si, acquiesça Mrs Bantry. C'était à cet endroit-là.

— Donc, il y a bel et bien eu un meurtre ?

Mrs Bantry secoua la tête :

— Le meurtre n'a pas été commis ici. La fille qui en avait été la victime a été transportée jusqu'ici, et son cadavre a été déposé dans cette pièce. Nous ne la connaissions ni de près ni de loin.

Le sujet eut l'air de fasciner miss Zielinsky :

— Vous avez dû avoir un mal de chien à en persuader les gens, non ?

— Sur ce dernier point, vous avez mille fois raison.

— Quand avez-vous découvert le cadavre ?

— La femme de chambre est arrivée aux aurores avec mon thé matinal et... Nous avions encore des femmes de chambre, à l'époque, voyez-vous.

— Je vois d'ici le tableau, déclara miss Zielinsky. Avec des petites robes de coton imprimé toutes bruissantes d'avoir été amidonnées.

— Je ne vous garantis rien pour ce qui est des petites robes imprimées, c'était peut-être encore des tabliers-blouses, à l'époque. Quoi qu'il en soit, elle a fait irruption dans tous ses états et en hurlant qu'il y avait un cadavre dans la bibliothèque. Je lui ai rétorqué « c'est absurde ! » et puis j'ai réveillé mon mari en lui disant de descendre voir.

— Et il y en avait bel et bien un ! acheva miss Zielinsky. Ma parole, la façon dont les choses peuvent se produire...

Elle tourna brusquement la tête vers la porte, puis revint à son interlocutrice :

— Ne parlez surtout pas de ça à miss Gregg, je vous en conjure. Ce n'est pas bon pour elle, ce genre de choses.

— Bien évidemment. Je ne lui en soufflerai pas mot, promit Mrs Bantry. Je n'en parle jamais, en fait. Ça s'est passé il y a si longtemps. Mais est-ce qu'elle n'en aura pas forcément des échos ?

— Elle n'entre pas très souvent en contact avec la réalité, la rassura Ella Zielinsky. Les stars de cinéma mènent parfois une vie passablement protégée, vous savez. En fait, on se donne souvent beaucoup de mal pour qu'il en aille ainsi. Tant de choses pourraient les heurter. Tant de choses *la* heurtent. Elle a été sérieusement souffrante ces deux dernières années, voyez-vous. Elle n'a entamé son *come-back* que depuis un an.

— Elle semble aimer la maison, murmura Mrs Bantry, et penser qu'elle y sera heureuse.

— J'imagine que ça durera un an ou deux.

— Pas plus que ça ?

— Ça m'étonnerait. Marina est de ces gens qui sont toujours persuadés d'avoir enfin exaucé leur vœu le plus cher. Mais la vie n'est pas aussi simple que ça, n'est-ce pas ?

— Oh ! que non, opina Mrs Bantry avec force.

— Ça signifiera beaucoup pour lui si elle est heureuse ici, tint à préciser miss Zielinsky.

Elle ingurgita deux autres sandwiches de l'air de quelqu'un qui pense à autre chose, un peu à la façon de ces gens qui se bourrent de nourriture à la va-vite, comme s'ils couraient en même temps après un train qu'il ne faut surtout pas manquer.

— C'est un génie, vous savez, poursuivit-elle. Avez-vous vu un des films qu'il a dirigés ?

Mrs Bantry éprouva un léger embarras. Elle était du genre qui, quand il va au cinéma, n'y va que pour le film. La longue liste des acteurs, metteur en scène, producteur, cameramen et autres la laissait de marbre. Très souvent, elle ne remarquait même pas le nom de la vedette. Elle ne tenait cependant pas à attirer outre mesure l'attention sur ce qu'elle considérait comme une lacune de sa part.

— J'ai tendance à les confondre un peu, éluda-t-elle.

— Bien sûr, il a beaucoup à assumer, reprit encore Ella Zielinsky. Il l'a, elle, en plus de tout le reste, et elle n'est pas facile-facile. Il faut veiller à ce qu'elle soit heureuse, comprenez-vous. Et ce n'est souvent pas une sinécure que de faire en sorte que les gens soient heureux. A moins que... comment dire ?... ils... ils n'aient...

— A moins qu'ils n'aient des dispositions pour le bonheur, suggéra Mrs Bantry. Or, il y a des gens qui raffolent d'être malheureux.

— Oh ! ce n'est pas le cas de Marina, répliqua Ella Zielinsky en secouant la tête. C'est plutôt que le passage de ses hauts à ses bas est assez fulgurant. Beaucoup trop heureuse pendant un temps, beaucoup trop satisfaite de tout et de la façon dont elle se sent bien. Et puis comme de bien entendu, au moindre petit pépin, la voilà qui sombre dans l'excès inverse et se met à broyer du noir.

— C'est sans doute une question de tempérament, hasarda Mrs Bantry.

— C'est exactement ça, applaudit Ella Zielinsky. Le tempérament. Les artistes en ont tous plus ou moins, mais Marina Gregg en est nettement mieux pourvue que la moyenne. Nous sommes payés pour le savoir ! Je pourrais vous en raconter des tartines !

Elle croqua le dernier sandwich :

— Dieu merci, je ne suis que la secrétaire personnelle.

5

L'ouverture au public du manoir de Gossington au profit de la Fondation St John draina une foule sans précédent. A un shilling par tête, le montant des entrées ne tarda pas à atteindre des sommets. Le temps, clair et ensoleillé, n'était certes pas pour rien dans le succès de la fête. Mais le principal ressort en était indubitablement l'incommensurable curiosité des naturels du cru, brûlant de voir au juste ce que ces « gens de cinéma » avaient fait du manoir. La piscine, en particulier, était l'objet des conjectures les plus folles. L'imaginaire des populations voulait en effet que les stars hollywoodiennes vivent de bains de soleil dans un environnement exotique et en galante compagnie tout aussi exotique sinon plus. Le fait que le climat de Hollywood convienne mieux aux piscines que celui de St Mary Mead n'était aucunement pris en considération. L'Angleterre, après tout, ne jouit-elle pas toujours d'un week-end de beau temps chaud au cœur de l'été et les journaux du dimanche n'y consacrent-ils pas un jour par an à la publication d'articles sur « Comment vous rafraîchir », « Comment préparer un repas froid » et « Comment réussir vos boissons glacées » ? La fameuse piscine correspondait presque exactement à ce que les gens avaient imaginé. Elle était vaste, son eau était bleue, elle était flanquée d'une sorte de paillote où se changer et ceinte d'un fort artificiel écran de haies et de buissons.

Les réactions de la multitude correspondaient en tout point à ce qu'on était en droit d'en attendre et couvraient un registre étendu :

— Ooooh ! regarde-moi voir un peu c'que c'est beau !

— Moi, je payerais bien dix balles pour y piquer une tête !

— Ça me rappelle cette colonie de vacances où j'ai été.

— Un luxe éhonté, voilà comment j'appelle ça, moi. Ça ne devrait pas être permis.

— Visez-moi tout c'marbre si ça en jette ! Ça a dû coûter chaud !

— Je ne comprends pas comment ces gens se figurent qu'ils peuvent débarquer chez nous et dépenser leur argent comme ça.

— P't'être bien qu'ça passera à la télé un d'ces quatre. Ce sera marrant.

Même Mr Sampson, le plus auguste vieillard de St Mary Mead et qui se vantait d'avoir 96 ans alors que ses proches affirmaient catégoriquement qu'il ne dépassait pas les 86... même Mr Sampson, donc, s'était traîné jusque-là à grand renfort de cannes sur ses jambes rhumatisantes pour participer à l'émoi général. Il délivra son plus bel hommage :

— Ah ! y va s'en passer de belles, ici ! Même que c'est comme si c'était déjà fait. Des hommes et des femmes, nus comme la main et occupés à boire et à fumer c'que les journaux ils appellent des joints. Il va y avoir tout ça et le reste, c'est moi qui vous le dis. Ah ! oui, conclut Mr Sampson avec une volupté sans bornes, il va s'en passer de belles !

Ce jugement fut unanimement pris pour ce qu'il était : une estampille de qualité scellant le succès de la journée. Pour un shilling de plus, les gens obtenaient leur ticket d'entrée dans la maison et le droit d'éplucher ainsi la décoration de la nouvelle salle de musique, du salon et de la salle à manger méconnaissable — toute de chêne sombre et de cuir gaufré.

— Je n'aurais jamais imaginé Gossington comme ça, pas toi ? commenta la bru de Mr Sampson.

Mrs Bantry arriva à petits pas assez tard et constata avec plaisir que l'argent entrait à flots et que l'affluence était à son comble.

La vaste tente sous laquelle on servait le thé était bondée. Mrs Bantry pria pour qu'il n'y ait pas pénurie de buns et autres petits pains aux raisins. Mais les serveuses avaient l'air de savoir ce qu'elles faisaient. Elle-même gagna tout droit le parterre d'herbacées qu'elle contempla d'un œil jaloux. Rien, ni peine ni argent, n'y avait été épargné, fut-elle heureuse de vérifier. C'était toujours le plus beau parterre d'herbacées qui se pût contempler. Non que l'actuelle propriétaire ait mis la main à la pâte, se prit-elle à déplorer. Des mercenaires s'en étaient chargé. Mais, le climat aidant et carte blanche leur ayant sans doute été donnée, le résultat était là, devant lequel on ne pouvait que s'incliner.

Regardant autour d'elle, elle trouva à l'ensemble une légère touche de garden-party à la Buckingham Palace. Chacun se dévissait le cou pour en voir le maximum et, par fournées, quelques petits groupes d'heureux mortels se voyaient octroyer le droit de pénétrer les arcanes les plus secrets de la demeure. Elle-même ne tarda pas à se faire aborder par un jeune homme évanescent aux longs cheveux ondulés :

— Mrs Bantry ? Vous êtes bien Mrs Bantry ?
— Je suis Mrs Bantry, oui.
— Hailey Preston.

Il lui serra la main :

— Je travaille pour Mr Rudd. Voulez-vous monter au premier ? Mr et Mrs Rudd souhaitent convier quelques-uns de leurs meilleurs amis à les y rejoindre.

Consciente de l'honneur qui lui était fait, elle le suivit. Ils entrèrent par ce qu'elle appelait de son temps la porte du jardin. Un cordon de velours rouge barrait le pied du grand escalier. Hailey le défit, le temps de la laisser passer. Juste devant elle, elle reconnut le Premier conseiller et Mrs Allcock. Cette dernière, qui était bien en chair, soufflait comme un phoque.

— C'est merveilleux, ce qu'ils ont réalisé, n'est-ce pas, Mrs Bantry ? haleta-t-elle. J'adorerais jeter un coup d'œil aux salles de bains, je vous avoue, mais j'ai bien peur de ne pas en avoir l'occasion, ajouta-t-elle d'un air de regret.

En haut des marches, Marina Gregg et Jason Rudd accueillaient cette élite triée sur le volet. La destruction d'une des anciennes chambres d'amis avait permis de conférer au palier des allures de salle des pas perdus. Giuseppe, le majordome, y officiait avec les verres.

Un aboyeur en livrée annonçait les invités.

— M. le Premier conseiller et Mrs Allcock ! éructa-t-il.

Marina Gregg se montrait, comme Mrs Bantry l'avait décrite à miss Marple, absolument charmante et pas sophistiquée pour deux sous. Et la « colonelle » entendait déjà Mrs Allcock dire plus tard : « ... et tellement na-tu-rel-le, voyez-vous, en dépit de sa célébrité ».

Comme c'était follement gentil de la part de Mrs Allcock d'être venue, et de celle du Premier conseiller, et comme elle espérait qu'ils passeraient un bon après-midi :

— Jason, sois un ange, occupe-toi de Mrs Allcock.

Le Premier conseiller et Mrs Allcock furent aiguillés sur Jason et le buffet.

— Oh ! Mrs Bantry, c'est tellement *gentil* à vous d'être venue !

— Je n'aurais pas manqué ça pour un empire, affirma Mrs Bantry avant de bifurquer vers les Martinis.

Le dénommé Hailey Preston la materna avec toute la tendresse du monde avant de s'éclipser en consultant la petite liste qu'il avait à la main pour y cocher, sans doute, les noms de quelques Elus supplémentaires dignes de se voir admis dans le Saint des

Saints. Tout était très bien organisé, estima Mrs Bantry en se tournant, son Martini à la main, pour regarder arriver les nouveaux venus. Le pasteur, maigre créature ascétique, semblait égaré et vaguement aux abois. Il harangua Marina Gregg de son ton le plus solennel :

— C'est infiniment aimable à vous de m'avoir invité. Je ne possède cependant pas, voyez-vous, de téléviseur, mais j'ai bien évidemment... euh... je... eh bien, il va de soi que mes jeunes gens me tiennent à la page.

Personne ne sut jamais à quoi il faisait au juste allusion. Miss Zielinsky, qui était également de corvée, lui administra une limonade assortie d'un bon sourire. Mr et Mrs Badcock étaient les suivants dans l'escalier. Heather Badcock, triomphante et apoplectique, précédait son mari de trois pas.

— Mr et Mrs Badcock ! tonitrua l'homme en livrée.

— Mrs Badcock, bafouilla le pasteur en se retournant, son verre de limonade à la main, est l'infatigable secrétaire de notre association. C'est une de nos bénévoles les plus assidues et les plus acharnées à la tâche. En réalité, je ne sais pas ce que le dispensaire St John ferait sans elle.

— Je suis sûre que vous, vous y réalisez des merveilles, convint à tout hasard Marina.

— Vous ne vous souvenez pas de moi ? s'offusqua à demi Heather. Mais c'est vrai, comment le pourriez-vous, avec les centaines de gens que vous devez rencontrer. Et, de toute façon, ça se passait il y a des années. Et aux Bermudes, pour achever de faire compliqué. Je m'y trouvais dans un de nos dispensaires volants. Oh ! j'ai maintenant l'impression que c'était il y a des siècles...

— Bien sûr, sourit Marina Gregg, encore une fois tout sucre et tout miel.

— Je m'en souviens si bien ! vibra Mrs Badcock. J'étais surexcitée, vous savez, incroyablement surexcitée. Je n'étais qu'une gamine, à l'époque. Penser que j'allais avoir la chance de voir Marina Gregg en chair et en os... oh ! j'ai toujours été une de vos fans les plus déchaînées...

— C'est trop gentil de votre part, vraiment trop gentil de votre part, susurra mécaniquement Marina tout en jaugeant, par-dessus l'épaule de Heather, le flux des nouveaux arrivants.

— Je n'ai pas l'intention de vous monopoliser, pérora Heather, mais je tiens quand même à...

« Pauvre Marina Gregg, songea à part soi Mrs Bantry. Ce genre de choses doit lui arriver tout le temps ! La patience qu'il leur faut ! »

Heather n'en continuait pas moins imperturbablement son histoire.

Mrs Allcock souffla bruyamment dans le cou de Mrs Bantry :

— Les transformations qu'ils ont faites ici ! Ceux qui n'auront pas vu ça ne pourront jamais se rendre compte. Ce que ça a dû *coûter*...

— Je... je ne m'étais absolument pas rendu compte à quel point j'étais malade... et je m'étais dit que j'irais juste...

— C'est de la vodka, chuchota Mrs Allcock en considérant son verre d'un œil soupçonneux. Mr Rudd m'a demandé si je n'avais pas envie d'essayer. Ça m'a l'air très russe. Je ne trouve pas ça très bon...

— Je m'étais secouée et j'avais décrété : « Je ne me laisserai pas abattre pour si peu ! » Ce qui fait que je m'étais tartiné trois couches de maquillage et que...

— Vous croyez que ce serait mal élevé de poser ça dans un coin ?

Mrs Allcock semblait au désespoir. Mrs Bantry la rassura gentiment :

— Mais pas du tout. La vodka devrait en principe s'avaler d'un trait... (Mrs Allcock paniqua)... mais ça exige un certain entraînement. Posez-la sur la table et prenez à la place un Martini sur ce plateau que le majordome est en train de passer.

Elle se retourna pour entendre la claironnante péroraison de Heather Badcock :

— Je n'oublierai jamais l'émerveillement que vous m'avez causé ce jour-là. Ça avait vraiment valu la peine que je me tire de mon lit.

La réaction de Marina fut cette fois moins automatique. Son regard, qui avait flotté par-dessus l'épaule de Heather Badcock, semblait maintenant rivé sur le mur, à mi-hauteur de la cage d'escalier. Ses yeux exorbités paraissaient contempler une horreur telle que Mrs Bantry fit un pas en avant. Est-ce que cette femme n'allait pas s'évanouir ? Que diable pouvait-elle bien voir qui lui donnait cet air halluciné, qui la tendait tout entière comme une vipère prête à mordre ? Mais avant qu'elle n'ait pu se précipiter au côté de Marina, cette dernière se reprit. Papillonnant des paupières, pupilles dans le vague, elle revint à Heather et les grandes eaux de l'amabilité se remirent à cascader... quoique de manière un rien machinale.

— Quelle charmante petite histoire. Maintenant, que désirez-vous boire ? Jason ! Un cocktail ?

— D'habitude, je ne bois guère que de la limonade, ou alors un jus d'orange.

— Il faut que vous preniez quelque chose de meilleur que ça, insista Marina. C'est fête, aujourd'hui, ne l'oubliez pas.

— Laissez-vous tenter par un daiquiri comme on ne les fait bien qu'en Amérique, lui proposa Jason en surgissant un verre dans chaque main. C'est ce que préfère aussi Marina.

Il en tendit un à sa femme.

— Je devrais m'arrêter là, lui répondit Marina. J'en ai déjà bu trois.

Mais elle accepta le verre.

Heather prit le sien des mains de Jason. Et Marina se détourna pour accueillir l'arrivant suivant.

— Allons voir les salles de bains, glissa Mrs Bantry à Mrs Allcock.

— Oh ! vous croyez que nous pouvons oser ? Est-ce que ça ne fera pas mal élevé ?

— Je vous garantis bien que non, décréta Mrs Bantry.

Elle s'adressa à Jason Rudd :

— Nous voudrions explorer vos merveilleuses nouvelles salles de bains, Mr Rudd. Pouvons-nous satisfaire cette curiosité strictement domestique ?

— Bien entendu, répondit Jason avec un grand sourire. Amusez-vous, les filles. Douchez-vous même si ça vous chante.

Mrs Allcock suivit l'ancienne propriétaire des lieux comme son ombre :

— C'est si gentil à vous, Mrs Bantry ! J'avoue que je n'aurais jamais osé toute seule.

— Quand on veut vraiment quelque chose, il ne faut reculer devant rien pour l'obtenir, sourit Mrs Bantry.

S'engageant dans le corridor, elles poussèrent des portes de droite et de gauche. Et des « oh ! » et des « ah ! » ne tardèrent pas à échapper à Mrs Allcock et aux deux autres femmes qui s'étaient jointes à l'équipée.

— Je raffole de la rose, gloussait Mrs Allcock. Oh ! c'est fou ce que je raffole de la rose.

— Moi, c'est celle avec les dauphins en céramique, pépiait une des deux autres.

Mrs Bantry se délectait de son rôle d'hôtesse. Elle en venait presque à oublier que la maison ne lui appartenait plus.

— Toutes ces douches ! frémit Mrs Allcock. Encore que j'aie une sainte horreur d'en prendre. Je ne sais jamais comment faire pour ne pas me mouiller les cheveux.

— Ce qui serait bien, ce serait de pouvoir glisser un œil dans les chambres, chuchota avec envie une des autres commères, mais ce serait peut-être un peu *trop* indiscret. Qu'est-ce que vous en pensez, vous ?

— Oh ! je ne crois pas qu'on puisse faire une chose pareille, s'effaroucha Mrs Allcock.

Toutes deux se tournèrent, pleines d'espoir, vers Mrs Bantry.

— J'estime effectivement que nous ne devrions pas nous permettre de... commença cette dernière.

Puis, les prenant en pitié :

— Cependant... je ne crois pas que personne s'aperçoive jamais que nous sommes allées y fureter.

Et elle posa la main sur la première poignée de porte rencontrée.

Mais on avait veillé au grain. Les chambres étaient fermées à clef. Tout le monde fut très déçu.

— C'est vrai qu'ils ont le droit de préserver leur intimité, fit gentiment remarquer Mrs Bantry.

Elles reprirent le corridor en sens inverse. Mrs Bantry regarda par une des fenêtres donnant sur le parc. Elle nota en bas la présence de sa Mrs Meavy (du Développement), incroyablement élégante dans une froufroutante robe en organdi. Mrs Meavy, remarqua-t-elle, était là avec la Cherry de miss Marple, dont elle ne parvenait pour le moment pas à se rappeler le nom. Elles parlaient, riaient et semblaient énormément s'amuser.

Et brusquement la maison lui parut usée, hors d'âge et en survie artificielle. En dépit des transformations qu'elle avait subies et de sa peinture flambant neuve, c'était foncièrement une vieille demeure victorienne revenue de tout. « J'ai bien fait de m'en aller, se félicita-t-elle. Les maisons sont comme le reste. Survient le jour où elles ont fait leur temps. C'est le cas de celle-ci. On lui a ravalé le portrait, mais je ne crois vraiment pas que ça ait servi à grand-chose. »

Un haussement soudain de ton, tranchant sur le murmure des conversations, l'arracha à sa méditation. Les femmes qui l'accompagnaient tendirent le cou.

— Qu'est-ce qui se passe ? s'inquiéta l'une. On dirait qu'il est arrivé quelque chose.

Elles s'élancèrent en direction de l'escalier. Ella Zielinsky qui arrivait au pas de course, les croisa. Elle essaya d'ouvrir la porte d'une chambre.

— Oh ! bon sang, s'énerva-t-elle. Bien sûr, elles ont toutes été fermées.

— Il y a un problème ? s'enquit Mrs Bantry.

— Quelqu'un a eu un malaise, répondit brièvement miss Zielinsky.

— Oh, mon Dieu ! Je suis navrée. Je peux faire quelque chose ?

— J'imagine qu'il y a un médecin dans l'assistance ?

— Je n'ai vu aucun de nos praticiens locaux, dit Mrs Bantry. Mais ce serait bien le diable s'il n'y en avait pas un autre à proximité.

— Jason est en train de téléphoner, reprit Ella Zielinsky, mais elle a l'air au plus mal.

— De qui s'agit-il ? demanda Mrs Bantry.

— Une certaine Mrs Badcock, je crois.

— Heather Badcock ? Mais elle semblait en pleine forme il n'y a pas deux minutes.

— Elle a eu une syncope, une attaque ou je ne sais quoi, s'impatienta Ella Zielinsky. Vous savez si elle a le cœur fragile ou quoi ?

— Je ne sais absolument rien sur son compte. Elle n'était pas là de mon temps. Elle habite le Développement.

— Le Développement ? Ah ! vous voulez dire ce lotissement ? Je ne sais même pas où est son mari ni à quoi il ressemble.

— Blond, effacé, entre deux âges, détailla Mrs Bantry. Il est arrivé sur ses talons, il ne doit pas être bien loin.

Ella Zielinsky s'engouffra dans une salle de bains :

— Je ne sais vraiment pas quoi lui donner. Des sels, vous croyez, quelque chose dans ce goût-là ?

— Elle est dans les pommes ?

— Pire que ça.

— Je vais voir si je peux faire quelque chose, décréta Mrs Bantry.

Elle regagna rapidement le palier. Ce faisant, elle se cogna à Jason Rudd.

— Vous n'auriez pas vu Ella ? lui demanda-t-il. Ella Zielinsky ?

— Elle s'est précipitée dans une des salles de bains. Elle cherchait des sels, un médicament quelconque.

— Inutile qu'elle se donne tout ce mal.

Quelque chose dans le ton de Jason Rudd alerta Mrs Bantry. Elle le regarda fixement :

— C'est grave ? Très grave ?

— On peut dire ça comme ça. La pauvre femme est morte.

— Morte !

Mrs Bantry accusa le coup :

— Morte ? Mais elle semblait en pleine forme il n'y a pas deux minutes, bêtifia-t-elle comme elle venait déjà de le faire un instant plus tôt.

— Je sais. Je sais, marmonna Jason, décomposé. Il ne nous manquait vraiment plus que ça !

— Nous voilà ! roucoula miss Knight en posant le plateau du petit déjeuner sur la table de nuit de miss Marple. Comment nous sentons-nous ce matin ? Je vois que nous nous sommes levée pour tirer nos rideaux, ajouta-t-elle avec une touche de réprobation dans la voix.

— Je me réveille dès potron-minet, se défendit miss Marple. Vous en ferez sans doute autant quand vous aurez mon âge.

— Mrs Bantry a téléphoné il y a une demi-heure, reprit miss Knight. Elle voulait vous parler mais je lui ai conseillé de vous rappeler quand vous auriez pris votre petit déjeuner. Je n'allais pas vous déranger à une heure pareille, avant que vous n'ayez pris une tasse de thé ou mangé quelque chose.

— Quand mes amies me téléphonent, je préfère qu'on me le signale.

— Je vous prie de m'excuser, bien sûr, mais cela m'aurait paru très déraisonnable. Quand vous aurez bu une bonne tasse de thé, mangé votre œuf à la coque et votre pain grillé beurré, nous verrons.

— Il y a une demi-heure... calcula pensivement miss Marple. Il devait donc être... voyons voir... 8 heures.

— Beaucoup trop tôt, revint à la charge miss Knight.

— Je ne crois pas que Mrs Bantry m'aurait appelée à cette heure-là à moins d'avoir une raison impérative de le faire. Elle n'a pas l'habitude de téléphoner aux aurores.

— Allons, mon chou, ne vous mettez pas martel en tête pour si peu. Elle ne va pas tarder à rappeler. Ou bien est-ce que cela vous ferait plaisir que je la relance ?

— Non, merci beaucoup, bouda miss Marple. Je préfère prendre mon petit déjeuner pendant qu'il est chaud.

— J'espère que je n'ai rien oublié, fit miss Knight avec entrain.

Mais rien ne l'avait été. Le thé avait été dûment

infusé avec de l'eau frémissante à point, l'œuf coque avait cuit très exactement 3 min 3/4 s, le toast était uniformément doré, la coquille de beurre et le petit pot de miel commodément disposés. A bien des égards, miss Knight était une perle. Miss Marple prit son petit déjeuner et en savoura chaque bouchée. Bientôt, le ronflement d'un aspirateur monta du rez-de-chaussée. Cherry était arrivée.

Concurrençant l'aspirateur, une voix mélodieuse entonnait la dernière rengaine au goût du jour. Miss Knight, venue pour remporter le plateau, branla du chef :

— Je souhaiterais vivement que cette jeune femme s'abstienne de chanter à tue-tête. Je trouve que cela dénote une totale absence de respect.

Miss Marple sourit un peu :

— Je ne me vois pas faire entrer dans le crâne de Cherry qu'elle devrait me témoigner du respect. Et d'ailleurs à quel titre le devrait-elle ?

— Les choses sont bien différentes de ce qu'elles étaient, renifla miss Knight.

— Et c'est bien naturel. Les temps changent. Et il faut bien l'accepter. Peut-être consentiriez-vous à appeler maintenant Mrs Bantry, ajouta-t-elle, et à lui demander ce qu'elle voulait.

Miss Knight s'en fut d'un air important. Deux minutes plus tard, on toqua à la porte et Cherry entra, ravissante, pétillante et même un tantinet excitée. Elle avait noué un tablier de plastique audacieusement orné de marins pêcheurs et d'emblèmes nautiques sur sa robe bleu marine.

— Vous êtes très joliment coiffée, la complimenta miss Marple.

— Je me suis fait permanenter hier. C'est encore un peu raide, mais ça va s'arranger. Je viens voir si vous avez appris la nouvelle.

— Quelle nouvelle ?

— Ben, ce qui s'est passé au manoir de Gossington hier après-midi. Vous savez qu'il y avait un grand raout au profit du dispensaire St John, non ?

— Si, bien sûr. Mais qu'est-ce qui est arrivé ?

— Quelqu'un est mort au beau milieu. Une

Mrs Badcock. Elle habite à deux pas de chez moi. Ça m'étonnerait que vous la connaissiez.

— Mrs Badcock ? sursauta miss Marple. Mais je ne connais qu'elle... Mais oui, c'est bien son nom. C'est elle qui est sortie me ramasser quand je suis tombée l'autre jour. Elle a été gentille comme tout.

— Oh ! Heather Badcock a toujours été gentille comme tout. Et même d'une gentillesse envahissante, d'après certains. Du genre interventionniste, quoi. Enfin, bref, elle a passé l'arme à gauche. En deux temps, trois mouvements.

— Elle est morte ! Mais de quoi ?

— Alors, là, je donne ma langue au chat, soupira Cherry. Elle avait été conviée à l'intérieur, sans doute en tant que secrétaire de la Fondation St John, j'imagine. Elle, et le maire, et tout le tremblement. D'après ce que j'ai entendu dire, elle a bu un verre de je ne sais quoi et, cinq minutes après, elle s'est sentie flagada et elle est morte avant qu'on ait eu le temps de faire ouf.

— Quelle horreur ! Elle souffrait du cœur ?

— Elle se portait comme un charme, à ce qu'il paraît. Mais, bien sûr, on ne sait jamais, pas vrai ? On peut avoir un truc qui cloche sans que personne soit au courant. Enfin, je peux quand même vous signaler une bonne chose : on ne l'a pas renvoyé chez elle.

— Qu'est-ce que vous voulez dire ? s'inquiéta miss Marple qui avait l'impression de perdre le fil. Qu'est-ce qu'on n'a pas renvoyé chez elle ?

— Son cadavre, c'te bonne blague. Le toubib a décrété qu'il faudrait une autopsie. Un examen *post mortem*, je crois qu'ils appellent ça. Il a dit qu'il ne l'avait jamais soignée pour quoi que ce soit et que rien ne permettait de déterminer la cause du décès. Et n'empêche que c'est vrai, ajouta-t-elle. Je trouve ça marrant.

— Qu'entendez-vous au juste par « marrant », Cherry ?

— Ben... Marrant, quoi. Comme si ça cachait quelque chose.

— Son mari est dans tous ses états ?

— Blanc comme un linge. Je n'aurais jamais cru

qu'un homme puisse être sonné à ce point-là... A vue de nez, je veux dire.

Les oreilles de miss Marple, accoutumées de longue date aux nuances les plus subtiles, l'incitèrent à pencher la tête de côté, tel un oiseau inquisiteur :

— Il tenait donc tellement à elle ?

— Il filait doux et lui laissait porter la culotte, mais ça ne signifie pas toujours que vous portez les gens dans votre cœur. Ça peut simplement vouloir dire que vous n'avez pas le cran de vous rebiffer.

— Vous ne l'aimiez pas, la pauvre ? voulut savoir miss Marple.

— Je la connais au fond à peine. La connaissais, je veux dire. Je ne... je ne la détestais pas. Mais elle n'était tout bonnement pas mon type. Toujours trop pressée à s'occuper de vos affaires.

— Vous voulez dire qu'elle était curieuse, indiscrète, qu'elle fouinait un peu partout ?

— Non, pas du tout. Ce n'est absolument pas ça. C'était une très brave femme, toujours à se décarcasser pour tout le monde. Mais toujours persuadée qu'elle savait mieux que vous ce qui vous convenait. Et peu importait ce que vous en pensiez. J'ai eu une tante comme ça. Qui raffolait des gâteaux à l'anis et passait son temps à en faire pour les distribuer autour d'elle sans jamais se demander si les gens aimaient ça ou pas. Il y en a pourtant qui détestent, et qui ne supportent pas non plus ceux au carvi. Eh bien, Heather Badcock était un peu comme ça.

— Oui, murmura miss Marple, pensive. Oui, cela ne m'étonne pas. Et cela me rappelle aussi quelqu'un. Ces gens-là, ajouta-t-elle, sont tellement obnubilés par eux-mêmes qu'ils ne se rendent jamais compte à quel point ils vivent dangereusement.

Cherry ouvrit de grands yeux :

— C'est marrant, ce que vous dites là. Mais je ne comprends pas très bien ce que vous avez en tête.

Miss Knight entra en trombe :

— Il semble que Mrs Bantry soit sortie. Elle n'a pas dit où elle allait.

— Ça, je peux le deviner, s'anima miss Marple. Elle vient tout droit ici. Je n'ai que le temps de me lever.

*

La vieille demoiselle venait tout juste de se blottir dans son fauteuil préféré, à côté de la fenêtre, quand Mrs Bantry arriva, quelque peu hors d'haleine :

— J'ai des masses de choses à vous raconter, Jane.

— A propos de la fête ? intervint miss Knight. Vous étiez à la fête, hier, n'est-ce pas ? J'y suis moi-même allée faire un petit tour au début de l'après-midi. La tente où on servait le thé était bondée. C'est incroyable le monde qu'il pouvait y avoir. Je n'ai même pas pu entrapercevoir Marina Gregg, ce qui est tout de même assez décevant.

Elle épousseta une parfaite absence de poussière sur la petite table et prit un air complice :

— Voilà ! Et maintenant je parierais que nous nous languissons d'avoir toutes les deux une bonne petite causette.

Sur quoi elle s'en fut gaiement.

— Elle n'a pas l'air au courant de ce qui s'est passé, estima Mrs Bantry tout en jaugeant son amie d'un œil sagace. Tandis que, vous, Jane, je mettrais ma main au feu que vous êtes déjà renseignée.

— A propos du meurtre d'hier, ma toute bonne ?

— Vous savez toujours tout, gémit Mrs Bantry. Je ne comprendrai jamais comment vous vous y prenez.

— C'est pourtant simple, très chère. De la même façon que j'ai toujours fait. Mon aide ménagère, Cherry Baker, m'a livré la nouvelle toute fraîche. Je parie que le boucher ne va pas tarder à en faire autant auprès de miss Knight.

— Et qu'est-ce que vous en pensez ? interrogea Mrs Bantry.

— Ce que je pense de quoi ? rétorqua miss Marple.

— Ne soyez pas exaspérante, Jane, vous savez très bien de quoi je parle. Imaginez cette bonne femme... quelle que soit la façon dont elle s'appelle...

— Heather Badcock.

— Si vous voulez... Elle débarque tout feu tout flamme. J'étais là quand elle est arrivée. Et un quart d'heure plus tard, la voilà qui se laisse tomber sur une chaise, explique qu'elle ne se sent pas bien, laisse échapper deux ou trois hoquets et passe de vie à trépas. Qu'est-ce que vous pensez de ça ?

— Il faut toujours éviter les conclusions prématurées, pontifia miss Marple. La vraie question, c'est : qu'en a pensé le corps médical ?

Mrs Bantry ne se tint pas pour battue :

— Il va y avoir enquête et autopsie. Ça en dit long sur son opinion, non ?

— Pas nécessairement. N'importe qui peut avoir un malaise et mourir subitement, et je vous garantis qu'il y aura enquête et autopsie pour déterminer les causes du décès.

— Il y a plus que ça dans le cas qui nous occupe, insista Mrs Bantry.

— Qu'est-ce que vous en savez ?

— Pas plus tôt rentré chez lui, le Dr Sandford a appelé la police.

— Qui vous a dit ça ? interrogea miss Marple sans plus chercher à dissimuler son intérêt.

— Le vieux Briggs, triompha Mrs Bantry. Ou plutôt, ce n'est pas à moi qu'il l'a dit. Mais vous savez qu'il va le soir, après ses heures, bricoler dans le jardin du Dr Sandford. Et il était en train de tailler Dieu sait quel arbuste à deux pas de la fenêtre de son cabinet quand il l'a entendu appeler l'antenne de police à Much Benham. Sur quoi il l'a dit à sa sœur, qui s'est empressée de le raconter à la postière, qui me l'a dit à son tour.

Miss Marple sourit :

— Je constate que St Mary Mead n'a, après tout, pas fondamentalement changé.

— Le téléphone arabe continue de fonctionner tout comme au bon vieux temps, s'attendrit Mrs Bantry. Bon, maintenant, Jane, dites-moi le fond de votre pensée.

— Je songe bien évidemment en priorité au mari, avoua miss Marple. Il était là ?

— Oui, tout à fait. Vous ne croyez pas qu'il pourrait s'agir d'un suicide ?

— En tout cas pas, trancha miss Marple, catégorique. Ce n'était pas le genre à cela.

— Comment en êtes-vous venue à faire sa connaissance ?

— J'ai ramassé un gadin devant sa porte le jour où je suis allée explorer le Développement. Elle s'est montrée la gentillesse personnifiée. C'était vraiment une brave femme.

— Vous avez vu le mari ? Est-ce qu'il avait la tête à empoisonner sa femme ?

» Vous voyez où je veux en venir, s'empressa-t-elle d'ajouter face aux signes de protestation de la vieille demoiselle. Est-ce qu'il ne vous aurait pas par hasard rappelé le major Smith, ou Bertie Jones, ou je ne sais lequel de vos amis et connaissances qui aurait empoisonné sa femme ou aurait au moins essayé ?

— Non, il ne m'a rappelé rigoureusement personne. Elle, en revanche, si.

— Qui ça... Mrs Badcock ?

— Oui, elle m'a rappelé une femme qui s'appelait Alison Wilde.

— Et quelle était la particularité de cette Alison Wilde ?

— Elle ignorait tout de ce qui n'était pas elle, murmura lentement miss Marple. Elle ne savait rien d'autrui. Elle n'avait jamais accordé la moindre pensée à personne. Ce qui la mettait, voyez-vous, dans l'incapacité absolue de se protéger du monde extérieur.

— Je ne suis pas sûre de comprendre quoi que ce soit à ce que vous êtes en train de dire, protesta Mrs Bantry.

— Ce n'est pas très facile d'expliquer cela clairement, s'excusa miss Marple. C'est le drame de l'égocentrisme... et je ne parle pas ici d'égoïsme, notez-le bien. On peut se montrer gentil, altruiste et même prévenant. Mais si on est comme Alison Wilde, on ne mesure jamais les conséquences éventuelles de ce qu'on est en train de faire. Et du même coup on ne se doute pas davantage de ce qui peut vous retomber sur le nez.

— Vous ne pourriez pas rendre ça un peu plus clair ?

— Je crois que je peux vous donner une sorte d'illustration par l'exemple. Cela n'a rien d'un fait réel qui aurait pu se passer, c'est une histoire que je vais inventer au fur et à mesure.

— Allez-y, l'encouragea Mrs Bantry.

— Bon, supposons que vous soyez allée dans un magasin, mettons, tout en sachant que le fils de la commerçante était le type même du petit délinquant juvénile dont il convient de se méfier comme la peste. Il était là à vous écouter parler à sa mère des liquidités, de l'argenterie ou des bijoux que vous gardiez à ce moment-là chez vous. Vous étiez pleine de votre sujet, imbue de votre propre importance et vous aviez tellement envie de discourir ! Peut-être avez-vous été jusqu'à mentionner un soir où vous comptiez sortir. Voire à signaler que vous ne fermiez jamais la maison. Vous vous gargarisiez de ce que vous étiez en train de dire, de ce que vous lui racontiez, parce que cela seul vous occupait l'esprit. Et puis, ce fameux soir, mettons, vous rentrez inopinément chez vous parce que vous aviez oublié quelque chose et vous tombez sur votre graine de voyou — que vous prenez sur le fait et qui vous assomme à coups de nerf de bœuf.

— De nos jours, ça peut quasiment arriver à n'importe qui, fit remarquer Mrs Bantry.

— Pas tout à fait, rétorqua miss Marple. La plupart des gens ont l'instinct de conservation. Ils sont conscients de ce qu'il vaut mieux éviter de dire ou de faire en fonction des individus qui les écoutent et de l'exacte personnalité de ceux-ci. Mais, comme je l'ai souligné, Alison Wilde ne concevait jamais rien en dehors d'elle-même... Elle était du genre qui vous dit ce qu'il a fait, ce qu'il a vu, ce qu'il a entendu et ce qu'il en pense. Du genre qui ne mentionne jamais ce que d'autres ont pu dire ou faire. La vie est pour eux une piste à voie unique, réservée à leur seule intention. Les autres ne représentent pas plus à leurs yeux que... que, mettons, le papier peint sur les murs.

Elle demeura un instant silencieuse avant de conclure :

— J'ai bien l'impression que c'était le cas de Heather Badcock.

— Vous pensez qu'elle était du genre à décocher

un coup de pied dans une fourmilière sans savoir ce qu'elle faisait ?

— Et sans se rendre compte du danger que cela pouvait représenter, oui, acquiesça Marple. C'est la seule raison, à mon avis, pour laquelle on a pu avoir envie de la tuer... Si tant est que nous ayons raison d'estimer qu'il y a bel et bien eu meurtre.

— Vous croyez qu'elle faisait chanter quelqu'un ?

— Oh, non ! se récria miss Marple. C'était la crème des femmes. Elle n'aurait jamais fait quelque chose d'aussi répréhensible. Toute cette histoire me paraît bien invraisemblable, ajouta-t-elle avec contrariété. Je veux quand même bien croire que ça n'a pas pu être...

— Quoi donc ? la pressa Mrs Bantry.

— Je me demandais tout bonnement si, par hasard, il n'y avait pas eu erreur sur la personne, acheva pensivement miss Marple.

La porte s'ouvrit à la volée et le Dr Haydock entra, miss Knight toute frétillante sur les talons.

— Ah ! déjà sur la brèche, à ce que je vois ! s'exclama le médecin en saluant les deux amies. J'étais venu m'enquérir de votre santé, dit-il à miss Marple, mais inutile de poser la question. Je constate que vous avez attaqué le traitement que je vous avais prescrit.

— Le traitement, docteur ?

Le médecin pointa du doigt le tricot posé sur la petite table à côté de la vieille demoiselle :

— Détricotage et démêlage. J'ai tapé dans le mille, non ?

Miss Marple lui décocha un infime clin d'œil, ainsi qu'il se devait au bon vieux temps.

— C'est qu'on ne me la fait pas, à moi, reprit-il. Je vous connais depuis belle lurette. Une mort subite au manoir de Gossington et toutes les langues de St Mary Mead se mettent en branle. Ce n'est pas vrai, ça ? Et on n'a plus que le mot de meurtre à la bouche avant même que quiconque soit informé des conclusions de l'enquête.

— Quand aura-t-elle lieu ? interrogea miss Marple.

— Après-demain, répondit le Dr Haydock. Et d'ici là, mes bonnes dames, vous aurez déjà passé en revue toute l'histoire, rendu votre verdict et éclairci encore un grand nombre de points, je vous fais confiance. Bon, ajouta-t-il, je ne vais pas perdre mon temps ici. A quoi bon le gaspiller auprès d'une patiente qui n'a que faire de mes bons offices. Vous avez les joues roses, l'œil brillant et vous recommencez à vous amuser. Rien de tel que d'avoir un intérêt dans la vie. Je vous salue bien bas.

Et il repartit en coup de vent.

— Je préférerai toujours cent fois avoir affaire à lui plutôt qu'à Sandford, sourit Mrs Bantry.

— Et moi donc ! renchérit miss Marple. D'autant que c'est un ami comme on n'en fait plus, ajouta-t-elle, rêveuse. Je crois bien que, s'il est venu, c'est uniquement pour me donner le feu vert.

— Il s'agissait donc *bien* d'un meurtre, conclut Mrs Bantry en croisant le regard de miss Marple. Ou c'est du moins la conviction des médecins.

Miss Knight apporta le café. Mais, pour la première fois peut-être de leur longue existence, ces dames étaient trop survoltées pour apprécier l'interruption. Et miss Knight ne se fut pas plus tôt esquivée que miss Marple attaqua :

— Et maintenant, Dolly, vous étiez là-bas et...

— Je l'ai pratiquement vu faire, oui, se rengorgea Mrs Bantry, qui avait le triomphe modeste.

— Quel bonheur ! s'exclama miss Marple. Je veux dire... bah ! vous savez très bien ce que je veux dire. Comme ça, vous allez pouvoir me conter par le menu tout ce qui s'est passé depuis l'instant précis où elle est arrivée.

— J'avais été escortée jusque dans la maison. Très dessus du panier, quoi !

— Qui vous avait escortée ?

— Oh ! un long éphèbe évanescent. Je crois qu'il est secrétaire de Marina Gregg ou quelque chose d'approchant. Il m'a fait gravir les marches du palais. Ils avaient organisé une sorte de comité d'accueil pour le gratin en haut de l'escalier.

— Sur le palier ? s'étonna miss Marple.

— Oh ! ils ont changé tout ça. Ils ont abattu les cloisons du vestiaire et de la chambre à coucher, ce qui libère pas mal d'espace. C'est très spectaculaire.

— Je vois. Et qui y avait-il ?

— Marina Gregg, très charmante, très grande fille toute simple, et sincèrement ravissante dans une robe ondoyante de satin vert d'eau. Et son mari, bien sûr, ainsi que cette Ella Zielinsky dont je vous ai parlé. Elle est leur secrétaire personnelle. Et il y avait environ... oh ! une bonne dizaine de personnes, je crois bien. Quelques-unes que je connaissais, d'autres pas. Ceux que je n'avais jamais vus devaient probablement venir des studios. Il y avait le pasteur et la femme du Dr Sandford. Lui n'est arrivé que plus tard. Et puis le colonel et Mrs Clittering, flanqués du premier magistrat du comté. J'ai l'impression qu'il y avait deux ou trois journalistes. Et puis une jeune femme qui brandissait sans arrêt un énorme appareil photo.

Miss Marple hocha la tête :

— Continuez.

— Heather Badcock et son mari sont arrivés juste après moi. Marina Gregg m'a dit mille amabilités, ensuite de quoi elle en a fait autant à quelqu'un d'autre... ah ! oui, c'était le pasteur... et puis Heather Badcock et son mari se sont amenés. Elle est, vous le savez, secrétaire de la Fondation St John. Je ne sais qui a dit je ne sais quoi sur la question et à quel point elle travaillait d'arrache-pied et était merveilleuse. Et Marina Gregg s'est également mise en frais. Là-dessus, votre Mrs Badcock, qui m'a fait l'effet, je me dois de vous l'avouer, Jane, d'une femme passablement assommante, s'est lancée dans un interminable récit circonstancié sur la façon dont elle avait autrefois rencontré Marina Gregg je ne sais où. Elle n'a d'ailleurs pas fait preuve en l'occurrence d'un tact outrancier en y allant avec ses gros sabots sur les éternités qui s'étaient écoulées depuis, sur l'année exacte où ça avait eu lieu et j'en passe. Je suis sûre que les actrices, les stars de cinémas et les femmes célèbres n'aiment pas énormément qu'on leur rappelle leur âge avec trop d'insistance. Encore qu'elle ne l'ait sans doute pas fait exprès.

— Non, estima miss Marple. Elle n'était pas femme à ça. Et puis ?

— Eh bien, rien de particulier... à ceci près que

Marina Gregg n'y est pas allée de son numéro habituel.

— Vous voulez dire qu'elle n'avait pas l'air contente ?

— Non, non, ce n'est pas ça. En fait, je ne suis pas sûre qu'elle ait écouté un mot. Elle regardait comme une hallucinée par-dessus l'épaule de Mrs Badcock et, quand cette dernière en a eu terminé avec son histoire plutôt débile sur la façon dont elle s'était tirée du lit où elle était couchée avec une fièvre de cheval pour se faufiler hors de chez elle et aller arracher un autographe à Marina, il y a eu un silence à couper au couteau. Et puis j'ai vu son visage.

— Le visage de qui ? De Mrs Badcock ?

— Non. Celui de Marina Gregg. C'était comme si elle n'avait pas entendu un mot de ce qu'avait déblatéré la Badcock. Elle regardait comme une hallucinée le mur opposé par-dessus son épaule. Elle le regardait d'un air... ah ! je ne peux pas vous expliquer...

— Essayez quand même, Dolly, insista miss Marple, parce que j'ai l'impression que cela peut être très important.

— Elle avait l'air pétrifié... le regard figé, hasarda Mrs Bantry qui bataillait avec les mots. On aurait dit qu'elle avait vu quelque chose que... oh ! mon Dieu, comme c'est difficile de *décrire* quoi que ce soit. Vous vous rappelez la Dame de Shalott ? *En mille éclats le miroir se brisa : « Le châtiment est sur moi ! » s'écria la Dame de Shalott*. Eh bien, c'était tout à fait ça. Les gens ricanent de Tennyson, de nos jours, mais la Dame de Shalott me faisait froid dans le dos quand j'étais jeune... et elle me fait toujours le même effet.

— Elle avait l'air pétrifié, répéta miss Marple, songeuse. Et elle fixait le mur *par-dessus* l'épaule de Mrs Badcock. Qu'y avait-il, sur ce mur ?

— Bah ! Un tableau quelconque, je crois. Italien, vous voyez le genre. Je crois bien que c'était une copie de la Madone de Bellini, mais je n'en jurerais pas. Une toile où la Vierge tient dans ses bras un bambin hilare.

Miss Marple fronça les sourcils :

— Je ne vois pas comment un *tableau* aurait pu lui donner cette expression.

— D'autant qu'elle doit le voir tous les jours, souligna Mrs Bantry.

— Il y avait des gens qui montaient l'escalier, je présume ?

— Oh ! oui, bien sûr.

— Qui ça, vous vous en souvenez ?

— Vous voulez dire que c'est l'une des personnes qui montaient l'escalier qu'elle aurait pu regarder ?

— Ce n'est pas impossible, non ?

— Non... bien sûr que non... Mais laissez-moi réfléchir. Il y avait le maire, en grande tenue, avec sa chaîne et tout et tout, sa femme, et puis un énergumène chevelu, qui arborait une de ces barbichettes comme ils adorent en porter de nos jours. Très jeune. Et puis la fille à l'appareil photo. Elle s'était postée dans l'escalier de façon à pouvoir prendre les gens en train de monter et puis de se faire serrer la main par Marina. Et puis encore... attendez voir, deux personnes que je ne connaissais pas. Des gens des studios, j'imagine, et puis les Grice, de la ferme d'En-bas. Il peut y en avoir eu d'autres, mais je ne me les rappelle pas pour le moment.

— Tout cela ne m'a pas l'air très prometteur, ronchonna miss Marple. Et qu'est-ce qui s'est passé ensuite ?

— Je crois que Jason Rudd lui aura envoyé son coude dans les côtes ou je ne sais quoi parce qu'elle a soudain paru se reprendre, qu'elle a souri à Mrs Badcock et qu'elle a réenclenché la mécanique habituelle. N'est-ce pas que je suis adorable, virginale et charmante, que le succès ne m'est pas monté à la tête et tout le fourbi. Vous voyez quoi.

— Et ensuite ?

— Et ensuite Jason Rudd leur a apporté des cocktails.

— Quel genre de cocktails ?

— Des daiquiris, je crois. Il a dit que c'étaient les préférés de sa femme. Il lui en a donné un, et l'autre à la Badcock.

— Ça, c'est très intéressant, releva miss Marple.

Très intéressant en vérité. Et qu'est-ce qui s'est encore passé après ça ?

— Aucune idée, parce que j'ai embarqué un troupeau de femelles hystériques dans une tournée des salles de bains. Je n'en suis revenue que pour tomber sur la secrétaire qui arrivait au pas de charge en disant que quelqu'un avait eu un malaise.

7

L'enquête publique fut brève et décevante. Confirmation de l'identité de la victime fut apportée par le témoignage du mari. Et le seul autre témoignage fut d'ordre médical. Heather Badcock avait succombé suite à l'absorption de 300 milligrammes de by-ethyl-dexil-barbo-quindelorytate, ou, soyons francs, un nom de même acabit. Aucun indice ne permettait de savoir comment la drogue avait été administrée.

La suite de l'enquête fut renvoyée à quinzaine.

A la sortie de la salle, l'inspecteur Frank Cornish aborda Arthur Badcock :

— Je pourrais vous toucher un mot, Mr Badcock ?

— Bien sûr, bien sûr.

Arthur Badcock faisait plus demi-portion que jamais.

— Je n'y comprends rien, marmottait-il. Je n'y comprends tout simplement rien.

— J'ai ma voiture, dit Cornish. Si nous allions chez vous ? On y serait mieux et ce serait plus discret qu'ici.

— Merci, oui. Oui, oui, je suis sûr que ce serait beaucoup mieux.

Ils s'arrêtèrent devant la petite barrière bleue du n° 3, clos Arlington. Arthur Badcock fit traverser le jardinet à l'inspecteur. Et il allait mettre la clef dans la serrure quand la porte fut ouverte de l'intérieur. La femme qui se tenait sur le seuil recula d'un pas et manifesta un léger embarras. Quant à Arthur Badcock, il eut l'air ahuri.

— Mary, balbutia-t-il.

— Je venais tout juste de vous préparer du thé, Arthur. Je m'étais dit que vous en auriez bien besoin quand vous rentreriez de l'enquête.

— C'est très gentil de votre part, ça oui, remercia Arthur Badcock. Euh... hésita-t-il. Je... l'inspecteur Cornish... Mrs Bain... une voisine.

— Je vois, dit l'inspecteur Cornish.

— Je vais chercher encore une tasse, dit Mrs Bain.

Elle s'éclipsa et, passablement gêné, Arthur Badcock fit entrer l'inspecteur, à droite du hall, dans le petit salon tapissé de cretonne éclatante.

— Elle est très gentille, bredouilla-t-il encore. Toujours très gentille.

— Vous la connaissez depuis longtemps ?

— Oh ! non. Seulement depuis que nous sommes ici.

— Vous y êtes depuis deux ans, je crois, ou ce ne serait pas plutôt trois ?

— Ça fait juste trois ans maintenant. Mrs Bain n'est arrivée qu'il y a six mois, expliqua-t-il. Son fils travaille à deux pas, ce qui fait qu'après la mort de son mari, elle est venue habiter ici et il a pris pension chez elle.

Sur ce, Mrs Bain revint de la cuisine avec son plateau. C'était une brune dans la quarantaine et à l'air véhément. Son teint de pruneau s'accordait bien avec ses cheveux noirs et son œil charbonneux. Il y avait cependant une note discordante concernant l'œil — ou plutôt les yeux — en question. On y lisait la méfiance et la crainte. Elle posa le plateau sur la table et l'inspecteur Cornish se fendit d'une quelconque amabilité. Tous ses sens étaient en alerte. Le regard de cette femme, son léger haut-le-corps en apprenant sa fonction n'étaient que trop éloquents. Il avait souvent constaté ce léger malaise chez ceux qui peuvent avoir inconsciemment porté atteinte à la majesté de la loi. Et puis chez d'autres, aussi, dans une catégorie autrement compromise. Et c'est à cette seconde catégorie qu'il songeait présentement. Mrs Bain, se dit-il, avait déjà eu maille à partir avec la police, et ces affrontements passés l'avaient laissée craintive et peu sûre de soi. Il prit mentalement note de se renseigner plus avant sur le compte de Mary Bain. Ayant disposé les tasses à thé et refusé de s'asseoir avec eux sous prétexte qu'il lui fallait rentrer chez elle, cette dernière prit congé.

— Elle m'a tout l'air d'une femme charmante, commenta l'inspecteur.

— Oh ! ça, oui. Elle est très gentille, très bonne voisine, fit Arthur Badcock en écho. C'est une personne très sympathique.

— C'était une grande amie de votre épouse ?

— Non. Non, je n'irais pas jusque-là. Elles étaient en bons termes et entretenaient des relations de bon voisinage. Sans plus.

— Je comprends. Maintenant, écoutez-moi, Mr Badcock, nous souhaiterions recueillir auprès de vous un maximum de renseignements. Les conclusions de l'enquête ont dû vous plonger dans un certain désarroi, j'imagine.

— Ça, oui, inspecteur. Et je me rends bien compte que vous devez penser qu'il y a quelque chose qui cloche et j'en suis venu aussi à le penser moi-même parce que Heather a toujours eu une santé de fer. C'est une femme qui n'a pratiquement jamais été malade. « Il doit y avoir quelque chose qui cloche », voilà ce que je n'arrête pas de me répéter. Ça paraît tellement incroyable, si vous comprenez ce que je veux dire, inspecteur. Rigoureusement inimaginable. Qu'est-ce que c'est que ce machin — ce by-ethyl-hex...

Il s'interrompit.

— Il existe un mot plus simple pour le désigner, sourit l'inspecteur. Il est commercialisé sous le nom de Calmo. Cela ne vous dit toujours rien ?

Arthur Badcock secoua la tête, perplexe.

— Le produit est plus usité en Amérique qu'ici, précisa l'inspecteur. On l'y prescrit, semble-t-il, assez libéralement.

— Ça sert à quoi ?

— Cela induit, ai-je cru comprendre, une sorte de bienheureuse tranquillité d'esprit, répondit Cornish. On le prescrit aux individus stressés, aux angoissés, à ceux qui souffrent de dépression, de mélancolie, d'insomnie et d'une kyrielle d'autres maux. Aux doses prescrites, le médicament ne présente aucun danger, mais les augmenter est déconseillé. Or, il semblerait que votre femme ait absorbé quelque chose comme six fois la dose maximale.

Badcock écarquilla les yeux :

— Heather n'a jamais de sa vie touché à ces saletés-là. Ça, je vous le garantis. Elle n'était d'ailleurs pas du genre à prendre des médicaments. Et elle n'a jamais été anxieuse ni déprimée. C'était la femme la plus enjouée qu'on puisse imaginer.

L'inspecteur hocha la tête :

— Je vois, oui. Et aucun médecin ne lui avait prescrit quoi que ce soit qui ressemble à ça ?

— Non. Absolument pas. J'en suis sûr et certain.

— Qui était son praticien habituel ?

— Elle s'était fait inscrire sur le rôle du Dr Sim, qui a une convention avec les assurances sociales, mais je ne crois pas qu'elle soit allée consulter une seule fois depuis notre arrivée.

— Donc apparemment pas femme à avoir besoin de ce type de produit ni à en prendre.

— Elle n'aura pas fait ça, inspecteur, je suis sûr qu'elle ne l'a pas fait. Elle a dû l'avaler par erreur ou je ne sais pas, moi.

— C'est là une erreur difficile à imaginer, fit remarquer l'inspecteur Cornish. Qu'est-ce qu'elle avait bu et mangé dans l'après-midi ?

— Attendez voir. A déjeuner...

— Inutile de remonter si loin, l'arrêta Cornish. Administrée à pareille dose, la drogue ne pouvait qu'agir très vite et de façon très brutale. Le thé. N'allons pas plus avant que le thé.

— Oui, eh bien on s'est rendu sous la tente, au milieu de la pelouse. La cohue qu'il y avait là ! Même qu'il a fallu se démener pour obtenir au bout du compte un pain aux raisins et une tasse de thé chacun. Et on a englouti le tout en quatrième vitesse histoire de pouvoir ressortir de là-dessous tellement on y étouffait.

— Et c'est tout ce qu'elle a pris, une tasse de thé et un pain aux raisins ?

— C'est tout.

— Et après, vous êtes entrés dans le manoir, c'est bien ça ?

— Oui. La jeune personne est venue nous dire que miss Marina Gregg serait ravie de saluer ma femme si celle-ci voulait bien se donner la peine d'entrer. Pensez si elle a été folle de joie ! Cela faisait des jours et des jours qu'elle ne parlait que de Marina Gregg. Tout le monde était sur les charbons ardents. Bah ! vous savez ça aussi bien que moi, inspecteur.

— C'est le cas de le dire, soupira Cornish. La mienne ne se tenait plus non plus. C'est bien simple, les gens ont déboulé de partout en cohorte, prêts à y aller de leur shilling pour jauger les transformations et dans l'espoir de se rincer l'œil au spectacle de Marina Gregg en chair et en os.

— La jeune femme nous a fait entrer et monter l'escalier, poursuivit Arthur Badcock. C'est là qu'avait lieu la réunion en petit comité. Sur le palier du premier. Mais c'était, paraît-il, très différent de ce que ç'avait été. C'était comme un salon quoi, avec des chaises et des tables, et puis des boissons. Il y avait déjà pas mal de gens — une douzaine au bas mot.

L'inspecteur Cornish hocha la tête :

— Et vous avez été accueillis... par qui ?

— Par Marina Gregg en personne. Son mari était avec elle... Là tout de suite, son nom ne me revient pas.

— Jason Rudd.

— Oui, c'est ça... Encore que, lui, je ne l'avais pas remarqué sur l'instant. Toujours est-il que miss Gregg a très gentiment accueilli Heather et a paru ravie de la voir, et là-dessus Heather est devenue intarissable et s'est mise à raconter comment elle avait fait la connaissance de miss Gregg il y a de ça des années aux Bermudes et tout avait l'air de baigner dans l'huile.

— Tout avait l'air de baigner dans l'huile, répéta l'inspecteur en écho. Et puis ?

— Et puis miss Gregg nous a demandé ce que nous prendrions. Et le mari de miss Gregg, Mr Rudd, a apporté à Heather une espèce de cocktail, un diquari ou quelque chose d'approchant.

— Un daiquiri.

— C'est ça. Il en a apporté deux. Un pour elle et un pour miss Gregg.
— Et vous, qu'est-ce que vous avez pris ?
— Un sherry.
— Et vous êtes restés là tous les trois à boire ensemble ?
— Non, ce n'est pas tout à fait ça. Voyez-vous, il y avait encore des gens qui montaient l'escalier. Le maire, pour ne vous citer que lui, et puis d'autres — un monsieur et une dame, américains, je crois —, ce qui fait que nous nous sommes éloignés.
— Et c'est là que votre femme a bu son daiquiri ?
— Eh bien, non, pas là, pas du tout.
— Mais alors, si ce n'est pas là, quand est-ce qu'elle l'a bu ?
Arthur Badcock fronça les sourcils comme pour mieux appeler ses souvenirs à la rescousse :
— Je crois bien que... elle s'est assise à une des tables. Elle y avait repéré des amis. Je crois que c'était quelqu'un qui avait à voir avec la Fondation St John et qui était venu en voiture de Much Benham ou d'un endroit comme ça. De toute façon, ils se sont mis à jacasser.
— Mais enfin quand l'a-t-elle bu, ce verre ?
Arthur Badcock fronça de nouveau les sourcils :
— Un peu après. Il y avait de plus en plus foule. Quelqu'un l'a bousculée et son verre s'est renversé.
— Qu'est-ce que vous me chantez là ? Son verre s'est renversé ?
— Oui... voilà comment je revois les choses... Elle l'avait levé et je crois bien qu'elle en avait bu une petite gorgée et qu'elle avait fait la grimace. Elle n'aimait guère les cocktails, vous savez, mais en même temps elle n'allait pas se laisser abattre pour si peu. Quoi qu'il en soit, quelqu'un lui a donné un coup de coude en passant et son cocktail s'est répandu partout. Il y en a eu sur sa robe, et je crois bien aussi sur la robe de miss Gregg. Miss Gregg n'aurait pas pu se montrer plus gentille. Elle a dit qu'il n'y avait pas de mal du tout, et que ça ne tacherait pas, et elle a donné à Heather son mouchoir pour qu'elle puisse éponger son corsage, et elle est même allée jusqu'à lui tendre le verre qu'elle avait à la main

en lui disant : « Prenez celui-ci, je n'y ai pas encore touché. »

— Elle lui a tendu son propre verre, c'est bien ça ? s'étrangla l'inspecteur. Vous êtes sûr de ça ?

Arthur Badcock s'accorda le temps de la réflexion, puis :

— Oui, j'en suis sûr et certain.

— Et votre femme l'a pris ?

— Bien sûr, elle a commencé par refuser. Elle a dit : « Oh ! non, je ne pourrai jamais faire une chose pareille. » Mais miss Gregg a répondu en riant : « J'ai déjà eu plus que mon compte. »

— Et ainsi donc votre femme a accepté le verre en question. Et qu'est-ce qu'elle en a fait ?

— Elle s'est un peu détournée et l'a bu, très vite, il me semble. Et puis elle s'est éloignée dans le corridor pour regarder les tableaux et les tentures. Des tentures magnifiques, je dois dire, je n'avais jamais rien vu de si beau. Et puis je suis tombé sur un de mes copains, le Premier conseiller Allcock, et on était en train de rigoler comme des bossus quand j'ai vu que Heather s'était laissée tomber sur une chaise et faisait une drôle de tête. Alors j'ai été la rejoindre et je lui ai demandé : « Qu'est-ce qu'il t'arrive ? » Et elle m'a répondu qu'elle se sentait tout drôle.

— Tout drôle comment ?

— Ça, je n'en sais rien. Je n'ai pas eu le temps de le savoir. Elle avait la voix pâteuse, épaisse, et sa tête roulait de côté. Et puis tout d'un coup elle a eu une sorte d'énorme hoquet et elle a basculé en avant. Elle était morte.

8

— St Mary Mead ! s'exclama l'inspecteur-chef Craddock. Vous avez dit St Mary Mead ?

Le commissaire adjoint parut quelque peu surpris :

— Oui, St Mary Mead. Pourquoi ? Est-ce que...

— Non, non, rien, répondit Dermot Craddock.

— C'est, paraît-il, un patelin minuscule, poursuivit l'autre. Encore que la construction immobilière s'y développe beaucoup et que ça bétonne pratiquement jusqu'à Much Benham, d'après ce que j'ai compris. Les studios Hellingforth sont situés à l'opposé, sur la route de Market Basing.

L'étonnement se lisait toujours dans le regard de son patron. Et Dermot Craddock se sentit obligé de fournir une explication :

— Je connais quelqu'un qui vit là-bas. A St Mary Mead. Une vieille demoiselle. Une très vieille demoiselle, à l'heure qu'il est. Peut-être même qu'elle est morte, je n'en sais rien. Mais si tel n'est pas le cas...

Le comissaire adjoint comprit ce que son subordonné avait en tête, ou tout au moins crut le faire :

— Oui, cela vous vaudra intronisation. Dans notre métier, il ne faut jamais négliger potins et commérages. C'est d'ailleurs une drôle d'affaire.

— On nous appelle à la rescousse ? s'enquit Dermot.

— Oui. Je viens de recevoir un courrier du chef de la police du comté. Pour lui, cette histoire dépasse le cadre local. La plus vaste demeure du coin, le manoir de Gossington, a été récemment acquise par Marina Gregg, la star de cinéma, et son mari. On tourne un film dans les nouveaux studios, à Hellingforth, dont elle est la vedette. Une fiesta avait été organisée sur les pelouses, au profit des dispensaires St John. La victime — une Mrs Heather Badcock — était la secrétaire locale de la Fondation et avait géré l'organisation de la fête au plan administratif. Il semble qu'elle se soit toujours montrée compétente et qu'elle ait été localement très appréciée.

— Le genre dame patronnesse ?

— Très probablement. Encore que j'aie rarement vu dans ma carrière des dames patronnesses se faire assassiner. Je me demande d'ailleurs bien pourquoi. Pour peu qu'on y songe, c'en est même navrant. Il y avait semble-t-il affluence record à la fête, le temps était au beau fixe et tout marchait comme sur des roulettes. Marina Gregg et son mari tenaient leurs assises privées au premier étage du manoir. Une trentaine ou une quarantaine de notabilités triées sur le volet. Le ban et l'arrière-ban local, deux ou trois personnes connectées peu ou prou avec la Fondation St John, plusieurs amis personnels de Marina Gregg et des gens des studios. Mais, comble du fantastique et de l'improbable, Heather Badcock a trouvé le moyen d'y mourir empoisonnée.

— Bizarre de choisir cet endroit-là, fit remarquer Dermot Craddock.

— C'est aussi l'opinion du chef de la police locale. Si quelqu'un voulait empoisonner Heather Badcock, pourquoi avoir opté pour ce genre de circonstances et pour cet après-midi-là ? Il y avait des centaines de façons bien plus simples de s'y prendre. Sans compter que balancer une dose mortelle de poison dans un cocktail au milieu d'une trentaine de pékins en train de faire des ronds de jambe, c'était risqué. N'importe qui pouvait s'en apercevoir.

— On est sûr que c'était dans le cocktail ?

— Oui, dans le cocktail, c'est confirmé. Nous avons les résultats d'analyse. Un de ces noms à coucher dehors dont raffole le corps médical, mais un produit, en fait, couramment prescrit aux Etats-Unis.

— Aux Etats-Unis, tiens donc !

— Bah ! ici aussi. Mais ce genre de substances est beaucoup plus libéralement distribué outre-Atlantique. Pris à petites doses, ça fait beaucoup de bien.

— C'est en vente libre ou sur ordonnance ?

— Non. L'ordonnance est impérative.

— Tout ça est bien étrange, rumina Dermot. Heather Badcock entretenait des rapports quelconques avec ces gens de cinéma ?

— Aucun.

— Il y avait des membres de sa famille à ce pince-fesses ?

— Son mari.

— Son mari... répéta Dermot en écho.

— Oui, c'est toujours de ce côté-là qu'on incline à chercher, acquiesça son patron, mais votre alter ego local — il s'appelle Cornish, au fait — n'a pas l'air d'estimer que Badcock y soit pour quelque chose... même s'il signale en passant que ce dernier semblait nerveux et mal à l'aise. Mais tout le monde est d'accord que les gens les plus respectables le sont souvent quand ils ont affaire à la police. Le couple, en tout cas, paraissait très uni.

— En d'autres termes, les pandores du lieu ne pensent pas que c'est avec lui qu'ils décrocheront la timbale. Bon, ça devrait rendre les choses intéressantes. J'imagine que je vais là-bas, monsieur ?

— Oui. Et le plus tôt sera le mieux, mon vieux. Qui voulez-vous avec vous ?

Dermot balança un moment.

— Tiddler, finit-il par décréter. C'est un excellent élément et, qui plus est, c'est un fêlé de cinéma. Ça peut aider.

Le commissaire adjoint hocha la tête :

— Bonne chance à tous les deux.

*

— Ça par exemple ! s'exclama miss Marple en rosissant de bonheur. Pour une surprise, c'est une surprise ! Comment allez-vous, mon cher petit... encore que vous ne soyez plus d'âge à ce qu'on vous appelle mon petit. Qu'êtes-vous à présent : inspecteur-chef, superintendant ou a-t-on aussi inventé de nouveaux grades ?

Dermot lui expliqua son rang actuel.

— Je n'ai guère besoin de vous demander quel bon vent vous amène, sourit miss Marple. Notre petit meurtre provincial serait-il à la mesure de Scotland Yard ?

— On nous l'a aimablement refilé, répondit Dermot, ce qui fait que, sitôt débarqué, j'ai foncé au Quartier Général.

— C'est-à-dire chez... frétilla un tantinet miss Marple.

— Oui, tantine, acquiesça non sans effronterie Dermot. Chez vous.

— J'ai hélas bien peur d'être un peu hors circuit désormais, déplora la vieille demoiselle. Je ne mets plus guère le nez dehors.

— Suffisamment quand même pour tomber les quatre fers en l'air et vous faire ramasser par une bonne femme qui allait être assassinée dix jours plus tard, rectifia Dermot Craddock.

Miss Marple émit le genre d'onomatopée que l'on aurait naguère orthographiée « tut-tut ».

— Je me demande où vous allez chercher tout ça, minauda-t-elle.

— Vous devriez pourtant le savoir, rétorqua Dermot Craddock. C'est vous-même qui m'avez expliqué que, dans un village, tout le monde savait toujours tout ce qui se passait.

» En outre, ajouta-t-il, — mais ceci uniquement de vous à moi — avez-vous tout de suite vu à sa tête qu'elle allait se faire assassiner ?

— Bien sûr que non, voyons ! s'exclama miss Marple. Quelle idée !

— Vous n'avez pas retrouvé dans l'œil du mari cette lueur qui vous aurait rappelé Harry Simpson, ou David Jones, ou n'importe qui d'autre que vous auriez connu il y a des années et qui aurait subséquemment poussé sa moitié du haut d'une falaise ?

— Non, non et *non* ! s'indigna miss Marple. Et je suis sûre que Mr Badcock n'aurait jamais fait une chose pareille. Ou du moins, ajouta-t-elle, songeuse, presque sûre.

— Mais l'être humain étant ce qu'il est... susurra malicieusement Craddock.

— Vous ne croyez pas si bien dire. Toujours est-il que, passé le premier chagrin bien naturel, il ne la regrettera pas beaucoup.

— Pourquoi ? Elle lui tapait dessus ?

— Oh ! non, mais je ne crois pas non plus qu'elle était... comment dire ?... La considération pour autrui n'était certainement pas sa vertu première. Elle était brave femme, oui. Mais de la considération... pas question. Elle devait avoir une certaine affection pour lui, le soigner quand il était malade et tenir convenablement son foyer, mais je ne crois pas qu'elle ait jamais... qu'elle se soit jamais souciée de ce qu'il pouvait éprouver ou penser. Or, ce sont là des conditions d'existence bien solitaires pour un homme.

— Comme vous y allez ! Et vous présagez que,

solitaire, ladite existence est en passe de le devenir beaucoup moins ?

— Je prévois qu'il se remariera. Peut-être même très vite. Et très probablement, ce qui est navrant, avec une femme coulée dans un moule similaire. Je veux dire qu'il épousera quelqu'un qui aura une beaucoup plus forte personnalité que la sienne.

— Une candidate en vue ?

— Pas que je sache. Mais j'en sais si peu, regretta miss Marple.

— Mais qu'est-ce que vous *pensez* de tout ça ? la pressa Dermot. Vous n'avez jamais été la dernière pour ce qui est d'échafauder des théories.

— Je pense, répondit miss Marple de manière inattendue, que vous devriez aller voir Mrs Bantry.

— Mrs Bantry ? Qui est-ce ? Elle fait partie de ces gens de cinéma ?

— Non, elle vit dans l'ancien pavillon de garde de Gossington. Elle était à la réception, ce jour-là. Ils possédaient le manoir, dans le temps. Son mari le colonel Bantry et elle.

— Elle était à la réception... Et elle a vu quelque chose ?

— Je crois qu'il vaut mieux qu'elle vous dise elle-même de quoi il retourne au juste. Sans doute estimerez-vous que cela n'a guère de rapport avec le sujet, mais je crois que cela peut néanmoins se révéler un peu — oh ! un tout petit peu — *suggestif*. Dites-lui que c'est moi qui vous envoie et... ah ! oui... peut-être serait-il bon que vous mentionniez d'entrée de jeu la Dame de Shalott.

Dermot Craddock pencha la tête de côté pour regarder sa vieille amie :

— La Dame de Shalott, répéta-t-il. C'est le mot de passe, c'est ça ?

— Je n'irai pas jusque-là, sourit miss Marple, mais ça lui rappellera ce que j'ai en tête.

Dermot Craddock se leva.

— Vous n'allez pas tarder à me revoir, la prévint-il.

— C'est trop gentil à vous, s'émut-elle. Peut-être, si vous aviez le temps, consentiriez-vous un jour à venir prendre le thé avec moi. Si vous prenez toujours le thé, ajouta-t-elle avec un sourire désenchanté. Je n'ignore pas que la plupart des gens de votre âge l'ont abandonné au profit de l'alcool ou pire encore. Vous estimez que le thé à 5 heures a fait son temps.

— Je ne suis pas si jeune que ça, répliqua Dermot Craddock. Oui, je viendrai prendre le thé avec vous un de ces jours. Au programme : thé, ragots et potins du village. Vous connaissez certains de ces gens de cinéma, au fait, ou quelques membres du personnel des studios ?

— Ni d'Eve ni d'Adam. Je ne sais que ce que j'ai entendu dire sur leur compte.

— Mais ce que vous glanez par ouï-dire est généralement beaucoup, souligna Dermot Craddock. A bientôt. Ça m'a fait infiniment plaisir de vous retrouver.

*

— Oh ! je suis ravie de faire votre connaissance ! s'exclama Mrs Bantry, un peu éberluée néanmoins après que Dermot se fut présenté et lui eut expliqué qui il était. Quelle extase que de vous voir. Mais ne promenez-vous pas toujours des sergents dans votre sillage ?

— J'ai un sergent ici avec moi, oui, sourit Craddock. Mais il est actuellement très absorbé.

— Par des vérifications de routine ?

— Quelque chose comme ça, oui, acquiesça gravement Dermot.

— Et Jane Marple vous a dépêché auprès de moi, poursuivit Mrs Bantry en le faisant entrer dans son boudoir. J'étais en train d'arranger quelques fleurs. Nous sommes aujourd'hui un de ces jours où elles s'obstinent à ne pas faire ce que vous voudriez qu'elles fassent. Elles retombent, ou alors elles restent piquées là où il ne faudrait pas, ou encore elles refusent de demeurer posées là où on le leur demande. C'est vous dire si une distraction est la bienvenue, surtout quand elle est aussi ébouriffante que celle-là. Il s'agissait donc bien d'un meurtre, n'est-ce pas ?

— Vous aviez immédiatement opté pour le meurtre ?

— Bah ! ç'aurait pu être un accident, j'imagine, soupira Mrs Bantry. Personne n'a rien dit de définitif, officiellement s'entend. Il n'y a guère eu que quelques commentaires assez débiles sur l'absence de preuves quant à la personne qui aurait administré le poison et la façon dont elle s'y serait prise. Mais, comme de bien entendu, les langues sont allées bon train.

— Et vos soupçons se sont portés sur qui ?

— Sur personne. Et c'est ça le côté bizarre de cette histoire. Je ne vois absolument pas qui peut avoir fait le coup.

— Vous entendez par là que vous ne visualisez pas la personne qui aurait pu être en mesure de le faire ?

— Non, non, pas du tout. Je veux bien croire que ça n'a pas dû être commode, mais nous avons la preuve que ça n'avait rien d'infaisable. Non, ce que je voulais dire, c'est que je ne vois pas qui aurait pu *vouloir* le faire.

— Personne, d'après vous, ne pouvait avoir envie de tuer Heather Badcock ?

— Eh bien, non, franchement, déplora Mrs Bantry, je ne parviens pas à imaginer que *quiconque* ait pu vouloir la tuer. Je l'avais vue pas mal de fois, voyez-vous. Les Eclaireuses, le Dispensaire St John et diverses festivités paroissiales. Et je la trouvais du genre pénible. Toujours à s'enthousiasmer à tout propos, à en rajouter sur tout et à faire tout un tas d'histoires pour des broutilles. Mais on ne tue pas les gens pour ça. C'était le type même de ces femmes auxquelles, quand on les voyait approcher de sa porte au bon vieux temps, on dépêchait précipitamment sa chambrière — encore une institution dont nous jouissions autrefois, et non des moindres, la chambrière — avec ordre de répondre que « Madame n'était pas chez elle », voire que « Madame n'y était pour personne » dans le cas des soubrettes chez qui le mensonge provoquait des états d'âme.

— Vous voulez dire qu'on pouvait se décarcasser

pour éviter Mrs Badcock mais qu'on ne serait pas allé jusqu'à l'escamoter définitivement.

— Très bien dit, applaudit Mrs Bantry.

— Elle n'avait pour ainsi dire pas d'argent, médita Dermot, ce qui fait que sa mort ne profite à personne sur le plan financier. Personne non plus ne semble l'avoir véritablement exécrée. Est-ce que par hasard elle n'aurait pas fait chanter quelqu'un ?

— Elle n'aurait jamais pu ne fût-ce que songer à faire une abomination pareille ! se récria Mrs Bantry. Elle était du genre à avoir de grands principes et une conscience intransigeante.

— Et son mari, il n'avait pas une liaison cachée ?

— Ça m'étonnerait. Je ne l'ai vu qu'à la réception. Une demi-portion. Un greluchon aux mains moites.

— Tout ceci ne nous laisse guère le choix des pistes, maugréa Dermot Craddock. On en revient à l'idée qu'elle savait quelque chose.

— Qu'elle savait quelque chose ?

— Sur le compte de quelqu'un et susceptible de nuire à ce quelqu'un.

— Ça m'étonnerait, répéta Mrs Bantry en secouant de nouveau la tête. Ça m'étonnerait beaucoup. Elle m'a toujours fait l'effet de ces créatures qui, quand elles connaissent un noir secret sur leur voisin, n'ont de cesse d'aller le colporter auprès de la terre entière.

— Voilà qui règle donc la question, soupira Dermot Craddock. Alors venons-en, autant que faire se pourra, à la raison de ma visite. Miss Marple, pour qui j'ai la plus grande admiration et le plus profond respect, m'a quasiment intimé l'ordre de mentionner devant vous la Dame de Shalott.

— Oh, *ça* ! s'exclama Mrs Bantry.

— Oui, acquiesça Craddock. *Ça !* Quoi que cela puisse être.

— Les gens ne lisent plus guère Tennyson de nos jours, regretta Mrs Bantry.

— Il m'en reste des bribes, se remémora Dermot Craddock. Elle lève le nez et voit arriver Camelot, c'est bien ça ?

Se défaisant, la trame s'affaissa ;
En mille éclats le miroir se brisa :

« *La malédiction est sur moi !* » *s'écria*
La Dame de Shalott.

— Exactement. C'est ce qu'elle a fait ! triompha Mrs Bantry.
— Je vous demande pardon. Qui a fait quoi ?
— Pris cette tête-là, expliqua Mrs Bantry.
— Qui a pris cette tête-là ?
— Marina Gregg.
— Ah ! Marina Gregg. Et quand l'a-t-elle prise ?
— Jane Marple ne vous l'a pas dit ?
— Elle ne m'a rien dit du tout. Elle m'a expédié jusqu'à vous.
— C'est assommant de sa part, récrimina Mrs Bantry, parce qu'elle formule les choses beaucoup mieux que je ne le fais. Mon mari disait toujours que j'étais si abrupte qu'il ne comprenait jamais rien de ce que je lui racontais. De toute façon, il n'est pas à exclure que j'aie rêvé le tout. Mais quand vous voyez quelqu'un prendre cet air-là, il est forcé que ça vous reste.
— Je vous en conjure, expliquez-moi tout, plaida Dermot Craddock.
— Eh bien, voilà, c'était au cours de ce raout. Je dis raout parce que vous ne trouvez pas que c'est toujours tellement difficile de donner un nom aux choses ? Mais ce n'était à tout prendre qu'une sorte de verre offert en haut de l'escalier, dans un renfoncement gagné sur l'ancienne chambre d'amis. Marina y officiait avec son mari. Quelques-uns d'entre nous y avaient été conviés. Moi, j'imagine, au titre d'ancienne propriétaire des lieux, et Heather Badcock et son mari parce qu'elle avait veillé aux préparatifs de la fête et organisé le tout. Et nous nous sommes trouvés à monter l'escalier quasiment en même temps, ce qui fait que j'étais plantée là-haut, voyez-vous, quand j'ai remarqué ça.
— D'accord. Quand vous avez remarqué quoi ?
— Eh bien, Mrs Badcock s'est lancée dans un de ces laïus sans fin dont les gens se croient obligés de se fendre quand ils rencontrent des célébrités. Vous savez ce que c'est : comme c'est merveilleux, et à quel point ils avaient eu hâte de, et comment c'est ce dont

ils n'osaient plus rêver. Ensuite de quoi elle a embrayé sur les mille et une péripéties de la fois où elle lui avait été précédemment présentée il y a de cela des années et sur ce qu'elle en avait été surexcitée. Et moi, pendant ce temps-là, je mesurais dans mon coin ce que ça devait être barbant pour ces pauvres célébrités d'avoir à répondre à ça par les formules consacrées. Et puis je me suis tout d'un coup avisée que Marina Gregg avait totalement cessé de les prononcer, les paroles consacrées. Elle se contentait d'ouvrir des yeux hébétés.

— Qu'est-ce qu'elle regardait avec des yeux hébétés ? Mrs Badcock ?

— Non, elle, on aurait dit qu'elle l'avait oubliée. Je crois qu'elle n'avait même pas entendu un mot de ce qu'elle avait raconté. Elle fixait l'espace, droit devant elle, avec ce que j'appelle le regard de la Dame de Shalott... comme si elle avait aperçu quelque chose d'épouvantable. Quelque chose de terrifiant, quelque chose qui lui faisait douter du témoignage de ses yeux et qu'elle ne pouvait endurer.

— « La malédiction est sur moi » ? suggéra Dermot Craddock.

— Oui, c'était tout à fait ça. C'est pour ça que je l'appelle le regard de la Dame de Shalott.

— Mais, ce regard, elle le posait sur *quoi* au juste ?

— Ça, j'aimerais bien le savoir, soupira Mrs Bantry.

— Elle était en haut de l'escalier, dites-vous ?

— Elle regardait par-dessus la tête de Mrs Badcock... non, plutôt par-dessus son épaule, je crois bien.

— Droit sur le milieu de la cage d'escalier ?

— C'était peut-être bien un peu plus de côté.

— Et il y avait du monde en train de monter l'escalier ?

— Oh ! oui, des nouveaux arrivants... cinq ou six à vue de nez.

— Elle ne regardait pas une de ces personnes en particulier ?

— Ça, je ne peux pas dire. Je ne regardais pas de ce côté-là, voyez-vous. Je la regardais *elle*. Je tournais le dos à l'escalier. Je me suis dit qu'elle regardait peut-être un des tableaux.

— Ces tableaux étant chez elle, elle devait pourtant les connaître par cœur.

— Oui, oui, c'est vrai, ça. Non, j'imagine qu'elle devait regarder l'un de ces nouveaux arrivants. Je me demande bien lequel.

— Il nous faudra tâcher de le déterminer, décréta Dermot Craddock. Vous avez encore une vague idée de qui étaient ces gens ?

— Je me souviens très bien que le maire et sa femme étaient du lot. Il y avait quelqu'un dont je crois qu'il est journaliste, un rouquin, pour la bonne raison qu'on me l'a présenté peu après, mais ne me demandez pas comment il s'appelle. Je ne retiens jamais les noms. Galbraith... quelque chose dans ce goût-là. Et puis il y avait aussi un homme énorme, très noir. Oh ! je ne parle pas d'un Nègre... non, tout bonnement d'un individu à la mine très sombre, et du genre pas commode. Il y avait une actrice avec lui. Un peu trop blonde, et du genre à exhiber ses visons. Et puis le vieux général Barnstaple, de Much Benham. Il est maintenant pratiquement gâteux, le pauvre trésor. Je ne pense pas que *lui*, en tout cas, ait jamais pu être le châtiment qui s'abat sur qui que ce soit. Oh ! et puis les Grice, de la ferme d'En-bas.

— Ce sont là tous ceux dont vous vous souvenez ?

— Il peut y en avoir eu d'autres, notez. Mais, voyez-vous, je ne... bref, je ne faisais pas tellement attention. Je sais que le maire, le général Barnstaple et les Américains sont bien arrivés à ce moment-là. Et puis il y avait des gens qui prenaient des photos. L'un était du coin, j'ai l'impression, l'autre était une fille de Londres, à la dégaine d'artiste, avec des cheveux longs et un appareil photo gros comme ça.

— Et vous pensez que c'est la vue d'une de ces personnes-là qui a pu métamorphoser à ce point le regard de Marina Gregg ?

— Si vous voulez que je vous dise, je ne pense rigoureusement rien, se défendit Mrs Bantry avec une franchise absolue. Je me suis juste demandé ce qui avait bien pu lui donner cette tête-là et puis ça m'est sorti de l'esprit. Seulement, après coup, c'est le genre de détails qui vous reviennent. Encore qu'il aille de soi, insista-t-elle, en veine d'honnêteté, que j'aie parfaitement pu extrapoler. Elle peut avoir eu une rage de dents soudaine, une épingle de sûreté qui se sera ouverte et promenée, des coliques irrépressibles. Le genre de pépin qu'on essaie de surmonter en faisant semblant de l'ignorer mais qui, pour les témoins, se voit comme le nez au milieu de la figure.

Dermot Craddock éclata de rire :

— Je suis heureux de constater que vous êtes une réaliste, Mrs Bantry. Comme vous dites, il a pu s'agir d'un banal incident de cet ordre. Mais ça n'en reste pas moins un détail intéressant, susceptible de nous ouvrir des horizons.

Et ce fut en secouant la tête qu'il prit congé pour s'en aller présenter ses lettres de créance à Much Benham.

9

— Alors comme ça, localement, vous avez fait chou blanc ? conclut Craddock en tendant son porte-cigarettes à Frank Cornish.

— Sur toute la ligne, avoua Cornish. Pas d'ennemis, pas de bagarres avec qui que ce soit, en bons termes avec son mari.

— Pas question d'une autre femme ou d'un autre homme ?

Cornish secoua la tête :

— Rien dans ce goût-là. Pas trace de scandale d'aucune sorte. Elle n'était pas ce que vous appelleriez du genre sexy. C'était un pilier de réunions associatives, de comités tous azimuts et il y a bien eu quelques mini-rivalités locales mais sans que ça tire jamais à conséquence.

— Il n'y a jamais eu de coup de canif au contrat de la part du mari ? Aucune fille du bureau où il travaillait ?

— Il est chez Biddle & Russel, agents et experts immobiliers. Il a le choix entre Florrie West, qui ne sait que renifler, et miss Grundel, la cinquantaine bien sonnée et laide comme les sept péchés capitaux... rien là de quoi faire sauter un homme au plafond. Encore qu'à côté de ça, je ne serais pas surpris s'il se remariait bel et bien en vitesse.

Craddock parut intéressé.

— Une voisine, expliqua Cornish. Une veuve. Quand je l'ai raccompagné chez lui après l'enquête, elle était dans la place, fort occupée à lui préparer son thé et d'une manière générale à prendre la situation en main. Il a paru tout à la fois ahuri et éperdu de reconnaissance. Si vous voulez mon avis, elle a décidé de lui mettre le grappin dessus, mais il n'en sait encore rien, le malheureux.

— Quelle sorte de femme est-ce ?

— Belle plante, admit l'autre. Plus de toute première jeunesse, mais pas vilaine à regarder dans le genre pruneau. Haute en couleur. L'œil charbonneux.

— Elle s'appelle ?

— Bain. Mrs Mary Bain. Mary Bain. C'est une veuve.

— Qu'est-ce que faisait le mari ?

— Aucune idée. Elle a un fils qui travaille pas loin d'ici et qui vit avec elle. Ça a l'air d'une femme sans histoire, une femme comme il faut. N'empêche que j'ai l'impression d'avoir déjà eu affaire à elle.

Il consulta sa montre :

— Midi moins dix. J'ai pris rendez-vous pour vous au manoir de Gossington à midi. On ne ferait pas mal de se mettre en branle.

*

Les yeux de Dermot Craddock, qui affichaient en permanence un air de somnolente vacuité, procédaient en fait à un relevé précis du manoir de Gossington et de ses aîtres. L'inspecteur Cornish l'avait amené là et livré aux mains d'un jeune homme répondant au nom de Hailey Preston avant de s'esquiver avec tact. Depuis lors, Dermot Craddock n'avait fait que boire les paroles de Mr Preston en dodelinant doucement de la tête. Hailey Preston, présumait-il, remplissait auprès de Jason Rudd les fonctions d'attaché de presse, d'assistant ou de secrétaire personnel, voire, plus probablement encore, les trois à la fois. Il parlait. Il parlait beau et d'abondance, d'un ton égal, sans faire d'effets et en se débrouillant miraculeusement pour ne pas se répéter trop souvent. C'était un garçon bien à tous égards et en priorité soucieux de voir son point de vue — réminiscence de celui du Dr Pangloss selon lequel tout est toujours pour le mieux dans le meilleur des mondes possibles — partagé par quiconque se trouvait en sa compagnie. Il répéta à plusieurs reprises et selon des formulations variées à quel point ç'avait été une chose atroce, et dans quel état ç'avait mis tout le monde, et comme Marina était totalement prostrée, et comment Mr Rudd était plus bouleversé qu'on ne le saurait dire, et à quel point ça vous laissait comme deux ronds de flan qu'un truc pareil ait pu arriver, quoi ? Qui sait si on n'avait pas possiblement affaire à un de ces bizarres phénomènes d'allergie à allez savoir quelles substances bien précises ? Il ne faisait qu'émettre là une hypothèse... les allergies vous avaient parfois de ces effets si surprenants. Surtout, que l'inspecteur-chef Craddock sache que la coopération totale et absolue des studios Hellingforth et de son personnel dans son intégralité lui était bien évidemment acquise. Qu'il pose toutes les questions qu'il souhaitait poser et aille où bon lui semblerait. Si on pouvait lui apporter une aide quelconque, il n'avait qu'à parler. Ils avaient tous eu le plus infini respect pour Mrs Badcock et apprécié à sa juste valeur son sens du social et l'énergie qu'elle avait toujours déployée dans le cadre de la Fondation des Dispensaires St John.

Puis il repartit de plus belle, usant d'autres mots mais continuant de broder sur le même motif. Personne n'aurait pu davantage brûler de se montrer coopératif. Et, dans le même temps, il s'évertuait à faire passer le message selon lequel tout ceci était éloigné — tellement éloigné ! — du monde artificiel et aseptisé des studios... tandis que Mr Jason Rudd, miss Marina Gregg et qui que ce soit dans la maison feraient le maximum pour lui faciliter la tâche dans toute la mesure du possible. Puis il se mit à dodeliner trente-six fois de la tête, de l'air du monsieur

convaincu de s'être montré convaincant. Dermot Craddock mit à profit ce précieux instant de silence :
— Merci infiniment.

Il l'avait dit sans hausser le ton mais d'une voix si vibrante que Mr Hailey Preston en demeura pantois. Il balbutia :
— Eh bien, mais...
... Et s'interrompit, l'interrogation faite homme.
— Vous m'avez dit que je pouvais poser des questions ? avança Dermot Craddock.
— Mais bien sûr. Mais bien sûr. Ouvrez le feu.
— Est-ce ici qu'elle est morte ?
— Mrs Badcock ?
— Mrs Badcock. Est-ce bien ici ?
— Oui, c'est bien ça. Exactement ici. Si vous y tenez, je peux même vous montrer la chaise.

Ils se tenaient dans la partie agrandie du palier. Hailey Preston fit quelques pas dans le corridor et désigna une chaise en chêne assez toc :
— Elle était assise dessus. Elle a dit qu'elle ne se sentait pas bien. Quelqu'un est parti lui chercher quelque chose, et puis elle est morte, comme ça, ici.
— Je vois.
— Je ne sais pas si elle avait récemment consulté un médecin. Si on lui avait signalé qu'elle avait des ratés côté cœur.
— Elle n'avait pas le moindre raté côté cœur, rectifia Dermot Craddock. C'était une femme en pleine santé. Elle est morte suite à l'absorption de six fois la dose maximale d'une substance dont je ne me risquerai pas à articuler la dénomination officielle mais qui est plus généralement connue sous le nom de Calmo.
— Je sais, je sais, l'arrêta Hailey Preston. J'en prends parfois moi-même.
— Tiens donc ! Voilà qui est très intéressant. Vous en êtes satisfait ?
— C'est fantastique. Fantastique. Ça vous donne un coup de fouet et ça vous rétame en même temps, si vous voyez ce que je veux dire. A condition, naturellement, de respecter la prescription.
— Est-ce qu'il y en aurait par hasard des provisions dans la maison ?

Il connaissait la réponse à sa question mais fit comme s'il n'en savait rien. Hailey Preston se montra la franchise même :

— Des tonnes, je dois bien avouer. Il doit y en avoir un flacon dans la plupart des salles de bains.

— Ce qui ne nous facilite pas la tâche.

— Il va de soi, fit remarquer Hailey Preston, qu'elle a pu se servir elle-même, en prendre une dose et, comme je vous l'ai dit, faire une réaction allergique.

Craddock n'eut pas l'air convaincu — et Hailey Preston soupira :

— Vous êtes catégorique en ce qui concerne le dosage ?

— Oh ! oui. La dose ingérée était mortelle. Et, de surcroît, Mrs Badcock ne prenait jamais de médicaments. Pour autant que nous ayons pu découvrir, elle n'a jamais dépassé le stade de l'aspirine et du bicarbonate.

Hailey Preston secoua la tête :

— Ça pose en effet problème. Oui, c'est le cas de le dire.

— Où Mr Rudd et miss Gregg accueillaient-ils leurs hôtes ?

Hailey Preston retourna se planter au haut des marches :

— Ici même.

L'inspecteur-chef Craddock vint le rejoindre et regarda le mur en face de lui. Une Madone à l'enfant y était accrochée au centre. Une bonne copie, lui sembla-t-il, de quelque peintre italien renommé. Une Madone vêtue de bleu y portait bien haut l'Enfant Jésus, et la mère comme l'enfant semblaient habités par l'extase et riaient de bonheur. De petits groupes de fidèles, de part et d'autre en contrebas, levaient leurs regards vers l'enfant. Une des plus exquises Madone qu'il soit donné de voir, songea Dermot Craddock. Deux étroites fenêtres, à droite et à gauche du tableau, ouvraient sur le ciel. L'ensemble dégageait un charme extrême, mais il lui semblait qu'il n'y avait tragiquement rien là qui puisse métamorphoser quiconque en Dame de Shalott sur qui la malédiction s'abattait.

— Les gens, bien évidemment, montaient l'escalier ? demanda-t-il.

— Oui. Ils arrivaient par petits paquets, voyez-vous. Pas trop à la fois. J'en convoyais quelques-uns, Ella Zielinsky, la secrétaire de Mr Rudd, pilotait la fournée suivante. Le but était que ça ait l'air agréablement improvisé.

— Vous-même étiez ici au moment où Mrs Badcock est montée ?

— Je vous avoue à ma grande honte, inspecteur, que je n'en ai plus aucune idée. J'avais une liste de noms et je sortais rabattre mon contingent. Je les présentais, veillais à ce qu'on leur mette un verre en main et puis je retournais enrôler le bataillon suivant. A ce moment-là, je ne connaissais même pas de vue cette Mrs Badcock, et elle ne figurait pas sur ma liste.

— Et pour ce qui est de Mrs Bantry ?

— Ah ! oui, l'ancienne propriétaire des lieux, c'est ça ? Je crois bien qu'elle ainsi que Mrs Badcock et son mari sont grosso modo arrivés en même temps.

Il s'interrompit et reprit :

— Et puis le maire a déboulé lui aussi dans ces eaux-là. Il avait sa grosse chaîne autour du cou et il était escorté d'une femme à cheveux jaunâtres et en bleu roi à fanfreluches. Je les vois encore. Je ne leur ai versé à boire à aucun parce qu'il fallait que je file chercher le lot suivant.

— Qui leur a empli leurs verres ?

— Alors, là, je ne saurais vous dire au juste. Nous étions trois ou quatre de corvée. Je sais que je descendais l'escalier quand le maire est monté.

— Qui d'autre était dans l'escalier quand vous êtes descendu, si toutefois vous vous le rappelez ?

— Jim Galbraith, l'un des journalistes qui couvraient l'opération, plus trois ou quatre individus que je ne connaissais pas. Il y avait deux photographes : un, local, dont le nom m'échappe, et une intellectuelle de Londres, célèbre pour l'originalité de ses cadrages. Elle avait placé son appareil photo dans ce coin, là-bas, d'où elle avait un point de vue intéressant sur miss Gregg en train d'accueillir ses intimes. Ah ! ça me revient, j'ai comme l'impression que c'est à ce moment-là aussi que Ardwyck Fenn est arrivé.

— Et qui est Ardwyck Fenn ?

Hailey Preston parut scandalisé :

— C'est une grosse légume, inspecteur ! Une très grosse légume dans le monde du Cinéma et de la Télévision. Nous ne savions même pas qu'il se trouvait en Angleterre.

— Son apparition a été une surprise ?

— Et comment ! s'émut Preston. C'était follement gentil de sa part de venir, et totalement inattendu.

— C'est un vieil ami de miss Gregg et de Mr Rudd ?

— C'était un vieil ami de Marina il y a de ça pas mal d'années, quand elle en était encore à son deuxième mari. Je ne sais pas à quel point Jason le connaissait.

— Quoi qu'il en soit, ç'a été une heureuse surprise ?

— Je veux, oui. Nous étions tous aux anges.

Craddock hocha la tête et dévia vers d'autres sujets. Il se livra à un interrogatoire tatillon sur les boissons, leurs ingrédients, comment elles avaient été servies, par qui, quels étaient les domestiques et les extras embauchés pour la circonstance. Les réponses tendirent à prouver, comme l'inspecteur Cornish l'avait déjà laissé entendre, que n'importe qui parmi la trentaine de personnes présentes *pouvait* avoir empoisonné Heather Badcock avec un maximum de facilité — à ceci près que le n'importe qui en question courait le risque d'être vu en train d'agir ! Il y avait vraiment eu un gros risque à courir.

— Merci, dit-il enfin. Et maintenant j'aimerais, si c'est possible, m'entretenir avec miss Marina Gregg.

Hailey Preston secoua la tête :

— Là, je suis au regret. Je suis réellement au regret, mais c'est hors de question.

Les sourcils de Craddock se haussèrent :

— Vraiment ?

— Elle est prostrée. Totalement prostrée. Son médecin privé veille sur elle. Il lui a fait un certificat. Je l'ai ici. Je vais vous le montrer.

Craddock le prit et le lut.

— Je vois, conclut-il. Est-ce que Marina Gregg traîne toujours un médecin à ses basques ?

— Tous ces acteurs et actrices vivent perpétuellement dans un état de tension extrême. On leur fait mener des existences effarantes. Il paraît toujours souhaitable que les plus grosses vedettes aient à leur disposition un praticien qui sache tout de leur constitution et de leur état nerveux. Maurice Gilchrist jouit d'une énorme réputation. Cela fait des années qu'il suit miss Gregg. Elle a collectionné les maladies pendant quatre ans. Elle est restée hospitalisée longtemps. Ce n'est guère que depuis un an qu'elle a recouvré dynamisme et santé.

— Je vois.

Hailey Preston parut soulagé que Craddock n'insiste pas davantage.

— Pourquoi ne verriez-vous pas Mr Rudd ? suggéra-t-il. Il sera...

Il regarda sa montre :

— Il sera de retour des studios dans dix minutes environ, si cela peut vous convenir.

— Ça m'ira parfaitement, déclara Craddock. D'ici là, est-ce que le Dr Gilchrist est dans les murs ?

— Oui.

— En ce cas, j'aimerais lui parler.

— Sans problème aucun. Je vais vous le chercher.

Le jeune homme s'éloigna tel un tourbillon. Et Dermot Craddock, lui, demeura, pensif, sur la dernière marche de l'escalier. Bien sûr, ce regard figé que Mrs Bantry lui avait décrit pouvait intégralement sortir de l'imagination de la vieille dame. D'autant qu'elle était du genre à sauter aux conclusions. Et en même temps il se disait qu'il y avait fort à parier que ladite conclusion soit la bonne. Sans aller jusqu'à afficher le regard de la Dame de Shalott sur qui la malédiction s'abattit, Marina Gregg avait pu soudain voir quelque chose qui l'avait contrariée, voire mise hors d'elle. Quelque chose qui lui avait fait négliger l'invitée qui lui parlait. Quelqu'un avait monté l'escalier, peut-être ? Un hôte inattendu ? Un hôte indésirable ?

Un bruit de pas le fit se retourner. Hailey Preston était de retour, escorté du Dr Maurice Gilchrist. Le

Dr Gilchrist ne correspondait pas du tout à l'image que s'en était faite Dermot Craddock. Rien en lui de suave ni d'affecté, rien de théâtral dans son allure. Il semblait brusque, direct et peu enclin à tourner autour du pot. Il était vêtu de tweed, de tweed un peu voyant selon les critères britanniques. Il avait le cheveu noir et l'œil pénétrant.

— Dr Gilchrist ? Je suis l'inspecteur Dermot Craddock. Pourrions-nous échanger deux mots en particulier ?

Le médecin acquiesça de la tête et repartit vers l'extrême fond du corridor. Là, il poussa une porte et invita Craddock à entrer :

— Personne ne nous dérangera ici.

C'était manifestement sa chambre, très confortablement aménagée au demeurant. Il lui désigna un fauteuil et s'assit lui-même.

— J'apprends, préluda Craddock, que miss Marina Gregg ne serait, d'après vous, pas en état de supporter un interrogatoire. Quel est son problème, docteur ?

Gilchrist haussa imperceptiblement les épaules :

— Les nerfs. Si vous lui posiez maintenant des questions, elle friserait l'hystérie dans pas cinq minutes. Et cela, je ne peux pas l'autoriser. Au cas où vous souhaiteriez m'envoyer le médecin de la police, je lui expliquerais volontiers mes vues sur la question. Elle n'a pas été à même d'être présente à l'enquête pour les mêmes raisons.

— Combien de temps, s'enquit Craddock, cette situation risque-t-elle de durer ?

Le Dr Gilchrist lui sourit — un sourire de connivence :

— Si vous voulez mon opinion — celle de l'homme et pas du médecin —, je ne lui donne guère que quarante-huit heures avant de craquer. Et alors non seulement elle condescendra à vous voir, mais elle ne pourra plus attendre de le faire. Elle voudra vous poser des questions. Et elle exigera de répondre aux vôtres. C'est comme ça qu'ils sont tous !

Il se pencha en avant :

— J'aimerais, dans la mesure de mes moyens, essayer de vous faire entrevoir, inspecteur, ce qui fait que ces gens agissent ainsi. La vie des vedettes de l'écran est une vie tout entière dominée par le stress, et plus elles ont de succès, plus grands sont les dégâts. Vous vivez toujours, du matin au soir et du soir au matin, sous l'œil du public. Quand vous êtes sur un tournage, quand vous travaillez, vous effectuez une tâche ingrate et qui vous mobilise de longues heures. Vous devez y être aux aurores, à poireauter et prendre votre mal en patience. Vous jouez votre minuscule lambeau de scène, qu'il vous faudra reprendre à jet continu. Si vous répétiez pour le théâtre, vous fileriez vraisemblablement en continu un acte entier, ou à tout le moins une scène. Vous procéderiez par séquences qui s'enchaînent, et le tout serait plus ou moins humain et crédible. Mais, au cinéma, vous jouez hors contexte et hors continuité. C'est un travail qui vous brise. C'est épuisant. Oh ! vous nagez dans le luxe, cela va sans dire, on vous donne des calmants, on vous prodigue poudres, fards, bains et assistance médicale rapprochée, vous faites de la relaxation, vous êtes entouré, vous courez les réceptions... mais tout cela vous le faites perpétuellement sous l'œil du public. Il ne vous est pas permis de jouir d'une seule minute de tranquillité. Vous ne pouvez *jamais vous relaxer*.

— Je comprends, acquiesça Dermot. Oui, je comprends.

— Et puis il y a encore autre chose, reprit Gilchrist. Si vous vous lancez dans cette carrière, et spécialement pour peu que vous soyez doué pour, vous appartenez à un certain type d'individus. Vous êtes quelqu'un — mon expérience me l'a enseigné — qui est mal dans sa peau, quelqu'un qui est sans cesse en proie à l'angoisse et au doute. Un effroyable sentiment d'insuffisance, d'imperfection vous accable, vous craignez de ne pas être à la hauteur de ce que l'on attend de vous. On répète à l'envi que les comédiens des deux sexes sont la vanité même. Rien n'est moins vrai. Ils ne sont pas *entichés* de leur petite personne ; ils sont *obsédés* par eux-mêmes, ça, oui, au point d'avoir tout le temps besoin qu'on les rassure. Il *faut* qu'ils soient constamment rassurés. Demandez à Jason Rudd. Il vous répondra la même chose.

Il faut les convaincre qu'ils en sont capables, leur jurer qu'ils y arriveront, il faut leur faire reprendre et reprendre encore le même point de détail en les encourageant jusqu'à obtenir enfin qu'ils atteignent l'état dans lequel vous les vouliez. Mais ils n'en continueront pas moins à douter d'eux-mêmes. Et c'est ça qui fait d'eux, pour user de mots de tous les jours et pas de jargon professionnel, des monstres. Des hystériques ingérables. Des paquets de nerfs. Et plus ils sont névrosés meilleurs ils seront au boulot.

— Ça, c'est intéressant, commenta Craddock. Très intéressant... Encore que je ne voie pas très bien où...

— J'essaie de vous faire comprendre Marina Gregg, insista Maurice Gilchrist. Vous avez, sans l'ombre du doute, vu ses films.

— C'est une merveilleuse actrice, convint Dermot. Merveilleuse. Elle a tout : personnalité, beauté, faculté d'émouvoir les foules.

— Oui, souligna Gilchrist, elle a tout ça, et il lui a pourtant toujours fallu travailler comme une damnée pour arriver là où elle est arrivée. Elle y a laissé ses nerfs et elle est physiquement usée. Elle n'a plus la force qu'il lui faudrait encore. Elle a un de ces tempéraments qui oscillent sans discontinuer entre bonheur extatique et désespoir sans fond. Elle n'y peut rien. Elle est faite comme ça. Elle a beaucoup souffert, dans sa vie. Elle est responsable d'une bonne partie de ses problèmes, mais pas de leur intégralité. Aucun de ses mariages n'a été heureux, si ce n'est, à mon avis, ce dernier. Elle est actuellement mariée à un homme qui l'aime de tout son cœur et qui l'a aimée depuis des années. Elle se réfugie dans cet amour et elle y est heureuse. Ou du moins elle y est heureuse pour l'instant. Impossible de dire combien ça va durer. Le chiendent avec elle, c'est que soit elle pense avoir enfin découvert le lieu, obtenu le statut, atteint le stade de sa vie où tout va se dérouler comme dans un conte de fées, où plus rien ne pourra la blesser et où elle ne sera plus jamais malheureuse, soit alors elle plonge au trente-sixième dessous et se voit en femme dont la vie est fichue, qui n'a jamais connu l'amour et le bonheur, et ne les connaîtra jamais.

» Si elle pouvait seulement s'arrêter à mi-chemin entre les deux, ironisa-t-il un tantinet, ce serait merveilleux pour elle... et tant pis pour le monde, qui perdrait une grande actrice.

Il s'interrompit, mais Dermot ne releva pas. Il se demandait pourquoi Maurice Gilchrist venait de lui confier tout ça. Pourquoi cette analyse approfondie du personnage de Marina Gregg ? Gilchrist le regardait. On aurait dit qu'il pressait Dermot de lui poser une question bien précise. Et Dermot se creusait de son côté les méninges pour découvrir quelle pouvait bien être la question attendue. Il finit par articuler lentement, et de l'air entendu du monsieur qui entre dans le jeu de son interlocuteur :

— Elle a été très frappée par la tragédie qui s'est déroulée ici ?

— Oui, admit Gilchrist. Très.

— De façon quasi excessive ?

— Cela dépend, répondit Gilchrist.

— Ça dépend de quoi ?

— De sa raison d'être à ce point frappée.

— Je peux imaginer, poursuivit Dermot sur sa lancée, le choc qu'a pu représenter une mort soudaine survenant comme ça au beau milieu d'une réception.

Il ne constata guère de réaction sur le visage du médecin.

— Ou bien se pourrait-il, enchaîna-t-il aussitôt, qu'il se soit agi de quelque chose de plus grave encore ?

— On ne peut jamais préjuger de la réaction des gens, déclara Gilchrist. C'est impossible, aussi intimement qu'on les connaisse. Ils vous surprendront toujours. Marina a très bien pu se laisser aller à sa nature. C'est une fille au cœur tendre. Du genre à s'apitoyer : « Oh ! la pauvre malheureuse ! Comme c'est affreux ! C'est à se demander comment des choses pareilles peuvent arriver ! » Elle aurait pu se répandre en condoléances sans éprouver le moindre regret. Après tout, il arrive que des gens meurent au cours de surprises-parties données aux studios. Ou elle pouvait fort bien, s'il ne se passait rien de palpitant, opter — opter inconsciemment, cela va sans dire — pour la dramatisation en règle de l'événement. Elle pouvait décider de le mettre en scène. Ou encore... ce ne sont pas les raisons qui manquent !

Dermot décida d'empoigner le taureau par les cornes :

— Ce que j'aimerais, c'est que vous me dévoiliez réellement le fond de votre pensée.

— Je ne sais pas, se défendit le Dr Gilchrist. Comment savoir ? Et puis il y a l'éthique du métier, le code qui régit les relations médecin-patient.

— Elle vous a dit quelque chose ?

— Je ne crois pas pouvoir m'engager dans cette voie.

— Est-ce que Marina Gregg connaissait cette Heather Badcock ? Est-ce qu'elle l'avait déjà rencontrée ?

— Je crois qu'elle ne la connaissait ni de près ni de loin. Non. Ce n'est pas là que se situe le problème. Si vous voulez que je vous dise, tout ça n'a rien à voir avec Heather Badcock.

— Ce machin, ce Calmo ? interrogea Dermot. Marina Gregg en prend aussi ?

— Elle s'en nourrit pratiquement. Comme tout le monde autour d'elle. Ella Zielinsky en prend, Hailey Preston en prend, toute la bande en prend — c'est la grande mode en ce moment. Ils sont calqués les uns sur les autres, tous ces trucs-là. Les gens se fatiguent de l'un, se jettent sur le petit dernier qui vient de sortir et le trouvent fabuleux, et c'est bien là toute la différence entre les deux.

— Et est-ce que ça fait à part ça toute la différence ?

— Ça fait *une* différence, précisa Gilchrist. Ça répond à une attente. Ça vous tranquillise, ou ça vous remet le moral au beau fixe ; ça vous donne l'impression que vous pouvez faire des choses que vous n'envisageriez pas de faire sans. Je ne prescris pas ça de gaieté de cœur, mais c'est sans danger quand on l'utilise à bon escient. Ça aide les gens qui n'arrivent plus à tenir le coup sans béquille.

— Ce que je donnerais cher pour savoir, soupira Dermot Craddock, c'est ce que vous êtes en train d'essayer de me dire.

— J'essaie de déterminer où se situe mon devoir. En l'occurrence, il y en a à deux. Il y a celui du médecin envers son patient. Ce que son patient lui a dit est secret et doit le rester. Mais il y a un autre angle à envisager. Vous pouvez vous dire que votre patient court un danger. Et votre rôle consiste alors à prendre des mesures susceptibles d'écarter ce danger.

Il s'interrompit. Craddock le dévisagea, attendant la suite.

— Oui, reprit le Dr Gilchrist. Je crois savoir ce que je dois faire. Il faut que je vous demande, inspecteur, de considérer comme confidentiel ce que je vais vous confier. Pas vis-à-vis de vos collègues, bien entendu. Mais pour ce qui est du monde en général, et plus particulièrement de cette maisonnée. J'ai votre parole ?

— Je ne peux pas m'engager, protesta Craddock. Dieu sait ce qui peut arriver. Mais sur le principe, oui, je suis d'accord. Je garderai de préférence pour mes collègues et moi tout renseignement que vous pourrez me fournir.

— Alors, écoutez. Cela peut fort bien ne rien signifier du tout. Les femmes, dans l'état de nerfs où se trouve Marina Gregg, sont capables de raconter n'importe quoi. Je vais vous confier quelque chose qu'elle m'a dit. Mais, encore une fois, il n'y a peut-être rien dans tout ça.

— Qu'est-ce qu'elle vous a dit ?

— Elle s'est effondrée, sitôt après ce qui s'est passé. Elle m'a fait appeler. Je lui ai donné un sédatif. Et je suis resté à côté d'elle, à lui tenir la main, à lui dire de se calmer, à lui affirmer que les choses allaient se tasser. Et puis, juste avant de sombrer dans l'inconscience, elle a marmonné : « C'est *moi* qui étais visée, docteur. »

Craddock écarquilla les yeux :

— Elle vous a dit ça ? Et plus tard... le lendemain ?

— Elle n'y a plus jamais fait allusion. J'ai une fois soulevé la question. Elle a éludé. Elle m'a répondu : « Oh ! vous devez avoir mal entendu. Je vous garantis que je n'ai jamais dit une chose pareille. Et si je l'ai fait, je ne devais pas être dans mon état normal. »

— Mais vous pensez qu'elle s'était crue visée ?

— J'en suis convaincu, déclara Gilchrist. Ce qui

ne signifie pas qu'elle ait raison, insista-t-il. Que quelqu'un ait voulu l'empoisonner elle ou empoisonner Heather Badcock, je n'en ai pas la moindre idée. Vous seriez mieux à même que moi d'en avoir le cœur net. Tout ce que j'affirme, c'est que Marina Gregg est persuadée que la dose lui était destinée.

Craddock demeura un long moment silencieux. Puis :

— Merci, docteur. J'apprécie votre marque de confiance et je comprends vos sentiments. Si ce que Marina Gregg vous a dit reposait sur une quelconque réalité, cela signifierait qu'elle est encore en danger.

— C'est bien là le fond du problème, convint Gilchrist. C'est bien là toute la question.

— Avez-vous une bonne raison de le craindre ?

— Non, à vrai dire, non.

— Ni aucune idée de ce qui a pu lui mettre cela en tête ?

— Non plus.

— Je vous remercie.

Craddock se leva :

— Juste une précision, docteur. Savez-vous si elle a dit la même chose à son mari ?

Gilchrist secoua lentement la tête :

— Non. Ça, je suis bien sûr que non. Elle ne l'a pas dit à son mari.

Leurs regards se croisèrent un instant, puis il salua Dermot d'un bref signe de la tête :

— Vous n'avez plus besoin de moi ? Parfait. Je vais retourner jeter un œil à ma patiente. Vous lui parlerez sitôt que ce sera possible.

Il quitta la pièce et Craddock, resté seul, fronça les lèvres et siffla doucement entre ses dents.

10

— Jason est rentré, dit Hailey Preston. Si vous voulez bien me suivre, inspecteur, je vais vous piloter jusque chez lui.

Situé au premier étage, le bureau-salon de Jason

Rudd était confortablement mais sobrement meublé. Rien dans cette pièce assez impersonnelle ne trahissait les penchants ou les goûts de son occupant. Jason Rudd se leva de sa table de travail pour venir accueillir Dermot. Il aurait été parfaitement inutile, songea ce dernier, que ces quatre murs aient de la personnalité : le maître des lieux en avait à revendre. Hailey s'était révélé efficace et volubile marchand de courants d'air. Gilchrist possédait intensité et magnétisme. Mais Dermot allait affronter là un homme qui ne serait pas facile à déchiffrer. Au cours de sa carrière, Craddock avait appris à jauger ses interlocuteurs. Et il était passé maître dans l'art de sonder les potentialités et d'aller jusqu'à lire les pensées des gens avec lesquels il entrait en contact. Mais il comprit d'emblée qu'il ne tirerait de Jason Rudd que ce que Jason Rudd consentirait à laisser passer. Ses yeux, profondément enfoncés dans leurs orbites, étaient ceux d'un visionnaire mais se gardaient bien de rien révéler. Ses traits ravinés, d'une laideur absolue, n'en trahissaient pas moins l'étendue de son intelligence. Son visage de clown triste, repoussant de prime abord, savait se faire la séduction même. Ici, se dit Dermot Craddock, le mieux que j'aie à faire, c'est encore d'écouter sans broncher et de prendre soigneusement des notes.

— Navré, inspecteur, de vous avoir fait attendre. J'étais retenu par des broutilles aux studios. Puis-je vous offrir un verre ?

— Non, pas pour l'instant, merci, Mr Rudd.

Le visage clownesque se fripa soudain dans une mimique de dérision :

— Ce n'est pas la maison où boire un verre, c'est ce qui vous retient ?

— Non, ce n'est pas du tout à ça que j'étais en train de penser.

— J'imagine bien. Alors, inspecteur, que voulez-vous savoir ? Que souhaitez-vous que je vous dise ?

— Mr Preston a répondu avec infiniment de précision à toutes les questions que je lui ai posées.

— Et ça vous a aidé ?

— Pas autant que je l'aurais souhaité.

Jason Rudd prit un air interrogateur.

— J'ai aussi vu le Dr Gilchrist. Il m'a signalé que votre femme n'était physiquement pas encore en état de répondre à des questions.

— Marina, dit Jason Rudd, est une hypersensible. Elle est, de vous à moi, sujette à de fréquents ébranlements nerveux. Et un meurtre sous votre nez ou presque est bien de nature, vous le reconnaîtrez sans doute, à provoquer un tel ébranlement.

— Ce n'est jamais une expérience très plaisante, admit Dermot Craddock non sans un soupçon d'ironie.

— En tout état de cause, je doute que ma femme puisse vous en apprendre davantage que je ne saurais le faire moi-même. J'étais à côté d'elle quand la chose s'est produite, et je ne crois pas me vanter en prétendant être meilleur observateur qu'elle ne le sera jamais.

— La première question que je voudrais vous poser — et vous y avez probablement déjà répondu, mais je reviens néanmoins à la charge —, dit Dermot, est celle-ci : Aviez-vous, votre femme ou vous-même, déjà été en rapport avec Heather Badcock ?

Jason Rudd secoua la tête :

— En aucune façon. Je ne l'avais en tout cas jamais vue de ma vie. J'avais reçu d'elle deux lettres concernant la Fondation des Dispensaires St John, mais, cinq minutes avant sa mort, je ne l'avais toujours pas rencontrée personnellement.

— Elle a pourtant affirmé avoir déjà fait la connaissance de votre femme ?

Jason Rudd acquiesça :

— Oui, il y a quelque douze ou treize ans de ça, si j'ai bien compris. Aux Bermudes. Une de ces garden-parties monstres au profit des dispensaires, que Marina avait inaugurée pour eux, je crois, et Mrs Badcock, pas plus tôt présentée, s'est lancée dans une histoire abracadabrante sur la façon dont, bien qu'elle ait été terrassée par une grippe, elle avait trouvé le moyen de sortir de son lit pour se précipiter à la fête et aller soutirer un autographe à ma femme.

Le même sourire ironique revint lui chiffonner le visage :

— Il n'y a rien là que de très banal. Des foules de gens se marchent régulièrement sur les pieds pour arracher à Marina un autographe et c'est un moment qu'ils se remémorent toujours avec émotion. C'est bien compréhensible : ça représente un événement dans leur existence. Mais il est également naturel que ma femme ne se souvienne pas d'un chasseur d'autographes parmi des milliers. Elle ne gardait, très franchement, aucun souvenir d'avoir jamais vu Mrs Badcock.

— Ça, je peux très bien le comprendre, avoua Craddock. Maintenant, je me suis laissé dire par un témoin que votre femme avait paru passablement *distraite* au cours des quelques instants où Heather Badcock lui a parlé. Admettriez-vous que tel était bien le cas ?

— Sans difficulté aucune. Marina n'est pas une force de la nature. Elle est habituée à remplir ce que j'appellerai ses fonctions de relations publiques et parvient à le faire de façon quasi automatique. Mais à l'issue d'une journée chargée, il peut lui arriver occasionnellement de flancher. C'est ce qui a dû se passer au moment que vous évoquez. Je n'ai cependant, pour ma part, rien observé de tel. Non, attendez une minute, ce n'est pas tout à fait exact. Je me souviens qu'elle a été un peu lente à répondre à Mrs Badcock. Je crois même en fait lui avoir donné un très léger coup de coude.

— Quelque chose avait peut-être détourné son attention ? suggéra Dermot.

— Ce n'est pas exclu, mais ça peut n'avoir été qu'une légère absence due à la fatigue.

Dermot Craddock demeura un temps silencieux. Il regarda par la fenêtre qui donnait sur les bois un peu austères de Gossington. Il regarda les tableaux sur les murs, et finalement il revint à Jason Rudd. Le visage de ce dernier était attentif, sans plus. Rien ne trahissait ses sentiments. Il se montrait affable et semblait très à son aise, mais ce n'était peut-être, après tout, pas le cas. Impossible de rien tirer de cette force de la nature sans préalablement étaler ses cartes maîtresses. Dermot se décida. Puisqu'il le fallait, autant le faire tout de suite :

— Ne vous êtes-vous pas avisé, Mr Rudd, que l'empoisonnement de Heather Badcock pouvait n'être qu'accidentel ? Que la personne visée était en réalité votre femme ?

Il y eut un silence. L'expression de Jason Rudd demeura inchangée. Dermot attendit. Jason Rudd finit par pousser un profond soupir et parut se détendre.

— Si, vous avez parfaitement raison, inspecteur, répondit-il d'une voix calme. J'en suis persuadé depuis le début.

— Vous n'en avez pourtant pas soufflé mot, ni devant l'inspecteur Cornish ni lors de l'enquête.

— Non.

— Pourquoi, Mr Rudd ?

— Je pourrais vous répondre en vous faisant remarquer à fort juste titre qu'il s'agit tout au plus d'une conviction personnelle qu'aucune preuve ne vient corroborer. Les faits qui m'ont ouvert les yeux sont également accessibles aux représentants de la loi, mieux qualifiés que moi pour en trancher. J'ignore tout de Mrs Badcock. Peut-être avait-elle des ennemis, qui auront profité de cette occasion — à tout prendre pas aussi mal choisie qu'il y paraît —, pour lui administrer une dose mortelle de poison. Pas si mal choisie, disais-je, car lors d'importantes réunions publiques de ce genre, la cohue engendre une certaine confusion et le nombre d'inconnus est considérable, ce qui apparente la recherche du criminel à celle de l'aiguille dans le fameux tas de foin. Tout ceci relève du simple bon sens, mais je vais me montrer franc à votre égard, inspecteur. Là n'était *pas* ma raison de garder le silence. Je vais vous dire ce qu'elle était. Je ne voulais pas que ma femme puisse un seul instant soupçonner qu'elle avait échappé de peu à un empoisonnement criminel.

— Merci de votre franchise, encore que je ne saisisse toujours pas très bien les raisons de votre silence.

— Non ? Peut-être n'est-ce pas très facile à expliquer. Il faudrait que vous connaissiez Marina pour comprendre. C'est quelqu'un qui a une soif incommensurable de bonheur et de sécurité. Sa vie a été une réussite totale sur le plan matériel. Mais si elle a connu la gloire et le succès sur le plan artistique, sa vie privée n'a jamais été qu'une longue plongée dans le désespoir. Cent fois elle a cru trouver le bonheur et l'allégresse, et cent fois ses espérances se sont vues réduites à néant. Elle est incapable, Mr Craddock, de faire la part des choses et d'avoir de l'existence une vision raisonnable. A chacun de ses précédents mariages, elle s'était attendue, telle une fillette qui lit un conte de fées, à vivre heureuse jusqu'à la fin des temps.

Une fois encore, le sourire ironique vint muer le visage clownesque en masque de tendresse :

— Mais le mariage n'est pas un conte de fées, inspecteur. Nul n'a jamais pu nager éternellement dans la félicité. Déjà bien beau de réussir une union à la mesure de ses moyens et placée sous le signe de la confiance et de l'affection mutuelle. Peut-être, ajouta-t-il, êtes-vous marié, inspecteur ?

Dermot secoua la tête :

— Je n'ai, jusqu'à présent, pas connu ce bonheur... ni souffert cette calamité.

— Dans notre petit monde, celui du cinéma, le mariage est une loterie à laquelle tout le monde se soumet à plein temps. Les stars se marient souvent. L'union peut parfois se révéler heureuse, parfois encore désastreuse, mais permanente, jamais. Dans ce domaine, je ne dirais d'ailleurs pas que Marina ait eu outre mesure à se plaindre, mais étant donné son caractère, elle a toujours eu tendance à prendre ce genre de réalités au tragique. Elle en est venue à se pénétrer de l'idée qu'elle était poursuivie par la malchance, et que pour elle rien n'irait jamais. Elle a toujours désespérément cherché la même chose : amour, bonheur, tendresse, sécurité. Elle a toujours couru après le rêve d'avoir un enfant. D'après un gynécologue, l'intensité même de son désir ruinait ses chances d'en avoir. Un spécialiste universellement reconnu lui conseilla l'adoption. D'après lui, le désir de maternité ainsi assouvi, une grossesse ne tarde d'ordinaire pas à se déclarer. Marina est allée jusqu'à en adopter trois. Et pendant un temps elle a en effet connu un certain apaisement et une relative sérénité. Mais ce n'était quand même pas ça. Aussi vous pouvez imaginer sa joie sans mélange lorsque, quelque onze ans plus tard, elle a découvert qu'elle était enceinte. La plénitude de son bonheur était alors indescriptible. Elle était en parfaite santé et les médecins lui avaient affirmé qu'il y avait les meilleures raisons d'estimer que tout se passerait bien. Comme vous ne l'ignorez peut-être pas, ça s'est achevé en désastre. Le nouveau-né, un garçon, était anormal, frappé de débilité mentale. Ç'a été atroce. Marina s'est enfoncée dans la dépression nerveuse au point d'avoir à passer des années en maison de repos. Mais même si sa guérison a tardé, elle a fini par se remettre sur pied. Peu après, nous nous sommes mariés et elle a une fois de plus recommencé à se dire que la vie valait peut-être d'être vécue. Au début, ça ne lui a pas été facile de décrocher un contrat qui en vaille la peine. Tout le monde doutait qu'elle ait la force d'affronter l'épreuve d'un tournage. Il a fallu que je me batte.

Ses lèvres se pincèrent :

— Enfin, bref, mon combat a été couronné de succès. Notre film, nous avons commencé à le tourner. Et dans le même temps nous avons acquis cette maison, et nous sommes attelés à sa transformation. Il n'y a pas quinze jours, Marina me disait à quel point elle était heureuse, et comme elle avait l'impression d'être à la veille de se fixer enfin en abandonnant tous ses soucis derrière elle. Ça m'avait mis un peu mal à l'aise, car, comme toujours, ses prévisions péchaient par optimisme, mais il ne fait aucun doute que son bien-être était réel. Sa nervosité s'était estompée, il se dégageait d'elle un calme, une quiétude que je ne lui avais jamais connus. Nous avons vécu sur un nuage jusqu'à ce que...

Il s'interrompit, puis sa voix se fit amère :

— Jusqu'à ce que ça arrive ! Jusqu'à ce qu'il ait fallu que cette femme vienne mourir... *ici* ! Ça représentait déjà en soi un traumatisme suffisamment considérable. Je ne pouvais pas risquer — j'étais bien déterminé à ne pas risquer — que Marina sache qu'on avait essayé d'attenter à sa vie à *elle*. Ça lui aurait causé un second choc, peut-être fatal cette fois. Ça l'aurait en tout cas précipitée dans un nouvel effondrement psychique.

Il regarda Dermot dans les yeux :

— Vous comprenez... maintenant ?

— Je saisis votre point de vue. Seulement, pardonnez-moi, mais ne seriez-vous pas en train de négliger un aspect du problème ? Vous vous dites convaincu que l'on ait voulu empoisonner votre épouse. Tout danger en est-il écarté pour autant ? Un empoisonneur qui a raté son coup ne sera-t-il pas tenté de récidiver ?

— J'ai bien évidemment envisagé cette hypothèse, reconnut Jason Rudd, mais je me fais fort, étant en quelque sorte prévenu, de prendre toutes les précautions nécessaires pour garantir sa sécurité. Je veillerai sur elle et chargerai les autres d'en faire autant. L'élément primordial étant qu'elle ne découvre jamais qu'un danger l'a menacée.

— Parce que vous estimez, fit Dermot avec l'impression de marcher sur des œufs, qu'elle n'est *pas* au courant ?

— Bien évidemment oui. Elle n'en a pas la moindre idée.

— Vous en êtes sûr ?

— Certain. Ça ne lui viendrait jamais à l'esprit.

— Ça vous est pourtant venu, au vôtre, fit remarquer Dermot.

— Ça n'a rien à voir. Logiquement, c'est la seule thèse qui tienne. Seulement ma femme a tout sauf l'esprit de logique, et, de surcroît, jamais elle n'irait imaginer que quiconque puisse vouloir la supprimer. C'est le genre de suppositions qui dépassent son entendement.

— Vous êtes peut-être dans le vrai, fit lentement Dermot, mais ceci nous laisse cependant avec une série de points d'interrogation. Permettez-moi, encore une fois, de ne pas mâcher mes mots. Qui soupçonnez-vous ?

— Ça, je ne peux pas vous le dire.

— Pardonnez-moi, Mr Rudd : vous ne pouvez pas ou vous ne voulez pas ?

— Je ne le peux pas, s'empressa de préciser Jason Rudd. J'en suis incapable. Tout comme cela lui semblerait invraisemblable, il me semble à moi impossible que quelqu'un puisse la détester assez... puisse nourrir à son endroit un grief suffisant pour faire une chose pareille. D'un autre côté, à ne s'en tenir qu'aux faits dans toute leur crudité, c'est quand même bien ce qui s'est passé.

— Voudriez-vous m'exposer les faits en question tels que vous les avez constatés ?

— Si vous y tenez. Ils sont d'une clarté assez évidente. J'ai prélevé la valeur de deux daiquiris dans un pichet où ils étaient tout prêts. Je les ai portés à Marina et Mrs Badcock. Ce que Mrs Badcock a fait, je n'en sais rien. Elle s'est écartée, je suppose, pour rejoindre une connaissance quelconque. Ma femme avait son verre à la main. A ce moment-là, le maire et sa femme ont débouché en haut des marches. Elle l'a posé, sans y avoir touché, pour leur souhaiter la bienvenue. Puis il lui a fallu accueillir d'autres hôtes encore. Un vieil ami que nous n'avions plus vu depuis des années, quelques invités du cru et une ou deux personnes des studios. Durant tout ce temps, son verre de cocktail est resté sur la table, située un peu derrière nous car nous nous étions rapprochés du haut de l'escalier. Un ou deux photographes étaient en train de mitrailler ma femme en grande conversation avec le maire, ce qui nous semblait de nature à plaire à la population du coin et qui nous avait d'ailleurs été réclamé par un représentant du journal local. Moi, j'en avais profité pour continuer à apporter des verres aux nouveaux arrivants. C'est pendant ce temps-là que le poison a dû être versé dans celui de ma femme. Ne me demandez pas *comment* l'assassin s'y est pris ; ça n'a pas dû être facile. Encore qu'il soit stupéfiant de constater combien peu de gens — dès lors que quelqu'un a le culot d'agir, mine de rien, au vu et au su de tous — sont susceptibles de remarquer ce qui se passe sous leur nez. Vous me demandez qui je soupçonne... Tout ce que je peux répondre à ça c'est qu'au minimum une personne parmi la trentaine de celles qui s'entassaient là doit forcément avoir fait le coup. Les gens, voyez-vous, se déplaçaient en petits groupes, bavardaient, s'interpellaient, s'éclipsaient parfois pour jeter un coup d'œil aux transformations. Le mouvement était continuel, ininterrompu. J'ai eu beau tourner et retourner tout ça dans ma tête et me creuser les méninges, je n'ai rien trouvé, rigoureusement *rien* qui aiguille mes soupçons vers un individu en particulier.

Il s'interrompit et poussa un soupir d'exaspération.

— Je comprends, dit Dermot. Continuez, je vous en prie.

— On a déjà dû vous gratifier du récit de l'étape suivante.

— J'aimerais le réentendre de votre bouche.

— Eh bien, il a fallu que je retourne vers l'arrivée de l'escalier. Ma femme était alors face à la table et précisément en train de récupérer son verre. Il y a eu une légère exclamation de Mrs Badcock. Quelqu'un avait dû lui donner un coup de coude en passant et son verre lui avait échappé des doigts avant de s'écraser sur le parquet. Marina a rempli son rôle de maîtresse de maison. Sa robe avait été un peu éclaboussée. Elle a insisté sur le fait que ce n'était rien, a épongé celle de Mrs Badcock avec son mouchoir et a insisté pour que cette dernière accepte son propre verre. Elle lui a même dit, si je me souviens bien : « J'en ai déjà beaucoup trop bu. » Et voilà toute l'histoire. Mais je peux vous garantir une bonne chose. La dose mortelle n'a pas pu être versée *après* ça. Pour l'excellente raison que Mrs Badcock a immédiatement commencé à boire son verre. Comme vous le savez, quatre ou cinq minutes plus tard, elle était morte. Je me demande — oh ! oui, je me le demande vraiment — ce qu'a bien pu penser l'empoisonneur en voyant la façon dont son plan avait tourné.

— Ça vous est venu comme ça, tout de suite, l'idée qu'il s'agissait d'un empoisonnement ?

— Bien sûr que non. Sur le moment, je me suis tout naturellement dit que cette femme avait eu une attaque. Sans doute le cœur, une thrombose coronaire, quelque chose comme ça. Je n'ai pas envisagé un instant qu'il ait pu s'agir d'un empoisonnement. Ça vous serait venu à l'idée, vous ? Ça serait venu à l'idée de n'importe qui ?

— Probablement pas, en effet, convint Dermot. Quoi qu'il en soit, votre récit est clair et vous semblez sûr de ce que vous avancez. Vous me dites cependant que vous ne soupçonnez personne en particulier. Et ça, désolé, mais je ne peux pas l'accepter.

— Je vous assure pourtant que c'est la vérité.

— Envisageons la situation sous un angle différent. Qui aurait pu en vouloir à ce point à votre femme ? Au risque de paraître mélodramatique, j'irai jusqu'à formuler ma question ainsi : quels ennemis avait-elle... ou plutôt quels ennemis a-t-elle toujours, en réalité ?

Jason Rudd eut un geste expressif :

— Des ennemis ? Des ennemis ? Comment définir ce qu'on entend par ennemi ? Dans le petit monde où ma femme et moi évoluons, chacun est sans cesse en butte à l'envie et à la jalousie. Ils sont légions, les gens prêts à colporter des horreurs sur votre compte, à lancer des campagnes de dénigrement, à faire un coup tordu à Untel ou Unetelle qu'ils jalousent pour peu que l'occasion s'en présente. Ce qui ne signifie pas pour autant qu'un seul d'entre eux soit un assassin, même un assassin en puissance. Vous n'êtes pas de mon avis ?

— Si, je suis d'accord avec vous. Il faut quelque chose de plus fort qu'une mini-rancune ou une vague antipathie. Y a-t-il quelqu'un à qui votre femme aurait pu faire un tort considérable, éventuellement par le passé ?

Jason Rudd n'éluda pas la question.

— Honnêtement, je ne crois pas, dit-il au bout d'un moment. Dieu sait pourtant si j'ai réfléchi au problème.

— Rien du genre liaison amoureuse qui aurait mal tourné ou problème quelconque avec un homme ?

— Il y a bien eu des affaires de ce type. Et il est permis de penser que Marina a dû en faire voir de toutes les couleurs à plus d'un. Mais pas au point de susciter une rancune aussi tenace. Ça, j'en mettrais ma main à couper.

— Et côté femmes ? Aucune femme qui aurait pu avoir une dent tenace à l'encontre de Marina Gregg ?

— Avec les femmes, on ne peut jamais jurer de rien, sourit Jason Rudd. Mais comme ça, *a priori*, non, je ne vois pas.

— A qui profiterait financièrement la mort de votre femme ?

— Son testament désigne un certain nombre de bénéficiaires, mais pour des montants somme toute modestes. Les grands bénéficiaires seraient moi, au plan financier, en tant que mari, et, dans un tout autre registre, éventuellement la star qui la remplacerait dans le film. Encore que le tournage serait sans doute abandonné. Dans ce domaine, les choses sont très aléatoires.

— De toute manière, inutile d'entrer dans ces détails pour l'instant, reconnut Dermot.

— Ai-je bien votre assurance que Marina ne sera pas mise au courant du danger qui, selon toute vraisemblance, pèse toujours sur elle ?

— Il faudra que nous en rediscutions, décréta Dermot. J'insiste lourdement sur le fait que vous prenez là un risque considérable. De toute façon, votre épouse étant encore sous surveillance médicale, le problème ne va pas se poser avant quelques jours. Maintenant il y a encore une chose que j'aimerais. C'est que vous me notiez aussi précisément que possible tous les gens sans exception qui se trouvaient sur le palier, en haut des marches, ou que vous avez vus monter l'escalier au moment du meurtre.

— Je suis tout prêt à m'atteler à la tâche, mais je doute de mes capacités. Vous auriez intérêt à vous adresser à ma secrétaire, Ella Zielinsky. Elle a une mémoire remarquable et doit en outre posséder une liste des invités du cru. Si vous souhaitiez la voir tout de suite...

— J'aimerais beaucoup avoir une conversation avec miss Ella Zielinsky, avoua Dermot.

11

Examinant Dermot Craddock sans émotion apparente à travers ses lunettes à épaisse monture de corne, Ella Zielinsky parut à ce dernier un tantinet trop polie pour être honnête. Avec cette promptitude et cette efficacité qui n'appartenaient qu'à elle, elle lui tendit le feuillet dactylographié qu'elle venait de sortir de son tiroir :

— Je suis quasi certaine qu'il n'y a pas d'omissions. En revanche, il n'est pas impossible qu'une ou deux des personnes inscrites — des gens du cru de toute façon — ne soient jamais montées au premier. Soit qu'elles aient quitté la fête avant que nous ne battions le rappel, soit que nous ne les ayons pas trouvées quand nous les avons cherchées. En tout cas, pour moi, le tout y est.

— Bravo pour votre efficacité, la félicita Dermot.

— Merci.

— En fait d'efficacité... D'accord, je suis très ignorant dans votre domaine, mais j'imagine quand même qu'il en faut énormément pour décrocher un emploi comme celui que vous occupez.

— Il faut avoir la tête assez bien faite, oui.

— En quoi consiste au juste votre job ? Vous êtes une sorte d'agent de liaison, pour ainsi dire, entre le manoir de Gossington et les studios ?

— Non. Hors le fait de noter leurs messages téléphoniques et de leur en communiquer à l'occasion, je n'ai rien à voir avec les studios. Ma tâche consiste à gérer la vie mondaine de miss Gregg, à tenir le calendrier de ses rendez-vous professionnels ou privés et à veiller en gros au bon fonctionnement de la maison.

— Et ça vous plaît ?

— C'est extrêmement bien payé, et ça ne manque pas totalement d'intérêt. Le meurtre ne figure cependant pas à mon contrat de travail, ajouta-t-elle avec une pointe d'ironie dans la voix.

— L'idée de meurtre vous paraît donc si incroyable que ça ?

— Incroyable au point que j'allais vous demander si vous étiez réellement sûr qu'il s'agissait d'un meurtre.

— Six fois la dose de di-ethyl-mexine, etc., peut difficilement passer pour autre chose.

— Ç'a pu être un accident quelconque.

— Et, d'après vous, comment un accident de cet ordre aurait-il bien pu se produire ?

— Plus facilement que vous ne l'imaginez, ne connaissant pas l'état des lieux. Cette maison regorge de drogues en tous genres. Attention : quand j'évoque les drogues, je ne veux pas dire les stupéfiants. Je parle de remèdes obéissant à des prescriptions médicales bien précises mais pour lesquels, trop souvent, ce qu'on appelle, si j'ai bien compris, la dose mortelle n'est pas très éloignée de la dose thérapeutique.

Dermot opina du bonnet.

— Ces gens de théâtre et de cinéma font preuve d'une curieuse absence de jugeote. A croire parfois qu'un surcroît de génie artistique annihile chez eux la dernière parcelle de sens commun.

— Ça n'est pas impossible.

— Entre les flacons, cachets, poudres, capsules et boîtes à pilules qu'ils trimballent partout, et puis leur manie de s'injecter un tranquillisant ici, d'ingurgiter un remontant là et de se fourrer un dopant autre part, vous ne croyez pas qu'il s'en faut souvent de peu pour qu'ils mélangent le tout ?

— Je ne vois pas comment ceci pourrait s'appliquer au cas qui nous occupe.

— Moi, si. Un invité quelconque a très bien pu vouloir prendre un sédatif ou un remontant, sortir sa boîte à pilules et, ne se souvenant plus de la dose, en mettre trop dans un verre. Là-dessus, il est distrait par je ne sais quoi, s'éloigne de quelques pas... et mettons que Mrs Machinchouette s'amène, s'imagine que c'est son verre et le boive. C'est sûrement plus plausible que n'importe quoi, non ?

— Vous ne vous êtes pas demandé si toutes les éventualités de ce genre n'avaient pas été envisagées, n'est-ce pas ?

— Si, bien sûr. Mais il y avait foule, et des tas de verres aux trois quarts pleins posés un peu partout. Ça arrive assez souvent, vous savez, qu'on boive par erreur le verre du voisin.

— Alors vous ne croyez pas que c'est Heather Badcock qui était visée ? Vous pensez qu'elle a bu le verre de quelqu'un d'autre ?

— Ça me paraît l'hypothèse la plus vraisemblable.

— Dans ce cas, répliqua Dermot en choisissant ses

mots, il ne pouvait s'agir que du verre de Marina Gregg. Vous rendez-vous compte de ce que cela implique ? Marina lui a tendu son propre verre.

— Ou ce qu'elle croyait être son propre verre, rectifia Ella Zielinsky. Vous n'avez pas encore parlé à Marina, n'est-ce pas ? On ne fait pas plus distrait. Elle est capable de boire le premier verre venu en croyant qu'il s'agit du sien. Je l'ai vue faire ça souvent.

— Elle prend du Calmo ?

— Oui, bien sûr. Comme tout le monde ici.

— Vous aussi, miss Zielinsky ?

— Il m'arrive parfois de me laisser tenter. C'est ce qu'on appelle le phénomène de contagion.

— Je serai bien content quand j'aurai pu parler à miss Gregg, soupira Dermot. Elle m'a tout l'air... euh... prostrée pour un bon bout de temps.

— Elle s'offre sa grande scène du II, sourit Ella Zielinsky. Elle ne va pas rater une occasion d'en rajouter dans le drame. Ne comptez pas sur elle pour prendre bêtement le meurtre comme allant de soi.

— Ainsi que vous-même parvenez à le faire, miss Zielinsky ?

— Quand vous vivez entourée de gens qui ont les nerfs à fleur de peau, grinça Ella, ça vous incite à donner dans la placidité.

— Vous vous faites une gloire de ne pas broncher d'un poil dans les coups durs ?

Elle réfléchit deux secondes :

— Ce n'est peut-être pas un trait de caractère dont il conviendrait de se vanter. Mais je crois qu'à ne pas le développer, on risquerait soi aussi de devenir déboussolé.

— Est-ce que c'était difficile de... pardon : est-ce que c'est difficile de travailler pour miss Gregg ?

C'était une question plutôt personnelle, mais Dermot Craddock la considérait comme un test. Qu'Ella Zielinsky hausse les sourcils et le prie de lui expliquer le rapport que cela pouvait avoir avec le meurtre de Mrs Badcock, et force lui serait de battre sa coulpe et d'admettre qu'il n'y en avait aucun. Il se demandait néanmoins si la secrétaire ne sauterait pas sur l'occasion pour lui confier ce qu'elle pensait de Marina Gregg.

— C'est une immense artiste. Elle possède un magnétisme personnel qui transparaît de façon extraordinaire à l'écran. Rien que pour ça, travailler avec elle équivaut à un privilège. Cela dit, et tout à fait entre nous, c'est l'enfer.

— Ah ! fit Dermot.

— Elle n'a aucun sens de la mesure. Elle peut flotter sur son nuage et se retrouver la seconde d'après au trente-sixième dessous, elle change d'avis comme de chemise, et puis il y a toute la kyrielle de sujets à n'aborder sous aucun prétexte parce que ça la ferait sombrer dans la déprime.

— Des sujets tels que... ?

— Eh bien... la déprime, précisément, ou les hôpitaux psychiatriques. Je comprends d'ailleurs qu'elle soit chatouilleuse sur la question. Et puis tout ce qui peut avoir trait aux enfants.

— Aux enfants ? Comment ça ?

— Eh bien, voir des enfants ou savoir que des gens ont le bonheur d'avoir des enfants la bouleverse. Si elle entend parler de quelqu'un qui va accoucher ou qui est sur le point de le faire, ça la plonge illico dans le désespoir. Elle ne pourra jamais plus en avoir, voyez-vous, et le seul qu'elle ait eu est débile. Je ne sais pas si vous êtes au courant ?

— Si, j'en ai entendu parler. C'est infiniment triste et tout ce qu'on voudra. Mais après toutes ces années, on s'attendrait quand même à ce qu'elle ait plus ou moins tiré un trait dessus.

— Oui, eh bien ce n'est pas le cas. C'est devenu une obsession. Elle ne cesse de remâcher cette histoire.

— Et qu'en pense Mr Rudd ?

— Bah ! ce n'est pas son gosse à lui. Il est du mari précédent, Isidore Wright.

— Ah ! oui. L'avant-dernier. Qu'est-ce qu'il est devenu, celui-là ?

— Il s'est remarié et vit en Floride, s'empressa de préciser Ella Zielinsky.

— D'après vous, Marina Gregg se serait-elle fait beaucoup d'ennemis dans sa vie ?

— Pas exagérément. Pas plus que la plupart des gens, s'entend. Il y a forcément toujours des jalousies, des chamailleries avec d'autres bonnes femmes, des frictions autour d'autres bonshommes, des empoignades à propos de contrats... ce genre de trucs, quoi !

— Elle n'avait pas, pour autant que vous le sachiez, peur de quelqu'un ?

— Marina ? *Peur* de quelqu'un ? Ça m'étonnerait. Pourquoi ? Elle aurait dû ?

— Aucune idée, conclut Dermot.

Il empocha la liste des appelés au premier étage :

— Merci infiniment, miss Zielinsky. S'il me manque quoi que ce soit, je reviendrai vous voir. D'accord ?

— Bien entendu. Je suis à votre entière disposition pour... nous sommes tous à votre entière disposition pour vous prodiguer l'aide dont vous pourriez avoir besoin.

*

— Eh bien, Tom, qu'est-ce que tu m'as glané ?

Le sergent Tiddler goûta le sel de la plaisanterie. Il ne se prénommait pas Tom, mais William. Seulement la combinaison Tom Tiddler — autrement dit : « Par ici la bonne fauche ! » — avait toujours eu le don de mettre ses collègues et lui en joie.

— Quel genre de pépites as-tu déterré pour moi ? insista Dermot Craddock.

Tous deux étaient descendus au *Sanglier bleu* et Tiddler venait tout juste de rentrer de sa journée passée aux studios.

— Question pépites, carrément moins que rien, grommela Tiddler. Peu de ragots. Pas de rumeurs époustouflantes. Deux ou trois allusions à l'éventualité d'un suicide.

— Comment ça, d'un suicide ?

— Il y en a qui pensent qu'elle a dû se crêper le chignon avec son mari et qu'elle avait envie de lui en faire baver. Ce genre de topo. Mais qu'elle n'avait peut-être pas vraiment prévu d'aller jusqu'au bout de sa démonstration.

— En fait de topo, comme tu dis, je ne trouve pas ça très prometteur.

— Non, bien sûr que non. Ils ne savent rien de rien, au fond. Rien en dehors de leur boulot. C'est tout vachement technique, là-bas, et l'ambiance est très « le spectacle continue », encore qu'on devrait plutôt dire que le film doit continuer, ou que le tournage doit continuer. Je ne connais pas le terme consacré. Tout ce qui les intéresse, c'est de savoir quand Marina Gregg va se repointer sur le plateau. Il lui est déjà arrivé de foutre en l'air deux ou trois films en s'inventant des dépressions nerveuses.

— Ils l'aiment bien, en gros ?

— Ils la considèrent comme la reine des emmerdeuses. N'empêche qu'elle les fascine quand même quand elle est d'humeur à fasciner son monde. Son mari est à genoux devant elle, à propos.

— Et lui, qu'est-ce qu'on en pense ?

— Pour eux, c'est le plus grand metteur en scène, ou réalisateur, ou je ne sais trop quoi que la terre ait jamais porté.

— Aucune allusion à une liaison qu'il pourrait avoir avec une autre star ou une bonne femme quelconque ?

Tom Tiddler écarquilla les yeux :

— Non. Non, personne ne m'en a rien soufflé. Pourquoi ? Vous pensez qu'il s'envoie en l'air ?

— Je m'interroge, avoua Dermot. Marina Gregg est convaincue que cette dose mortelle lui était destinée.

— Sans blague ! Et, d'après vous, elle a vu juste ?

— Il y a toutes les chances, oui, répliqua Dermot. Mais là n'est pas la question. Ce qui me chiffonne, c'est qu'elle a confié ça à son toubib, mais qu'elle s'est bien gardée d'en toucher mot à son mari.

— Et vous croyez que si elle ne l'a pas fait, c'est que...

— Oui, je me demande si elle n'aurait pas dans un coin de son crâne l'idée que son cher et tendre y est pour quelque chose. J'ai trouvé bizarre le comportement du toubib. J'ai peut-être imaginé le tout, mais je ne crois pas.

— En tout cas, je n'ai rien entendu dans ce goût-là aux studios. Et c'est pourtant le genre de salades qui se répandent assez vite.

— Elle-même ne fricote pas avec un autre type ?

— Non, elle a l'air d'être folle de Rudd.

— Pas de détails croustillants sur son passé ?

La bouille de Tiddler se fendit d'une oreille à l'autre :

— Rien que vous ne puissiez lire tous les jours dans votre magazine de cinéma.

— C'est vrai qu'il va falloir que j'en feuillette quelques-uns, soupira Dermot, ne serait-ce que pour me mettre dans le bain.

— Les trucs qu'ils n'y écrivent pas ! Et tout ce qu'ils ne vont pas insinuer !

— Je me demande, réfléchit tout haut Dermot, si miss Marple lit ce genre de presse.

— Ce ne serait pas la vieille bique qui habite à côté de l'église ?

— Si, c'est exact.

— A ce qui paraîtrait qu'elle est fortiche, s'emballa Tiddler. On dit comme ça que rien ne peut se passer dans le secteur sans que cette miss Marple soit au parfum. Elle n'en sait peut-être pas lourd sur les gens de cinéma, mais elle devrait être à même de vous tuyauter sur les Badcock.

— Ce n'est plus aussi simple que par le passé, le calma Dermot. Il y a rénovation de la société. Un lotissement, des constructions à tout-va. Les Badcock sont citoyens de fraîche date, et résident dans le nouveau quartier.

— C'est vrai que je n'ai pas appris grand-chose sur les naturels de l'endroit, reconnut Tiddler. J'ai mis le paquet sur la vie sexuelle des stars de cinéma, ces trucs-là.

— Ce n'est pas pour autant que tu en as rapporté des tonnes, ronchonna Dermot. Tu en as au moins appris un peu sur le passé de Marina Gregg ?

— Elle s'est mariée à tour de bras, mais pas beaucoup plus que la moyenne. Son premier mari n'a pas apprécié de se voir renvoyé dans ses foyers, à ce qu'il paraît, mais c'était un minus tout ce qu'il y a de quelconque. Il était promoteur ou quelque chose dans ce goût-là. C'est quoi, un promoteur, au fait ?

— Quelqu'un qui fait dans l'immobilier.

— Bah ! n'importe comment, ce n'était pas un apollon, ce qui fait qu'elle s'en est débarrassée pour épouser un comte ou un prince de je ne sais où. Cette fois-là, ça n'a pas fait long feu, mais il n'y a apparemment pas eu de bobo. L'aristo pas plus tôt balancé, elle s'est acoquinée avec le n° 3. La super-vedette Robert Truscott. On assure que ç'a été le coup de foudre du siècle. Sa femme à lui a beaucoup rechigné à lâcher le morceau, mais elle a fini par se résigner. Moyennant une colossale pension alimentaire. D'après ce que j'ai compris, tout ce qui porte culotte dans le milieu est fauché comme les blés à cause de l'énormité des pensions alimentaires qu'il leur faut verser à leurs ex.

— Mais là aussi ça a tourné court ?

— Oui. Mais, ce coup-ci, c'est comme qui dirait elle qui s'est fait plaquer. Et puis, pas plus tard qu'un an ou deux après, nouvelle passion ravageuse : Isidore Je-ne-sais-quoi... un auteur dramatique.

— Une petite vie pépère, somme toute, jaugea Dermot. Un rien hors des sentiers battus, sans plus.

» Bon, mais assez pour la journée, ajouta-t-il. Nous allons avoir pas mal de boulot à abattre demain.

— Du boulot dans quel genre ?

— Du genre éplucher la liste que j'ai à la main. A partir d'une trentaine de noms, nous devrions être capables d'en éliminer d'office une portion non négligeable, et, en examinant le reste à la loupe, de déterminer celui ou celle que nous appellerons pour le moment X.

— Aucune idée préconçue sur l'identité de ce X ?

— Pas la moindre. Si toutefois il ne s'agit pas de Jason Rudd.

Il se fendit d'un sourire mi-figue, mi-raisin :

— Il faudra aussi que j'aille me faire briefer par miss Marple sur la situation locale.

12

Miss Marple poursuivait cependant son enquête selon des méthodes qui n'appartenaient qu'à elle :

— C'est trop gentil, Mrs Jameson, vraiment trop gentil à vous. Je ne saurais vous dire combien je vous suis reconnaissante.

— Oh ! taisez-vous, miss Marple. Pour sûr que je ne suis que trop contente de pouvoir vous obliger. J'imagine que vous voulez les tout derniers ?

— Non, non, pas particulièrement, se récria la vieille demoiselle. Au vrai, j'aimerais plutôt vous prendre quelques-uns des vieux numéros.

— Eh bien vous en voilà une pleine brassée, roucoula Mrs Jameson, et je vous promets qu'ils ne nous feront pas défaut. Gardez-les aussi longtemps que vous voudrez. Mais, dites-moi, ça va vous faire bien trop lourd. Jenny, où en est ta permanente ?

— Ça se tire, Mrs Jameson. Elle a eu son rinçage, et maintenant elle est sous le casque.

— Dans ce cas, mon petit, tu as tout le temps de faire un saut jusque chez miss Marple pour lui porter ses magazines. Non, je vous assure, miss Marple, il n'y a pas de dérangement du tout. Ce sera toujours avec plaisir qu'on fera des petites choses pour vous.

« Ce que les gens pouvaient être gentils, songea miss Marple, et à plus forte raison quand ils vous avaient toujours connu. » Après avoir tenu pendant de longues années un banal salon de coiffure, Mrs Jameson était un beau jour gaillardement entrée de plain-pied dans la modernité en faisant repeindre son enseigne et en s'y baptisant du même coup « DIANE, Styliste capillaire ». Pour le reste, la boutique était restée peu ou prou inchangée et avait continué sans faillir à pourvoir aux besoins de ses clients. On vous y mitonnait de bonnes permanentes bien fermes ; on y acceptait la lourde responsabilité de modeler, voire de sculpter les chevelures selon les desiderata de la génération montante et le désastre subséquent était d'ordinaire accepté sans trop de grincements de dents. Mais le gros de la clientèle se composait d'un quarteron de robustes créatures mûrissantes autant que casanières et qui jugeaient inenvisageable de se faire coiffer comme elles le voulaient autre part.

— Ah ! eh bien, si j'aurais cru ! s'exclama Cherry le lendemain matin, alors qu'elle s'apprêtait à promener un virulent Hoover à travers ce qu'elle persistait à appeler dans sa tête le séjour. Qu'est-ce que c'est que tout ça ?

— Je tente, confessa miss Marple, de m'initier quelque peu à l'univers du cinéma.

Elle abandonna *Movie News* pour passer à *Amongst the Stars* :

— C'est réellement très intéressant. On y retrouve tant de petits détails familiers que l'on a pu noter par ailleurs.

— Ah ! les vies que toutes ces vedettes doivent mener ! se pâma Cherry.

— Des existences qu'on pourrait dire spécialisées, précisa miss Marple. Hautement spécialisées. Tout cela me rappelle beaucoup les histoires que me racontait une de mes amies. Elle était infirmière hospitalière. Même candeur naïve, même ramassis de ragots et de racontars. Et de beaux internes des deux sexes provoquant des ravages.

— Plutôt soudain, cet intérêt de votre part ?

— Tricoter m'est devenu difficile. Bien sûr, la typographie de ces magazines est un peu compacte, mais je peux toujours recourir à ma loupe.

— Vous n'avez pas fini de me surprendre ! s'étonna Cherry. Les trucs auxquels vous vous intéressez !

— Tout m'intéresse, se défendit miss Marple.

— Non, je veux dire vous colleter avec de nouveaux sujets à votre âge.

Miss Marple secoua la tête :

— Aucun sujet n'est jamais nouveau. C'est à l'être humain et à sa nature profonde que je m'intéresse, voyez-vous, et cette nature est la même, qu'il s'agisse d'une gloire de l'écran, d'une infirmière d'hôpital, des villageois de St Mary Mead, ou encore, ajouta-t-elle, pensive, des gens qui vivent au Développement.

— Je ne vois pas bien ce que je peux avoir en commun avec une star de cinéma, pouffa Cherry, mais enfin tant pis. Je pense que c'est l'installation de Marina Gregg et de son mari au manoir de Gossington qui vous aura branchée là-dessus.

— Ça et puis le bien triste événement qui s'y est produit.

— Mrs Badcock, vous voulez dire ? Pour une déveine, c'est une déveine !

— Qu'est-ce qu'on en pense au...

Miss Marple retint le « D » qui lui était venu aux lèvres.

— Qu'est-ce que vos amis et vous en pensez ? trouva-t-elle plus séant de demander.

— C'est une affaire qui n'est pas claire. On jurerait un meurtre, même si les flics sont bien évidemment trop roublards pour le dire tout net. C'est en tout cas à ça que ça ressemble.

— Je ne vois pas ce que cela pourrait être d'autre, convint miss Marple.

— Ça ne peut en tout cas pas être un suicide, enchaîna Cherry ; pas si on connaît Heather Badcock.

— Vous la connaissiez bien ?

— Non, ce serait trop dire. A peine, en fait. C'était un peu la Mère Je-fourre-mon-nez-partout. Toujours à essayer de vous racoler pour ceci, de vous embrigader pour cela et de vous faire participer à des réunions de je ne sais trop quoi. Un bulldozer en action. Son mari devait en avoir plein le dos plus souvent qu'à son tour.

— Elle ne paraît pourtant pas avoir eu d'ennemis déclarés.

— Les gens en avaient parfois un peu ras le bol, ça n'a jamais été plus loin. Je ne vois pas qui aurait pu vouloir l'assassiner à part son mari. Et lui, ce serait plutôt le type à filer doux. Seulement il arrive qu'une lavette en ait sa claque d'être une lavette, comme dit l'autre. J'ai toujours entendu dire que Crippen était la crème des hommes et qu'il n'y avait pas plus chou que l'autre, là, Haigh, qui les mettait à mariner dans l'acide ! Ce qui fait qu'on ne peut jamais savoir, pas vrai ?

— Pauvre Mr Badcock, s'émut miss Marple.

— Et les gens disent qu'il ne savait pas où se

mettre, à la fête, et que c'était un vrai paquet de nerfs — avant que ça arrive, je veux dire —, mais c'est ce qu'ils racontent toujours après coup. Ce qu'il y a en tout cas de sûr, c'est qu'il a repiqué au vif. Ça fait des années que je ne lui avais pas vu si bonne mine.

— Vraiment ? balbutia la vieille demoiselle.

— Oh ! personne ne pense *au fond* que c'est lui qui a fait le coup, sourit Cherry. Seulement, si ce n'est pas lui, qui c'est ? Moi, je ne peux pas m'empêcher de penser que c'est peut-être bien un accident, après tout. Ça arrive, les accidents. Vous croyez vous y connaître rayon champignons et vous partez en cueillir. Et puis vous en rapportez un vénéneux dans le tas et vous voilà partis à vous tordre de douleur et à vous estimer vernis si le toubib arrive à temps.

— Les cocktails et les verres de sherry n'ont pas la réputation de provoquer ce genre d'accidents, fit remarquer miss Marple.

— Bah ! je ne sais pas, moi. Une bouteille de je ne sais quoi a pu être versée par erreur. Quelqu'un que je connais a ingurgité un jour une rasade de DDT concentré. Malade comme un cochon, il a été.

— Un accident, remâcha miss Marple, songeuse. Oui, cela semble après tout la meilleure solution. Car j'avoue que, dans le cas de Heather Badcock, je rechigne à croire qu'il ait pu s'agir de meurtre délibéré. Je ne prétends pas que ce soit impossible. Rien ne l'est jamais. Mais ça paraît peu vraisemblable. Non, je crois que la vérité se trouve quelque part là-dedans.

Elle fourragea dans sa pile de magazines et en choisit un nouveau.

— Vous cherchez un renseignement spécial à propos de quelqu'un ?

— Non, répliqua miss Marple. Je me contente de glaner des broutilles sur les gens, leur mode de vie... des petits riens, de tout petits riens qui pourraient quand même bien se révéler utiles.

Elle se replongea dans l'épluchage de ses périodiques et Cherry emporta son aspirateur au premier. Le visage de la vieille demoiselle avait retrouvé ses couleurs et ses yeux brillaient d'intérêt. Devenue désormais un peu sourde, elle n'entendit pas, au-dehors, que quelqu'un remontait l'allée du jardin en direction de la fenêtre grande ouverte du salon. Et ce ne fut que lorsqu'une ombre vint se découper sur sa page qu'elle leva les yeux. Accoudé à la barre d'appui, Dermot Craddock lui souriait :

— On fait bien sagement ses devoirs, on dirait ?

— Inspecteur Craddock, comme je suis heureuse de vous voir ! Et comme c'est gentil à vous de trouver le temps de passer ! Prendrez-vous une tasse de café ? Ou bien vous laisserez-vous tenter par un verre de sherry ?

— Le verre de sherry ne serait pas de refus. Mais ne vous dérangez pas, je le demanderai en entrant.

Il fit le tour par la porte de côté et ne tarda pas à rejoindre miss Marple :

— Alors ? Cette presse de bazar vous donne des idées ?

— Plutôt trop que pas assez. Je ne suis pas bégueule, voyez-vous, mais tout ceci me choque un peu.

— Quoi, la vie privée des stars ?

— Oh ! non, se récria miss Marple, alors, ça, pas du tout ! Leurs existences me semblent on ne peut plus *normales* compte tenu des circonstances, des fortunes en jeu et d'une certaine intimité forcée. Non, encore une fois, rien là que de très naturel. Non, je parlais de la façon dont la presse en fait des gorges chaudes. Je suis assez vieux jeu, je l'avoue, pour estimer que cela ne devrait pas être permis.

— C'est de l'information, philosopha Dermot Craddock, et, sous couvert de commentaire de ladite information, les pires horreurs peuvent être effectivement écrites.

— Je sais, fulmina miss Marple. Et cela me met parfois très en colère. Cela posé, vous devez me trouver stupide de lire ce fatras. Mais j'éprouve un besoin impérieux d'être comme vous diriez *dans le bain*. Or, enfermée que je suis entre ces quatre murs, je n'ai guère d'autre moyen de découvrir les renseignements qui me font défaut.

— C'est ce que je me suis dit, sourit Dermot Craddock, et, si je suis ici, c'est bien pour vous détailler tout ce que je sais de l'affaire.

— Pardonnez-moi, mon cher garçon, mais croyez-vous que vos supérieurs hiérarchiques approuveraient votre démarche ?

— Je ne vois pas ce qu'ils pourraient y trouver à redire, la rassura-t-il. J'ai ici une liste, ajouta-t-il. La liste des gens qui se trouvaient présents sur le palier pendant les quelques minutes qui se sont écoulées entre l'arrivée de Heather Badcock et sa mort. Nous en avons déjà éliminé pas mal — un peu hâtivement peut-être, encore que je n'en sois pas persuadé. Nous avons absous le maire et son épouse, le Premier conseiller Tartenpion et sa moitié, ainsi que beaucoup de gens des environs, mais nous avons gardé le mari pour la bonne bouche. Si mes souvenirs sont exacts, vous soupçonnez volontiers les maris.

— Ils représentent dans nombre de cas le suspect idéal, s'excusa miss Marple. Et en cette seule occurrence, l'idéal se confond souvent avec la réalité.

— Ce n'est pas moi qui vous contredirai sur ce point.

— Mais à quel mari, mon cher garçon, faites-vous donc allusion ?

— Sur lequel miseriez-vous ? rétorqua Dermot en la regardant dans le blanc des yeux.

Miss Marple lui rendit son regard :

— Jason Rudd ?

— Ah ! se réjouit Craddock. Nos cerveaux fonctionnent sur la même longueur d'ondes. Je ne crois pas qu'il s'agisse d'Arthur Badcock, car, voyez-vous, je ne crois pas que ce soit Heather Badcock qui était visée. Je suis persuadé que Marina Gregg était la victime désignée.

— Cela paraît quasi évident, n'est-ce pas ? renchérit miss Marple.

— Puisque nous sommes d'accord là-dessus, la situation en est simplifiée d'autant, reprit Craddock. Vous dire qui étaient les présents ce jour-là, ce qu'ils ont vu ou prétendent avoir vu, et où ils se trouvaient ou prétendent s'être trouvés équivaudra tout juste à vous apprendre ce que vous auriez découvert vous-même si vous aviez été sur les lieux. Ce qui fait que mes supérieurs hiérarchiques, comme vous les appelez, seront bien empêchés de me reprocher d'avoir débattu de la question avec vous, vous ne croyez pas ?

— C'est fort joliment formulé, mon cher garçon, applaudit miss Marple.

— Je vais donc vous résumer les confidences qui m'ont été faites, et puis nous passerons la liste en revue.

Il fit le résumé annoncé et attaqua la liste :

— Ce ne peut être qu'un de ceux-là. Mon parrain, sir Henry Clithering, m'a raconté que vous aviez autrefois un club, ici. Vous l'appeliez le Club du Mardi. Vous dîniez à tour de rôle chez les uns et les autres, et, à tour de rôle également, chacun y allait de son récit : une histoire vécue débouchant sur un noir mystère — mystère dont seul le narrateur connaissait la clef. Et chaque fois, d'après ce que m'a confié mon parrain, c'est vous qui deviniez la solution de l'énigme. C'est, au fond, l'explication de ma présence à vos côtés : je suis venu voir si vous pouviez répondre pour moi ce matin à quelques devinettes.

— Que voilà une façon bien cavalière de présenter la situation, s'offusqua miss Marple, mais il y a néanmoins une question que j'aimerais soulever.

— Oui ?

— Que sont devenus les enfants ?

— Les enfants ? Il n'y en a qu'un. Un gosse qui est débile profond et qui est placé dans une maison spécialisée, aux Etats-Unis. C'est à lui que vous faites allusion ?

— Non, dit miss Marple. Son cas est très triste, c'est une affaire entendue. C'est un de ces accidents dramatiques qui surviennent parfois et à propos desquels nul n'est à blâmer. Non, je parlais des enfants mentionnés dans quelques-uns des articles que je viens de lire là-dedans.

Elle tapota sa pile d'hebdomadaires :

— Les enfants que Marina Gregg a adoptés. Deux garçons, je crois bien, et une fille. Dans l'un des cas, c'est une Anglaise, mère de famille nombreuse et trop pauvre pour élever sa marmaille, qui lui a écrit pour lui demander si elle ne pourrait pas la décharger d'un des mioches. On a débité tout un tas de sottises sur la question. On a porté aux nues la grandeur d'âme de la mère qui se sacrifiait en songeant au merveilleux foyer, à la prodigieuse éducation et au divin avenir que connaîtrait son rejeton. Je n'ai pas trouvé grand-chose sur les deux autres. L'un était, je crois, un réfugié d'origine étrangère, l'autre un Américain. Marina Gregg les a adoptés à des périodes différentes. J'aimerais savoir ce qu'ils sont devenus.

Dermot Craddock la dévisagea avec curiosité :

— C'est bizarre que vous ayez pensé à ça. Je me suis moi-même plus ou moins posé la question à leur sujet. Mais comment les rattachez-vous à ce qui s'est passé ?

— Eh bien, autant que je sache, ils ne vivent pas auprès d'elle, n'est-ce pas ?

— J'imagine qu'ils touchent une pension. Les lois d'adoption doivent prévoir ce genre de circonstances. Il a dû y avoir de l'argent placé en fidéicommis à leur intention.

— Ce qui reviendrait à dire que quand elle a été... fatiguée d'eux, murmura miss Marple en marquant un temps avant le mot « fatiguée », elle s'en est débarrassée ! Après les avoir habitués au luxe et à tous ses avantages. C'est bien ça ?

— Probablement, acquiesça Craddock tout en continuant à la regarder avec curiosité. Je ne sais pas au juste.

— Les enfants souffrent de ces situations, vous savez, reprit miss Marple en dodelinant de la tête. Ils en souffrent bien plus que ne l'imagine leur entourage. Ils se sentent blessés, rejetés, sans plus de points de repère. Et le confort matériel ne remplacera jamais les attentions ni la tendresse. Pas plus que ne le fera une bonne éducation, un coup de pouce pour débuter dans sa profession ou l'assurance d'une rente. Il n'y a pas commune mesure entre ces choses-là.

— Certes. Néanmoins, est-ce que ce n'est pas un peu tiré par les cheveux que d'aller chercher... mais qu'est-ce que vous allez chercher, au fait ?

— Rien d'aussi précis que vous ne l'imaginez. Je me demandais tout bonnement où ils pouvaient bien être à l'heure actuelle et l'âge qu'ils pouvaient avoir.

D'après ce que j'ai lu ici, ils doivent être adultes, je présume.

— Ça, je pense pouvoir le découvrir.

— Oh ! je ne voudrais vous ennuyer en rien, ni même suggérer que ma petite idée puisse valoir mieux que tripette.

— Tirer ça au clair ne fera en tout cas pas de mal, décréta Dermot Craddock en notant quelques mots dans son pense-bête. Et maintenant, voulez-vous jeter un coup d'œil à ma petite liste ?

— Je ne me crois pas apte à vous aider beaucoup en la matière. Il faudrait pour cela que je connaisse ces gens.

— Oh ! je peux vous les commenter au passage, proposa Craddock. Tenez : *Jason Rudd, mari* — les maris sont toujours éminemment suspects. Tout le monde affirme qu'il adore sa femme. Ce qui est en soi une circonstance aggravante, si je vous suis bien ?

— Pas obligatoirement, rétorqua miss Marple, drapée dans sa dignité.

— Il s'est donné toutes les peines du monde pour cacher que la victime désignée était sa femme. Il s'est bien gardé d'en souffler mot à la police. Je ne sais pas pourquoi il nous juge assez bêtes pour ne pas y avoir pensé tout seuls. Ç'a été d'entrée de jeu notre conviction. Mais en tout cas c'est sa version et il s'y cramponne : il avait peur que ça ne revienne aux oreilles de sa femme et qu'elle n'en fasse une jaunisse.

— Elle est femme à paniquer ?

— Elle est neurasthénique, volcanique, sujette à la dépression et prompte à se mettre dans tous ses états.

— Ce qui ne trahit pas forcément une absence de courage, objecta miss Marple.

— D'un autre côté, à partir du moment où elle sait elle-même fort bien que c'était elle qui était visée, il n'est pas impossible qu'elle sache qui a fait le coup.

— Vous voulez dire qu'elle saurait qui a fait le coup... mais qu'elle se refuserait à le divulguer ?

— Je ne l'envisage que comme une éventualité. Mais si tel était bien le cas, pourquoi se taire ? A croire que le mobile, la cause première du drame, repose sur un secret qu'elle ne veut pas que son mari apprenne.

— Voilà un nouvel éclairage bien intéressant, reconnut miss Marple.

— Passons à quelques autres noms. La secrétaire, Ella Zielinsky. Une jeune femme extrêmement compétente et efficace.

— Amoureuse du mari, selon vous ? s'enquit miss Marple.

— Que j'en sois convaincu est une chose, sourit Craddock, mais qu'est-ce qui vous l'a fait deviner ?

— Le fait que ce soit si souvent le cas, rétorqua la vieille demoiselle. Et par conséquent fort peu tendre à l'égard de cette pauvre Marina Gregg, en bonne logique ?

— Et, par conséquent encore, dotée d'un excellent mobile pour vouloir la tuer.

— Des tas de secrétaires et d'employées de maison sont amoureuses du mari de leur patronne, se récria miss Marple, mais très, très peu d'entre elles essaient de les empoisonner.

— Bah ! comptons sur l'exception qui confirme la règle, se défendit Craddock. Nous avons ensuite les photographes — un d'ici, et celle qui venait de Londres —, et puis les deux représentants de la presse. Aucun d'eux ne fait un coupable très vraisemblable mais nous irons quand même y regarder de plus près. Puis vient l'ex-femme du second ou du troisième époux de Marina Gregg. Elle n'avait pas apprécié que Marina Gregg le lui embarque sous le nez. Mais ça se passait après tout il y a onze ou douze ans. Difficile d'admettre qu'elle se soit pointée au milieu de la nouba dans le seul but de lui régler son compte après tout ce temps. Dans son sillage, nous avons encore un certain Ardwyck Fenn. Autrefois intime de Marina Gregg. Qu'elle n'avait pas revu depuis des années. Personne ne savait qu'il était dans le coin et la surprise a été aussi énorme que générale.

— Au point que son apparition l'ait fait sursauter ?

— Vraisemblablement, oui.

— L'ait fait sursauter... et peut-être bien épouvantée.

— *Le châtiment est sur moi*, cita Craddock. Oui,

c'est l'idée. Et puis il y avait le jeune Hailey Preston, qui courait dans tous les coins ce jour-là pour racoler son monde. C'est un moulin à paroles, mais il n'a rigoureusement rien vu, rien entendu et rien compris à rien. Tout juste un peu trop soucieux, peut-être, de me faire entrer ça dans le crâne. Y a-t-il quelque chose dans tout ça qui fait *tilt* ?

— Pas précisément, déclara miss Marple. Beaucoup de possibilités intéressantes, sans plus. Mais je persiste à souhaiter en apprendre davantage sur les enfants.

Il la regarda une fois de plus avec curiosité :

— Vous, quand vous avez une idée dans la tête, vous ne l'avez pas autre part, hein ? D'accord, je vais vous trouver ça.

13

— J'imagine que ça n'a pas pu être le maire ? soupira avec regret l'inspecteur Cornish en tapotant la liste avec son crayon.

— Vous prenez vos désirs pour des réalités ? sourit Dermot Craddock.

— Vous ne croyez pas si bien dire ! s'échauffa Cornish. Ce vieux tartuffe sentencieux ! Tout le monde vote pour lui. Alors qu'il est tout juste bon à faire de l'esbroufe, à jouer les bons apôtres, et que dans le même temps il est depuis des années corrompu jusqu'au trognon !

— Et vous n'avez jamais eu aucun moyen de le faire plonger ?

— Non, il est trop ficelle pour ça. Il se débrouille toujours pour être du bon côté de la loi.

— Ç'aurait été tentant, je suis d'accord, compatit Dermot Craddock, mais je crains bien qu'il ne faille bannir cette riante perspective.

— Je sais, je sais, gémit Cornish. C'est un « possible », mais un possible tout ce qu'il y a d'improbable. Qui d'autre avons-nous ?

Les deux hommes réépluchèrent la liste. Il y restait encore huit noms qui n'étaient pas biffés.

— Nous sommes bien d'accord qu'il ne manque ici personne ? voulut encore une fois s'assurer Craddock.

— Je mettrais ma main au feu que nous avons le lot au grand complet, répondit Cornish. Après Mrs Bantry est arrivé le pasteur, et après lui les Badcock. Il y avait à ce moment-là huit personnes sur les marches. Le maire et sa femme, Joshua Grice et la sienne, de la ferme d'En-bas. Donald McNeil, du *Herald & Argus* de Much Benham. Ardwyck Fenn, USA, miss Lola Brewster, USA, star de pointure internationale. Et puis une photographe de Londres, avec un appareil photo installé dans l'angle de l'escalier. Si, comme vous le suggérez, cette histoire de Marina Gregg et de son « regard hébété » que vous a racontée Mrs Bantry a bien été provoquée par quelqu'un qu'elle venait d'apercevoir dans l'escalier, c'est dans ce paquet-là qu'il vous faut faire votre choix. Le maire est hélas hors du coup. Les Grice *idem* — ils n'ont, que je sache, jamais mis les pieds hors de St Mary Mead. Il nous en reste quatre. Le journaliste local est bien improbable. La photographe était déjà là depuis une demi-heure, alors pourquoi Marina aurait-elle attendu si longtemps pour réagir ? Qu'est-ce que ça nous laisse ?

— Un couple de sinistres étrangers débarquant des Amériques, murmura Craddock avec un sourire penaud.

— Comme vous dites.

— Ce sont, de loin, nos meilleurs suspects, je suis bien d'accord, reprit Craddock. Ils sont arrivés alors que personne ne les attendait. Ardwyck Fenn était un vieil ami de cœur de Marina qu'elle n'avait pas revu depuis des années. Lola Brewster, elle, avait été autrefois contrainte au divorce par son légitime époux que lui avait soufflé la même Marina Gregg. Lequel divorce, si j'ai bien compris, n'avait pas été de ceux qui se règlent à l'amiable.

— J'en fais mon suspect n° 1, décréta Cornish.

— Vous êtes sûr, Frank ? Après que l'eau a coulé

quinze ans sous les ponts et qu'elle a eu le temps de se remarier deux fois ?

Cornish lui rétorqua qu'avec les femmes on ne pouvait jamais savoir. Tout en reconnaissant le bien-fondé de la maxime, Dermot signala à son collègue que l'affaire lui paraissait cependant à tout le moins bizarre.

— Mais vous êtes quand même d'accord que ça ne peut être que l'un des deux ?

— Je ne l'exclus pas. Mais ça ne me plaît finalement pas beaucoup. Que sait-on des extras qui servaient à boire ?

— En faisant l'impasse sur le « regard hébété » dont tout le monde s'est gargarisé, alors ? Nous avons globalement vérifié. C'est le traiteur de Market Basing qui avait obtenu le marché — pour ce qui est du populaire, s'entend. Au premier, c'était le majordome, Giuseppe, qui officiait, aidé par deux filles d'ici embauchées aux studios. Je les connais toutes les deux. Elles n'ont ni l'une ni l'autre inventé la poudre, mais sont inoffensives.

— Vous me renvoyez le bébé, en quelque sorte ? D'accord, je vais passer voir le reporter. Il peut avoir repéré un truc intéressant. Et puis retour à Londres. Ardwyck Fenn, Lola Brewster... et puis cette photographe — comment s'appelle-t-elle, déjà ? —, Margot Bence. Elle aussi peut avoir remarqué un truc intéressant.

Cornish acquiesça. Puis :

— Lola Brewster reste ma favorite. Et vous m'étonnez : vous n'avez pas l'air aussi acquis que moi à sa cause.

— C'est que je songe aux difficultés, se défendit Craddock avec lenteur.

— Quelles difficultés ?

— Celles qu'elle aurait eues à verser le poison dans le verre de Marina sans que personne s'en aperçoive.

— Ça, c'est valable pour n'importe qui. C'était de la folie.

— D'accord pour dire que c'était de la folie... mais folie beaucoup plus grande de la part d'une Lola Brewster que pour un péquenot quelconque.

— Pourquoi ? s'étonna Cornish.

— Parce que c'était une hôte de marque. C'est une personnalité, un nom sur toutes les lèvres. Tout le monde ne devait avoir d'yeux que pour elle.

— Ce n'est pas faux, ça, voulut bien admettre Cornish.

— Les autochtones ont dû se pousser du coude, dire des messes basses et ouvrir des yeux comme des soucoupes, et, après avoir été accueillie par Marina Gregg et Jason Rudd, on l'a sans doute confiée aux bons soins de la secrétaire ou de l'attaché de presse. Ça n'aurait pas été du tout cuit pour elle, Frank. Si adroit que vous soyez, vous ne pouvez jamais être sûr que *quelqu'un* ne vous a pas vu. C'est là qu'il y a un os, et un os de taille.

— Comme je l'ai déjà dit : est-ce que l'os n'est pas le même pour tout un chacun ?

— Non, trancha Craddock. Oh ! non. Loin de là. Prenez le majordome, par exemple. Giuseppe. Il jongle avec les verres et les boissons, il remplit ci, il tend ça. Qui irait remarquer qu'il verse une rasade ou une demi-douzaine de comprimés de Calmo dans un cocktail ?

— Giuseppe ? s'interrogea Cornish. Vous croyez que c'est lui qui a fait le coup ?

— Je n'ai aucun motif de le croire, mais, en cherchant bien, on en trouverait peut-être. Un bon gros mobile bien costaud. Oui, il pourrait l'avoir fait. Ou un des employés du traiteur — hélas, ils n'étaient pas sur le palier, c'est bien dommage.

— Quelqu'un a pu se faire spécialement embaucher par la firme pour l'occasion.

— Vous estimez que le meurtre a pu être aussi prémédité que ça ?

— Nous n'en savons encore rien, répliqua Craddock, dépité. Nous n'avons strictement rien à nous mettre sous la dent. Et ça durera jusqu'à ce que nous parvenions à faire cracher le morceau à Marina Gregg ou à son mari. Ils *doivent* savoir ou tout au moins soupçonner quelque chose — mais ils se refusent à parler. Et nous ne savons pas *pourquoi* ils restent bouche cousue. Nous ne sommes pas au bout de nos peines.

Il s'interrompit un instant avant de reprendre :

— Si on ne tient pas compte du « regard hébété » qui peut n'avoir été que pure coïncidence, il nous reste d'autres gens qui auraient pu faire le coup avec une relative facilité. La secrétaire, Ella Zielinsky. Elle aussi, elle jonglait avec les verres et distribuait des boissons à la ronde. Et personne n'aurait songé à la regarder, *elle*, avec un intérêt excessif. Idem pour ce long éphèbe évanescent dont j'ai oublié le nom... Hailey... Hailey Preston ? Oui, c'est ça. Les occasions ne leur auraient manqué ni à l'un ni à l'autre. Et en fait, si n'importe lequel des deux avait bel et bien voulu régler son compte à Marina Gregg, la plus élémentaire sagesse de leur part aurait précisément consisté à le faire au cœur de ce genre de cohue.

— Qui d'autre encore ?

— Eh bien, il y a toujours le mari, lança Craddock.

— L'éternel mari, sourit Cornish. Avant d'arriver à la conclusion que Marina était la victime désignée, nous avions misé sur ce pauvre diable de Badcock. Et voilà maintenant que nous reportons nos soupçons sur Jason Rudd. Il a pourtant l'air amoureux fou de sa femme, non ?

— Il passe effectivement pour l'être, reconnut Craddock. Mais sait-on jamais ?

— S'il voulait se débarrasser d'elle, est-ce que le divorce n'aurait pas été mille fois plus simple ?

— Ç'aurait été beaucoup plus banal et dans la norme, convint Dermot, mais il peut y avoir dans cette affaire des tas de tenants et d'aboutissants dont nous ignorons encore tout.

Le téléphone sonna. Cornish décrocha :

— Quoi ? Oui ? Passez-la-moi. Oui, il est ici.

Il écouta un instant, puis posa la main sur la plaque sensible et regarda Dermot :

— Miss Marina Gregg se sent beaucoup mieux. Elle brûle de se faire interroger.

— Je ferais bien d'y filer en vitesse, bondit Dermot Craddock, avant qu'elle n'ait changé d'avis.

*

Au manoir de Gossington, Dermot Craddock fut

accueilli par Ella Zielinsky, comme toujours alerte et efficace :

— Miss Gregg vous attend, Mr Craddock.

Dermot la considéra avec intérêt. Depuis le début, sa personnalité l'intriguait. Il s'était tout de suite dit : « Un visage impassible comme j'en ai rarement vu. » Elle avait répondu à ses questions sans réticence aucune. Rien ne lui avait permis de soupçonner qu'elle lui cachait quoi que ce soit. Mais ce qu'elle pouvait penser, ou ressentir, ou encore savoir sur l'affaire, il n'en avait toujours pas la moindre idée. Il semblait n'y avoir nulle faille dans sa cuirasse de professionnalisme. Elle pouvait en savoir plus qu'elle n'avait bien voulu le dire. Elle pouvait en savoir très long. La seule chose dont il était sûr — mais force lui était d'admettre qu'aucune preuve ne venait étayer cette certitude —, c'est qu'elle était amoureuse de Jason Rudd. C'était d'ailleurs la maladie professionnelle des secrétaires. Ça ne signifiait probablement rien. Mais le fait n'en suggérait pas moins l'éventualité d'un mobile et il était sûr, sûr et certain, qu'elle dissimulait quelque chose. Ce pouvait être de l'amour comme ce pouvait être de la haine. Ou, tout simplement, un sentiment de culpabilité. Elle avait pu sauter sur l'occasion cet après-midi-là, comme elle avait pu froidement planifier ce qu'elle allait faire. Il la voyait sans difficulté aucune dans le rôle. Ses mouvements nets mais sans hâte intempestive, sa façon de se mouvoir entre les groupes, de prendre soin des invités, de distribuer des verres à la ronde, d'en remporter des vides tout en repérant avec précision l'endroit où Marina avait abandonné le sien sur la table. Et puis, peut-être au moment précis où Marina avait accueilli ses hôtes des Etats-Unis dans un transport de surprise et de cris de joie et où tout le monde avait les yeux rivés sur cette rencontre au sommet, oui, peut-être avait-elle calmement laissé tomber la dose fatale dans ce verre. Il y aurait fallu du cran, de l'audace et de la rapidité dans l'exécution. Toutes qualités qu'elle possédait. Quoi qu'elle ait pu faire, elle n'aurait pas un instant paru coupable. Ç'aurait été un crime net et sans bavure, un crime vraisemblablement couronné de succès.

Seulement le sort en avait décidé autrement. Dans la cohue, quelqu'un avait bousculé Heather Badcock. Son verre s'était renversé et Marina, avec sa gracieuse impulsivité naturelle, s'était empressée de lui tendre le sien, resté sur la table et auquel elle n'avait pas touché. Et ainsi ce n'était pas la femme visée qui était morte.

« Pures conjectures de bout en bout, et probablement parfait ramassis d'âneries », se dit Dermot Craddock tout en gratifiant dans le même temps la jeune femme de remarques courtoises :

— Un renseignement que je voulais vous demander, miss Zielinsky. Le buffet vous a bien été fourni par un traiteur de Market Basing, je ne me trompe pas ?

— Non, en effet.

— Et pourquoi ce choix ?

— Je n'en sais vraiment rien. Ça n'entrait pas dans le cadre de mes attributions. Je sais néanmoins que Mr Rudd estimait plus convenable de s'adresser à un traiteur local plutôt que d'en faire venir un de Londres. Mais enfin ce n'était guère pour nous qu'un détail.

— Cela va de soi.

Il la dévisageait. Debout devant lui, sourcils légèrement froncés, elle évitait son regard. Front haut, menton décidé, visage qui aurait pu paraître sensuel pour peu qu'on le lui autorisât, bouche dure, trahissant l'âpreté au gain. Ses yeux ? Il les détailla avec surprise. Elle avait les paupières rougies. Il s'interrogea. Est-ce qu'elle n'avait pas pleuré, par hasard ? Ça en avait tout l'air. Et il aurait pourtant juré qu'elle n'était pas fille à ça. Elle releva la tête et, comme si elle avait lu dans ses pensées, prit son mouchoir et se moucha de bon cœur.

— Vous avez attrapé froid ? s'enquit-il.

— Non. C'est le rhume des foins. Une allergie à je ne sais quoi. J'ai ça tous les ans à la même époque.

Une sonnerie assourdie se fit entendre. Il y avait deux téléphones dans la pièce, un sur la table de travail et un autre sur un guéridon dans un angle. C'était ce dernier qui sonnait. Ella Zielinsky alla décrocher :

— Oui. Oui, il est ici. Je vous l'amène tout de suite.
Elle raccrocha :
— Marina vous attend.

*

Marina Gregg reçut Craddock au premier étage, dans son boudoir qui ouvrait sur sa chambre. Après les déclarations alarmistes concernant le choc nerveux subi et l'état de prostration par lequel elle était passée, Dermot Craddock s'attendait à une malade rassemblant ses dernières forces tremblotantes. Mais bien que Marina soit effectivement lovée dans l'angle d'un canapé, elle avait l'œil vif et la voix posée. Très peu maquillée, elle faisait pourtant nettement moins que son âge et il fut frappé par le subtil rayonnement de sa beauté. Cela tenait à l'exquis modelé de ses joues et de sa mâchoire, à la façon dont ses cheveux, cascadant naturellement en boucles soyeuses, venaient lui encadrer les traits. La chaleur de son sourire, ses immenses yeux vert d'eau, ses sourcils soulignés au crayon et qui, s'ils devaient un peu à l'artifice, devaient bien plus encore à la nature, tout concourait à la magie du tableau.

— Inspecteur-chef Craddock ? Je me suis affreusement mal conduite. Je me dois de me confondre en excuses. A l'issue de cette tragédie, je me suis laissée aller. J'aurais pourtant dû réagir, avoir un sursaut. J'ai honte de moi.

Un sourire vint relever les commissures de ses lèvres, un sourire triste et doux. Elle lui tendit la main et il la serra.

— Que vous soyez bouleversée n'avait pourtant rien que de bien naturel, articula-t-il.

— Tout le monde l'était, insista Marina. Je n'avais aucune raison d'en faire plus étalage que les autres.

— Aucune, vous en êtes bien sûre ?

Elle lui coula un long regard avant de hocher la tête et d'avouer :

— Si, vous êtes très perspicace. Si, j'avais effectivement toutes les raisons de le faire.

Elle baissa la tête et, de l'index, tapota délicatement l'accoudoir du canapé. C'était là un geste qu'il avait remarqué dans un de ses films. Un geste anodin mais qui semblait néanmoins révélateur. Qui trahissait une sorte de douceur méditative.

— Je suis lâche, murmura-t-elle, les yeux toujours baissés. Quelqu'un a voulu me tuer et je ne veux pas mourir.

— Qu'est-ce qui vous fait penser que quelqu'un a voulu vous tuer ?

Elle ouvrit grand les yeux :

— Le fait que ce soit mon verre — *mon* verre — qu'on ait trafiqué. C'est par erreur que cette malheureuse empotée en a hérité. C'est ça, ce qu'il y a de si tragique et de si affreux. Et puis...

— Oui, miss Gregg ?

Sur le point d'en dire davantage, elle semblait hésiter quelque peu.

— Peut-être aviez-vous des raisons supplémentaires de vous croire la victime désignée ? insista-t-il.

Elle hocha la tête.

— Quelles raisons, miss Gregg ?

Elle marqua un temps avant d'essayer de biaiser :

— Jason a décrété que je devais tout vous raconter.

— Ce qui revient à dire que vous vous êtes confiée à lui ?

— Oui... Je ne voulais pas, au début... mais le Dr Gilchrist a insisté pour que je le fasse. Et c'est là que j'ai découvert qu'il le pensait lui aussi. Il le pensait depuis le commencement, mais... c'est assez drôle, au fond...

Le sourire triste revint lui ourler les lèvres :

— ... mais il ne voulait pas m'inquiéter en m'en parlant. Vraiment !

Elle se redressa avec vigueur pour s'asseoir :

— Jinks chéri ! Est-ce qu'il me prend pour une parfaite imbécile ?

— Vous ne m'avez toujours pas dit, miss Gregg, pourquoi vous étiez persuadée que quelqu'un avait l'intention de vous tuer.

Elle demeura silencieuse un moment puis, d'un geste brusque, empoigna son sac, l'ouvrit, en tira une feuille de papier et la lui fourra dans la main. Il la

lut. Elle comportait une ligne, et une seule, tapée à la machine :
Ne va pas t'imaginer que tu y couperas la prochaine fois.
— Quand avez-vous reçu ça ? fit Craddock d'un ton dur.
— C'était sur ma coiffeuse quand je suis sortie de mon bain.
— Ainsi quelqu'un dans la maison...
— Pas forcément. Quelqu'un de l'extérieur a pu grimper par mon balcon et le déposer là avant de redisparaître. On a sans doute voulu me faire paniquer encore davantage, mais c'est raté. Cela m'a au contraire mise dans une rage folle et je vous ai aussitôt fait dire de venir me voir.

Dermot Craddock sourit :
— Résultat propre à passablement surprendre l'expéditeur. Il s'agit du premier message de ce genre que vous ayez reçu ?

De nouveau, Marina hésita. Puis se décidant :
— Non, ça ne l'est pas.
— Parlez-moi du ou des messages précédents.
— C'était il y a trois semaines, tout de suite après que nous avons débarqué. Il est arrivé aux studios, pas ici. Il était grotesque. Juste quatre mots. Pas tapés à la machine, cette fois-là. Tracés en majuscules : *Prépare-toi à mourir.*

Elle éclata de rire. Peut-être y avait-il un soupçon d'hystérie dans ce rire. Mais la gaieté n'en était pour autant pas exclue :
— C'était si bête. Mais bien sûr, on reçoit souvent des lettres de cinglés, des insultes, des menaces. Je m'étais même dit que ça devait émaner d'un quelconque bigot estimant sans doute que les actrices de cinéma sont des femmes damnées. Je me suis contentée de le déchirer et de le jeter dans la corbeille à papier.

— En avez-vous sur le moment parlé autour de vous, miss Gregg ?

Marina secoua la tête :
— Non, je n'en ai jamais soufflé mot à personne. En fait, nous avions à ce moment-là quelques difficultés avec la scène que nous étions en train de tour-

ner. Je ne pouvais songer à rien d'autre qu'à mon rôle. Et puis de toute façon, comme je vous l'ai dit, j'estimais qu'il s'agissait soit d'une plaisanterie stupide, soit d'un message d'un de ces fanatiques confits en dévotion et persuadés que rien ne saurait être plus pervers que jouer la comédie.

— Et après celui-là, il y en a eu un autre ?

— Oui. Le jour de la fête. C'est un des jardiniers qui me l'a apporté, je crois bien. Il m'a dit que quelqu'un avait déposé un billet pour moi et m'a demandé s'il y avait une réponse. J'ai pensé que ça avait à voir avec l'organisation de la réception. J'ai ouvert l'enveloppe. Le billet disait : « C'est aujourd'hui ton dernier jour sur terre. » Je l'ai chiffonné et j'ai dit : « Pas de réponse. » Et puis j'ai rappelé l'homme et je lui ai demandé qui le lui avait remis. Il m'a répondu que c'était un individu avec des lunettes, à bicyclette. Après tout, quelle conclusion en tirer ? J'ai opté pour la plaisanterie idiote. Je n'ai pas imaginé... pas imaginé un instant qu'il pouvait s'agir d'une menace bien réelle.

— Ce billet, où est-il maintenant, miss Gregg ?

— Je n'en ai pas la moindre idée. Je portais une de ces vestes de soie italiennes de couleur et je crois bien, autant que je puisse m'en souvenir, l'avoir froissé et fourré dans ma poche. Mais il n'y est plus. Il en sera tombé.

— Et vous n'avez pas non plus la moindre idée quant à la personne qui a pu vous faire parvenir ces billets stupides, miss Gregg ? Même à l'heure qu'il est ?

Ses yeux s'ouvrirent comme des soucoupes. Une lueur d'innocente perplexité y brilla, dont il prit bonne note. Il admira la performance, mais ne tomba pas dans le panneau.

— Comment pourrais-je le deviner ? Comment, au nom du ciel, pourrais-je le deviner ?

— Vous devez pourtant bien avoir une idée très nette sur la question, miss Gregg.

— Je n'en ai aucune. Je vous assure que je n'en ai aucune.

— Vous êtes une personne célèbre, insista Dermot. Vous avez couru de succès en succès. Succès dans votre carrière, dans votre vie privée aussi. Des hommes sont tombés amoureux de vous, ont voulu vous épouser, l'ont fait. Des femmes vous ont enviée ou ont été jalouses de vous. D'autres hommes, tout aussi amoureux de vous, ont pu se voir rejetés, éconduits. Le champ est vaste, je vous l'accorde, mais je n'en reste pas moins persuadé que vous devez avoir votre opinion quant à la personne qui vous a fait parvenir ces mots.

— Ç'aurait pu être n'importe qui.

— Non, miss Gregg, ça n'aurait pas pu être *n'importe qui*. Ç'aurait éventuellement pu être un individu parmi tout un tas de gens. Il pourrait s'agir de quelqu'un de très humble et effacé, d'une habilleuse, d'un éclairagiste, d'un domestique ; ou encore d'un membre de la cohorte de vos amis ou prétendus tels. Mais vous devez avoir une idée. Un nom, plus d'un à la rigueur, à me suggérer.

La porte s'ouvrit et Jason Rudd entra. Marina se tourna vers lui, bras tendus dans un geste suppliant :

— Jinks chéri, Mr Craddock persiste à prétendre que je dois savoir qui a écrit ces horribles billets ! Et ce n'est pas le cas. Tu sais que ce n'est pas le cas. Nous ne le savons ni toi ni moi. Nous n'en avons pas le moindre commencement d'idée.

« Elle insiste vraiment beaucoup, songea Craddock. Vraiment beaucoup. Est-ce qu'elle n'aurait pas peur de ce que son mari pourrait dire ? »

Les yeux cernés par la fatigue et la mine plus maussade encore qu'à l'accoutumée, Jason Rudd vint les rejoindre. Il enfouit la main de Marina dans les siennes :

— Je sais que cela doit vous paraître invraisemblable, inspecteur, mais, honnêtement, ni Marina ni moi n'avons la moindre idée sur cette affaire.

— Vous feriez donc partie de ces bienheureux qui ne sont pas en butte à l'inimitié ?

L'ironie était manifeste. Jason Rudd rougit un peu :

— L'inimitié ? Le terme est bien biblique, inspecteur. Dans un sens aussi absolu, je peux vous garantir que je ne me sens pas exposé à l'inimitié. Il est certes des gens qui ne m'aiment pas, qui adoreraient me monter sur les pieds, qui seraient prêts à me jouer tous les tours de cochon possibles et imaginables si l'occasion leur en était donnée, ça oui. Mais de là à verser une rasade de poison dans un verre, il y a loin.

— Juste à l'instant, parlant à votre femme, je lui ai demandé qui aurait pu écrire ou inspirer ces messages. Elle m'a répondu qu'elle ne le savait pas. Mais si l'on en vient au passage à l'acte proprement dit, le champ des possibles se rétrécit. *Quelqu'un a indubitablement versé le poison dans ce verre*. Cela restreint bougrement le terrain d'investigation, vous savez.

— Je n'ai rien vu, décréta Jason Rudd.

— Ni moi non plus, renchérit Marina. Parce que, quand même... si j'avais vu quelqu'un verser quelque chose dans mon verre, je ne serais pas allée le boire, non ?

— Vous aurez beau faire, rétorqua Dermot Craddock avec toute la gentillesse du monde, vous ne m'ôterez pas de l'idée que vous en savez bel et bien un peu plus que vous ne voulez l'avouer.

— Ce n'est pas *vrai*, protesta Marina. Dis-lui que ce n'est pas vrai, Jason.

— Je vous assure, affirma Jason Rudd, que je suis complètement, intégralement dans le brouillard absolu. Toute cette histoire est insensée. J'inclinerais presque à penser qu'il s'agissait d'une blague... d'une blague qui aurait Dieu sait comment dégénéré... tourné au tragique... d'une plaisanterie idiote faite par quelqu'un qui n'aurait jamais pu imaginer que les choses finiraient dans le drame...

Il y eut comme l'ombre d'une interrogation dans sa voix, puis il secoua la tête :

— Non. Je vois que cette idée ne vous séduit pas du tout.

— Il y a encore une question que je souhaiterais vous poser, dit Dermot Craddock. Vous vous rappelez l'arrivée de Mr et Mrs Badcock, bien sûr. Ils marchaient dans la foulée du pasteur. Vous leur avez, semble-t-il, réservé le même accueil charmant qu'aux autres de vos invités. Mais je me suis cependant laissé dire par un témoin oculaire que sitôt après ces effusions, vous aviez regardé par-dessus l'épaule de

Mrs Badcock et que vous aviez vu quelque chose qui avait paru vous effrayer. Est-ce exact et, dans l'affirmative, de quoi s'agissait-il ?

— Ce n'est bien évidemment pas vrai, s'empressa de répondre Marina. M'effrayer... qu'est-ce qui aurait bien pu m'effrayer ?

— C'est ce que j'aimerais savoir, souligna patiemment Dermot Craddock. Mon témoin se montre très catégorique sur ce point, vous savez.

— Qui est votre témoin ? Qu'est-ce qu'il ou elle vous a dit avoir vu ?

— Vous regardiez la cage d'escalier. Des gens montaient les marches. Un journaliste, Mr Grice et son épouse, tous deux anciens métayers du domaine, et puis Mr Ardwyck Fenn, tout frais débarqué des Etats-Unis ainsi que miss Lola Brewster, qui l'accompagnait. Etait-ce la vue de l'un ou l'autre d'entre eux qui vous aurait perturbée, miss Gregg ?

— Je vous dis que je n'étais pas perturbée !

Sa phrase, elle l'avait presque aboyée.

— Et pourtant l'attention que vous portiez à Mrs Badcock en a été déviée. Elle venait de vous tenir des propos que vous n'avez pas relevés pour la bonne raison que vous regardiez de tous vos yeux quelque chose derrière elle.

Marina Gregg se ressaisit. Elle s'exprima avec vivacité et sur un ton qui devait emporter la conviction :

— Je peux vous l'expliquer, je peux vous l'expliquer sans problème. N'en sauriez-vous que très peu sur ce qu'est le métier d'acteur que vous devriez être à même de comprendre. Arrive un moment, même si vous connaissez un rôle sur le bout des doigts — en fait, plus vous le connaissez et plus le phénomène est susceptible de se produire — arrive un moment, disais-je, où vous en venez à filer ce rôle de façon mécanique. Vous souriez, vous faites vos gestes, vous effectuez vos déplacements, vous dites votre texte sur le ton convenu. Mais vous avez la tête ailleurs. Et brusquement peut survenir la catastrophe : vous reprenez pied dans la réalité sans plus savoir où vous vous trouvez, où vous en êtes dans la pièce ni quelle est la réplique suivante ! Le trou, comme nous l'appelons. Eh bien, c'est ce qui m'est arrivé. Je ne suis pas terriblement solide, comme mon mari vous le confirmera. J'ai traversé des moments pénibles, je me suis fait énormément de soucis pour le film que nous sommes en train de tourner. Et puis je voulais que cette fête soit une réussite, je tenais à me montrer aimable, souriante, accueillante pour chacun. Mais on est bien forcé de répéter et répéter sans cesse mécaniquement les mêmes platitudes à des gens qui de leur côté vous abreuvent inlassablement de platitudes similaires. Vous savez bien, du genre comment ils n'ont jamais eu qu'un rêve : vous rencontrer. Comment ils vous ont aperçue sur les marches d'un cinéma à San Francisco... ou comment ils ont un jour voyagé à bord du même avion que vous. Un ramassis de niaiseries, mais auxquelles on se doit de répondre avec un sourire comblé. Comme je vous l'ai dit, c'est un automatisme. On n'a pas besoin de réfléchir à ce qu'on va dire : on l'a dit si souvent. Et puis tout d'un coup, je crois bien que la fatigue m'a submergée. Mon cerveau s'est déconnecté. Je me suis soudain rendu compte que Mrs Badcock m'avait raconté une longue histoire dont je n'avais réellement pas entendu un traître mot, qu'elle me regardait d'un air inquisiteur et que je ne lui avais pas répondu ou ne lui avais en tout cas pas dit ce que j'aurais normalement dû lui dire. Ce n'était rien que de la fatigue.

— Rien que de la fatigue, répéta lentement Dermot Craddock. Vous vous en tenez à ça, miss Gregg ?

— Absolument. Et je ne comprends pas pourquoi vous ne me croyez pas.

Dermot Craddock en appela à Jason Rudd :

— Je vous présume plus apte à comprendre mon point de vue que ne le fait votre épouse. Je me fais du souci, énormément de souci, pour sa sécurité. Elle avait reçu des lettres de menaces, et on a attenté à sa vie. Ce qui signifie qu'il y a quelqu'un qui se trouvait ici le jour de la fête et qui s'y trouve éventuellement encore, quelqu'un pour qui tout ce qui touche à cette maison et à ce qui s'y passe n'est semble-t-il pas étranger. Il se peut que cette personne, quelle qu'elle puisse être, soit mentalement dérangée. Seulement ne nous arrêtons pas aux menaces. Personne ne fait de plus vieux os qu'un homme qu'on menace, comme dit l'autre. Ça vaut sans doute pour les femmes. Mais quels que soient son identité et son sexe, notre énergumène ne s'en est pas tenu aux menaces. On a bel et bien tenté d'empoisonner miss Gregg. Ne saisissez-vous donc pas qu'il est dans l'ordre des choses que ce genre de tentative soit répétée ? Il n'y a qu'une façon et une seule de garantir sa sécurité. C'est de me fournir tous les éléments dont vous pouvez disposer. Je ne prétends pas que vous *savez* qui est le ou la coupable, mais je suis persuadé que vous êtes à même de formuler une hypothèse ou d'avoir un soupçon, fût-il vague. Ne me direz-vous donc pas la vérité ? Ou bien si vous-même, ce qui est après tout possible, ne la savez pas, ne consentirez-vous pas à insister auprès de votre épouse pour qu'elle me la dise ? Encore une fois, c'est dans l'unique souci de sa sécurité que je vous le demande.

Jason Rudd tourna lentement la tête :

— Tu as entendu ce que l'inspecteur Craddock vient de dire, Marina. Il est possible, comme il le souligne, que tu saches quelque chose que j'ignore. Si tel est le cas, je t'en conjure, ne commets pas d'imprudence. Si tu as le moindre soupçon à l'égard de *qui que ce soit*, dis-le-nous tout de suite.

— Mais je ne soupçonne personne !

Sa voix se haussa jusqu'au cri plaintif :

— Il faut me croire !

— De qui avez-vous eu peur ce jour-là ? interrogea Dermot.

— De personne ! Je n'avais peur de personne !

— Ecoutez, miss Gregg, parmi tous les gens qui montaient l'escalier figuraient deux de vos amis dont la présence vous a surprise, que vous n'aviez pas vus depuis longtemps et que vous ne vous attendiez pas à voir ce jour-là. Mr Ardwyck Fenn et miss Lola Brewster. Avez-vous ressenti une émotion particulière quand vous les avez soudain vus monter l'escalier ? Vous ne saviez pas qu'ils allaient venir, n'est-ce pas ?

— Non, nous n'imaginions même pas qu'ils étaient en Angleterre, précisa Jason Rudd.

— Quant à moi, j'étais ravie, affirma Marina, absolument ravie !
— Ravie de voir miss Brewster ?
— Eh bien...

Elle lui lança un bref regard où se lisait un certain désarroi.

— Lola Brewster avait été, si je ne m'abuse, primitivement mariée à Robert Truscott, qui allait devenir votre troisième époux ? souligna Craddock.
— C'est exact.
— Il a divorcé pour vous épouser.
— Oh ! tout le monde est au courant ! s'impatienta Marina Gregg. N'allez pas imaginer que vous avez fait là une découverte. Il y a eu quelques prises de bec sur le moment, mais personne ne s'en est tenu rancune par la suite.
— Elle avait proféré des menaces à votre endroit ?
— D'une certaine façon, oui... Mais... oh ! mon Dieu, j'aimerais pouvoir vous expliquer... Personne ne prend ce genre de menaces au *tragique*. Ça se passait au cours d'une réception, elle avait beaucoup bu. Si elle avait eu un revolver, elle aurait fait un carton sur moi. Par chance, elle n'en avait pas. Et tout ça se passait il y a des *siècles*. Mais ces choses-là ne durent pas. Ce sont des coups de sang. Ça ne dure pas, le temps passe et on n'en parle plus. C'est vrai, non, Jason ?
— C'est on ne peut plus vrai, renchérit Jason Rudd, et je peux vous garantir, Mr Craddock, que Lola Brewster n'a eu aucune occasion, le jour de la fête, de verser du poison dans le verre de ma femme. J'ai été près d'elle la plupart du temps. L'idée qu'il prenne à Lola l'envie subite, après une longue période d'amitié sans nuages, d'arriver chez nous bien décidée à empoisonner ma femme... non, je vous assure, cette idée est complètement absurde.
— Je suis sensible à votre point de vue, voulut bien admettre Craddock.
— Et il ne s'agit pas seulement de ça, c'est tout autant une question de *fait*. Elle ne s'est jamais approchée du verre de Marina.
— Et votre autre visiteur... Ardwyck Fenn ?

Il se passa, crut-il noter, un léger temps avant que Jason ne réponde :

— C'est un de nos très vieux amis. Nous ne l'avions pas vu depuis pas mal d'années, encore que nous correspondions à l'occasion. Il compte parmi les grandes figures de la télévision américaine.

— C'est un de vos vieux amis à vous aussi ? demanda Craddock à Marina.

La respiration de la star s'accéléra :

— Oui, oh oui ! Il... il a toujours été un véritable ami pour moi, mais je l'avais perdu de vue ces dernières années.

Les mots se bousculèrent soudain sur ses lèvres :

— Si vous pensez que j'ai eu peur en le voyant, vous vous trompez du tout au tout. Du *tout au tout*. Pourquoi aurais-je eu peur de lui ? Quelle raison aurais-je bien pu avoir pour céder à je ne sais quelle panique en le voyant ? Nous étions les meilleurs amis du monde. J'ai été folle de joie, absolument folle de joie, quand je l'ai aperçu. Ça a été une merveilleuse surprise, je vous l'ai déjà dit. Oui, une merveilleuse surprise.

Visage empourpré, elle avait relevé la tête d'un air de défi.

— Eh bien, je vous remercie, miss Gregg, conclut benoîtement Craddock. S'il vous prenait toutefois l'envie soudaine de vous confier davantage à moi, je ne saurais trop vous conseiller de ne pas hésiter à le faire.

14

Mrs Bantry était à genoux. C'était la journée idéale pour sarcler. La terre était souple et point trop humide. Mais le sarclage n'est pas la panacée. Restaient encore les pissenlits et les chardons. Il fallait les arracher à la main jusqu'à la plus infime radicelle.

Quand elle se releva enfin, hors d'haleine mais triomphante, elle regarda par-dessus la haie qui bordait la route. Et elle eut la surprise de voir la secrétaire aux cheveux noirs dont elle ne se rappelait jamais le nom sortir de la cabine téléphonique jouxtant l'arrêt du bus sur le bas-côté d'en face.

Comment s'appelait-elle déjà ? Ça commençait par un B... ou bien n'était-ce pas plutôt par un R ? Non, *Zielinsky*, voilà ce que c'était. Ça lui était revenu juste à temps, au moment précis où Ella traversait la route pour s'engager dans l'allée.

— Bonjour, miss Zielinsky ! lança-t-elle avec sa cordialité coutumière.

Ella Zielinsky sursauta. Ce ne fut en réalité pas tant un sursaut qu'un écart — l'écart d'une pouliche apeurée. Mrs Bantry s'étonna plus encore.

— Bonjour, n'en répondit pas moins Ella, qui s'empressa d'ajouter : J'étais venue passer un coup de fil. Notre ligne est en dérangement.

La surprise de Mrs Bantry ne connut plus de bornes. Quel besoin avait cette... comment s'appelait-elle donc ?... de s'expliquer ?

— Comme c'est ennuyeux ! s'apitoya-t-elle fort civilement. Venez téléphoner de chez moi autant que vous voudrez.

— Oh !... merci beauc...

Un éternuement vint interrompre les remerciements d'Ella.

— Vous avez le rhume des foins, diagnostiqua immédiatement Mrs Bantry. Essayez le bicarbonate dans un grand verre d'eau.

— Ne vous inquiétez pas. J'ai un bon produit spécifique en atomiseur. Merci quand même.

Et, éternuant encore, elle entreprit de remonter l'allée d'un pas vif.

Mrs Bantry la regarda s'éloigner. Puis ses yeux revinrent à son jardin. Elle le contempla sans plaisir aucun. Plus la moindre mauvaise herbe à la ronde.

— Quand, ainsi qu'Othello, j'aurai cueilli cette rose, je ne pourrai plus lui rendre sa sève vitale, se murmura confusément la digne personne. D'accord, je ne suis sans doute qu'une vieille fouineuse, mais j'aimerais quand même bien savoir s'il est exact que...

Elle tergiversa mais point trop et résolut de succomber à la tentation. Vieille fouineuse elle était et

que le diable en personne vienne le lui reprocher !
Elle courut à son téléphone, décrocha le combiné et
composa un numéro. Une voix aux accents d'outre-
Atlantique lui répondit avec empressement :

— Manoir de Gossington, j'écoute !
— Mrs Bantry, d'East Lodge, à l'appareil.
— Oh ! bonjour, Mrs Bantry. Ici, Hailey Preston.
Nous avons fait connaissance le jour de la fête. Que
puis-je pour vous ?
— J'imaginais que c'était plutôt moi qui pouvais
quelque chose pour vous. Puisque votre téléphone
est en dérangement...

Etonné, il l'interrompit :
— Notre téléphone en dérangement ? Mais il fonc-
tionne parfaitement ! Qu'est-ce qui a pu vous faire
croire le contraire ?
— J'ai dû comprendre de travers, expliqua
Mrs Bantry. Je suis parfois un peu dure d'oreille, pré-
cisa-t-elle sans rougir.

Elle raccrocha, laissa s'écouler une minute, puis
redécrocha et composa un nouveau numéro :
— Jane ? Dolly au bout du fil.
— Oui, Dolly. Que se passe-t-il ?
— Eh bien, ça me paraît éminemment *bizarre*. La
secrétaire a passé un coup de téléphone depuis la
cabine en face de chez moi sur la route. Et elle a,
sans nécessité aucune, éprouvé le besoin de m'expliquer qu'elle l'avait fait parce que la ligne de Gossington était en dérangement. Mais j'ai appelé là-bas, et
elle *ne l'est pas*...

Elle marqua un temps, attendant que l'oracle se
prononce.

— Tiens donc ! fit pensivement miss Marple. Inté-
ressant.
— Pourquoi avoir agi ainsi, d'après vous ?
— Manifestement, parce qu'elle n'avait pas envie
qu'on entende ce qu'elle avait à dire...
— Exact.
— Et il peut y avoir à cela bon nombre de raisons.
— Oui.
— Intéressant, répéta miss Marple.

*

Personne n'aurait pu être plus disposé à bavarder que Donald McNeil. C'était un jeune rouquin à l'affabilité proverbiale. Il accueillit Dermot Craddock avec un mélange de plaisir et de curiosité.

— Comment vont les affaires ? s'exclama-t-il joyeusement. Vous m'apportez une brassée de détails croustillants à me mettre sous la dent ?

— Pas encore. Plus tard peut-être.

— Vous noyez le poisson comme d'habitude. Tous les mêmes. Aussi bavards qu'un cent d'huîtres ! Quand en serez-vous à venir mettre le grappin sur les copains pour leur demander de vous prodiguer « aide et assistance dans vos enquêtes » ?

— C'est sur vous que je suis venu mettre le grappin, mon vieux, sourit Dermot Craddock.

— Y aurait-t-il par hasard équivoque quant au sens de cette affirmation ? Est-ce que vous me soupçonnez vraiment d'avoir assassiné Heather Badcock et est-ce que vous croyez que je l'ai fait par erreur en voulant tuer Marina Gregg ou que c'était Heather Badcock que je visais d'entrée de jeu ?

— Je n'ai encore rien suggéré de tel.

— Non, non, vous ne feriez bien évidemment pas ça. Vous y mettriez l'art et la manière. D'accord. Entrons dans le vif du sujet. J'étais présent. J'avais l'occasion mais avais-je le mobile ? Ah ! c'est ça que vous aimeriez savoir. Quel était mon mobile ?

— Je n'ai jusqu'à présent pas été fichu de le trouver, reconnut Craddock.

— Voilà qui me comble. Et qui m'ôte un poids.

— Ce qui m'intéresserait, en revanche, c'est ce que vous pouvez avoir vu ce jour-là.

— Vous le savez déjà. La police locale l'a su tout de suite. C'est humiliant. Dire que j'étais sur le théâtre d'un meurtre. Que je l'ai pratiquement *vu* commettre, le meurtre en question. Ou que je l'aurais dû, en tout cas. Et que je n'ai pas la moindre idée quant à la personne qui a fait le coup. Je me dois d'avouer, à ma grande honte, que je ne me suis personnellement rendu compte de rien avant de voir la pauvre chérie gigoter sur une chaise dans l'espoir d'avaler un bol d'air avant de passer l'arme à gauche. Bien sûr, ça m'a fait un excellent compte rendu de témoignage visuel. Ça a été pour moi un scoop du tonnerre et tout ce que vous voudrez. Mais je vous avoue quand même que je suis vexé de ne pas en savoir plus. Je devrais en savoir plus. Et ne me sortez pas le boniment tendant à faire croire que la potion magique était destinée à Heather Badcock. C'était une brave femme qui avait la langue trop bien pendue, mais personne ne se fait assassiner pour si peu... à moins de balancer des secrets à tout-va. Or, je ne crois pas que personne soit jamais allé confier un secret quelconque à Heather Badcock. Elle n'était d'ailleurs pas du genre à s'y intéresser. Si vous voulez que je vous dise, elle n'a jamais ouvert la bouche que pour parler d'*elle-même*.

— C'est l'opinion unanime, acquiesça Craddock.

— Nous nous rabattrons donc sur la célébrissime Marina Gregg. Je serais prêt à parier que les motifs tous plus enivrants les uns que les autres d'assassiner Marina se ramassent à la pelle. Envie, jalousie et intrigues amoureuses... tous les ingrédients du drame avec un grand D. Seulement qui a fait le coup ? Quelqu'un qui a une araignée au plafond, j'imagine. Et voilà ! Vous avez mon avis autorisé sur la question. C'est ce que vous vouliez, non ?

— J'en voulais davantage. Si j'ai bien compris, vous avez monté l'escalier à peu près en même temps que le maire et le pasteur.

— Tout ce qu'il y a d'exact. Mais ce n'était pas mon premier passage. J'étais déjà venu plus tôt.

— J'ignorais ce détail.

— J'avais en quelque sorte carte blanche, voyez-vous, pour me glisser un peu partout, accompagné d'un photographe. J'étais redescendu prendre quelques clichés du maire « en situation » : son arrivée, en train de faire une démonstration de lancer d'anneaux, de donner le départ de la course au trésor et j'en passe. Après quoi je suis remonté, non plus tant pour des raisons de boulot mais histoire de boire un verre ou deux. Les alcools étaient de derrière les fagots.

— Je vois. Maintenant vous rappelez-vous qui d'autre était dans l'escalier quand vous êtes remonté ?

— Margot Bence, de Londres, était là avec son appareil photo.

— Vous la connaissez bien ?

— Nous nous sommes tout au plus tombés dessus assez souvent. C'est une fille pas bête, qui réussit bien dans sa branche. Elle court tout ce qui est un peu dans le vent — les premières, les galas — et s'est spécialisée dans le cadrage original. Chichiteux ! Elle était dans le coin du demi-palier, idéalement placée pour mitrailler aussi bien les gens qui montaient que les congratulations qui avaient lieu en haut. Lola Brewster grimpait les marches juste devant moi. Je ne l'avais pas reconnue tout de suite. Elle avait une nouvelle coiffure roussâtre. Le style insulaire des Fidji dernier cri. Je me la rappelais avec de longues mèches dans les tonalités auburn lui encadrant le visage jusque sous le menton. Elle était flanquée d'un grand brun, américain. Je ne sais pas qui c'était, mais il avait la tête de quelqu'un d'important.

— Est-ce que vous avez regardé Marina Gregg elle-même en montant ?

— Oui, bien sûr.

— Elle ne vous a pas semblé perturbée, traumatisée ou paniquée ?

— C'est drôle que vous me demandiez ça. J'ai bel et bien cru un moment qu'elle allait tourner de l'œil.

— Je vois, fit pensivement Craddock. Merci. Il n'y a rien d'autre que vous souhaiteriez me dire ?

McNeil prit son air le plus innocent :

— De quoi pourrait-il bien s'agir ?

— Je n'ai aucune confiance en vous, décréta Craddock.

— Vous semblez pourtant bien sûr que ce n'est pas moi qui ai fait le coup. Décevant. Imaginez que je sois son premier mari. Personne ne sait de qui il s'agit sinon qu'il était tellement insignifiant qu'on a oublié jusqu'à son nom.

Dermot se fendit d'un large sourire :

— Vous l'auriez épousée à l'école primaire ? Ou peut-être même quand vous étiez en couche-culotte ? Il faut que je file. J'ai un train à prendre.

*

Il y avait une pile de notes soigneusement classées sur le bureau de Craddock à Scotland Yard. Il y jeta un coup d'œil machinal, puis lança une question par-dessus son épaule :

— Où Lola Brewster est-elle descendue ?

— Au *Savoy*, monsieur. Suite 1800. Elle vous attend.

— Et Ardwyck Fenn ?

— Il est au *Dorchester*. Premier étage, appartement 190.

— Bon.

Il prit quelques télégrammes et les parcourut avant de les fourrer dans sa poche. Le dernier lui arracha un sourire et il se le relut tout bas : « N'allez pas dire que je ne connais pas la musique, Tante Jane. »

Il sortit et se rendit au *Savoy*.

Lola Brewster se donna la peine de venir l'accueillir sur le seuil de sa suite et le fit avec tous les signes du plus parfait ravissement. Ayant encore en tête le rapport qu'il venait de lire à son sujet, il l'étudia attentivement. C'était toujours une beauté, dans le genre sex-appeal à outrance que l'on serait tenté de juger un peu surfait si les gens ne s'obstinaient pas à les aimer comme ça. Bien évidemment le contraire du type Marina Gregg. Les amabilités échangées, Lola repoussa en arrière ses cheveux d'insulaire des Fidji, arrondit sa bouche généreuse en une moue provocante et, paupières bleues palpitant sur ses immenses yeux marron, ronronna :

— Etes-vous venu me poser vous aussi une quantité de questions abominables ? Comme cet inspecteur local l'a déjà fait ?

— J'espère qu'elles ne vous le paraîtront pas trop, miss Brewster.

— Oh ! je suis pourtant sûre que si, comme je suis sûre que toute cette affaire n'est que le résultat d'une effroyable erreur.

— Vous le croyez vraiment ?

— Oui. Ça ne tient pas debout. Imaginez-vous réellement que quelqu'un ait essayé d'empoisonner

Marina ? Qui aurait bien pu souhaiter empoisonner Marina ? C'est un ange absolu. Tout le monde l'adore.

— Vous compris ?

— Je l'ai toujours portée aux nues.

— Allons, allons, miss Brewster, n'y a-t-il pas eu quelques bisbilles entre vous il y a onze ou douze ans ?

— Oh ! ça ?

Miss Brewster balaya les bisbilles en question du revers de la main :

— J'étais dans un état de détresse profonde, à bout de nerfs, et Rob et moi sortions de la plus effroyable des scènes. Nous n'étions plus ni les uns ni les autres dans notre état normal. Marina venait de tomber amoureuse folle de lui et ça lui avait fait complètement perdre la boussole, le pauvre choupinet.

— Et vous preniez la situation très mal.

— Je crois que vous êtes effectivement dans le vrai, inspecteur. Je me rends bien évidemment compte maintenant que ça a été là une des meilleures choses qui me soient jamais arrivées. Ce qui m'inquiétait, au fond, c'était les *enfants*, voyez-vous. Leur foyer détruit... Car j'avais de longue date compris que Rob et moi étions incompatibles. Vous savez que j'ai épousé Eddie Groves sitôt le divorce prononcé ? Je crois sincèrement que j'étais amoureuse de lui depuis une éternité, mais je n'avais pas voulu briser mon mariage, à cause des enfants. C'est tellement important, n'est-ce pas, que les enfants aient un *foyer* ?

— Les gens affirment pourtant que vous étiez en réalité terriblement affectée.

— Oh ! les gens racontent toujours n'importe quoi, éluda Lola.

— Ne vous êtes-vous pas montrée vous-même assez prolixe en ce domaine, miss Brewster ? Vous étiez allée, si mes renseignements sont bons, jusqu'à menacer de tirer des coups de feu sur Marina Gregg.

— Je viens de vous dire moi-même qu'on *raconte* n'importe quoi. On *attend* d'ailleurs de vous ce genre de déclarations fracassantes. Bien sûr, je n'irais jamais tirer sur *qui que ce soit.*

— Si l'on excepte la fois où vous avez fait un carton sur Eddie Groves quelque cinq ans plus tard ?

— Oh ! ça, c'est parce que nous nous étions disputés, minimisa Lola. J'ai perdu mon sang-froid.

— Je tiens de fort bonne source, miss Brewster, que vous auriez dit — et voici vos propres mots tels qu'ils m'ont été rapportés...

Il lut une note qu'il venait de sortir de sa poche :

— « Que cette salope n'aille pas s'imaginer qu'elle va s'en tirer à si bon compte. Si je ne la descends pas illico, elle ne perd rien pour attendre. Peu m'importe le temps que je devrai patienter, des années s'il le faut, mais j'aurai quand même sa peau au bout du compte. »

Lola égrena un rire perlé :

— Oh ! je suis sûre que je n'ai jamais dit une chose pareille !

— Je suis de mon côté sûr que vous l'avez fait.

— Les gens exagèrent tellement !

Un sourire exquis lui illumina le visage. Elle se pencha en avant, adoptant le ton de la confidence murmurée :

— Sur le coup, j'étais folle de rage, voyez-vous. On dit n'importe quoi quand on est fou de rage contre quelqu'un. Mais vous ne pensez tout de même pas sérieusement que j'aurais attendu quatorze ans pour venir en Angleterre la regarder sous le nez et lui verser je ne sais quel poison mortel dans son verre de cocktail au cours des trois premières minutes de nos retrouvailles.

Dermot Craddock ne le pensait pas sérieusement. Ça lui paraissait même hautement improbable :

— Je souligne tout bonnement, miss Brewster, que des menaces ont été proférées dans le passé et qu'il est indéniable que Marina Gregg ait été stupéfaite et épouvantée à la vue de quelqu'un qui montait l'escalier. Quoi de plus naturel que de penser que vous devez être ce quelqu'un ?

— Mais Marina chérie était enchantée de me voir ! Elle m'a embrassée et s'est exclamée que c'était merveilleux. Je vous assure, inspecteur, je trouve que vous vous conduisez comme un grand, grand nigaud.

— Vous formiez donc tous une grande famille heureuse ?

— Eh bien, c'est certainement plus près de la vérité que toutes les horreurs que vous êtes allé imaginer.

— Et vous ne voyez rien qui soit susceptible de nous aider ? Vous n'avez aucune idée de qui aurait pu vouloir la tuer ?

— Je vous répète que personne n'aurait pu vouloir tuer Marina. Dieu sait pourtant ce qu'elle peut être assommante. Toujours à faire des simagrées à propos de sa santé, à changer d'avis comme de chemise, à vouloir tout et le contraire et à ne plus en vouloir une fois qu'elle l'a ! Je n'arrive pas à comprendre comment les gens en arrivent à s'enticher d'elle comme ils le font. Jason en a toujours été amoureux comme un malade. Ce que ce malheureux peut avoir à endurer ! Mais c'est comme ça. Tout ce qui porte un pantalon supporte Marina et se décarcasse pour elle. Sur quoi elle leur décoche un sourire triste et les remercie ! Et ils ont l'air de trouver que ça avait valu le coup d'en baver. Je ne sais vraiment pas comment elle s'y prend. En tout cas, vous feriez bien de vous ôter de l'idée que quelqu'un a pu vouloir la tuer.

— J'aimerais, concéda Dermot Craddock. Manque de chance, je ne peux pas, et ce pour la bonne raison, voyez-vous, que c'est quand même ce qui s'est passé.

— Que voulez-vous dire, *c'est ce qui s'est passé* ? Personne n'a tué Marina, non ?

— Non. Mais il y a eu tentative.

— Je n'y crois pas une seconde ! Je vous fiche mon billet que votre assassin, quel qu'il soit, voulait tuer l'autre bonne femme... celle qui a *bel et bien* été tuée. Je vous fiche mon billet que quelqu'un va hériter un paquet de fric du fait de sa mort.

— Elle n'avait pas d'argent, miss Brewster.

— Eh bien, c'est qu'il devait y avoir une autre raison de la tuer. De toute façon, je ne m'en ferais pas pour Marina, si j'étais vous. Avec elle, tout est *toujours* du tout cuit !

— C'est vrai ? Elle n'offre pourtant pas l'image d'une femme qui nagerait dans le bonheur.

— Bah ! c'est parce qu'elle fait toujours des histoires à n'en plus finir à propos de tout et de rien. De ses amours malheureuses. Du fait qu'elle n'ait jamais été fichue d'avoir des enfants.

— Des enfants, elle en a adopté plusieurs, non ? hasarda Dermot avec, en tête, le souvenir de l'insistance marquée de miss Marple sur ce point.

— Je crois qu'elle a fait ça une fois, oui. Ça n'a pas dû être une réussite. C'est le genre de choses qu'elle est capable de faire sur un coup de tête, et dont elle se mord les doigts après.

— Ces enfants, qu'est-ce qu'ils sont devenus ?

— Aucune idée. Au bout d'un moment, ils se sont, comme dit l'autre, volatilisés. Elle s'en sera fatiguée, j'imagine, comme du reste.

— Je vois, murmura Dermot Craddock.

*

Sitôt après... le *Dorchester*. Suite 190.

— Eh bien, inspecteur...

Ardwyck Fenn regarda la carte qu'on venait de lui tendre.

— Craddock.

— Que puis-je pour vous ?

— J'espère que ça ne vous ennuiera pas que je vous pose quelques questions ?

— Pas du tout. C'est au sujet de cette affaire de Much Benham. Ou plutôt non... quel est le nom exact, St Mary Mead ?

— Oui. C'est ça. Le manoir de Gossington.

— Je ne comprendrai jamais ce qui a pris à Jason Rudd d'aller acheter une propriété pareille. L'Angleterre est bourrée de bonnes vieilles demeures remontant à l'époque des rois George, voire de la reine Anne. Gossington est une bâtisse de pur style victorien. Comment les gens peuvent être séduits par ça, je me le demande.

— Oh ! pour certaines personnes tout au moins, la proverbiale solidité victorienne, sa permanence peuvent être un atout.

— Sa permanence ? Oui, vous voyez sans doute juste. Marina devait avoir besoin de stabilité. C'est un état qu'elle n'a jamais connu, la pauvre fille, c'est pourquoi elle a toujours couru après. Peut-être cet endroit la satisfera-t-il un temps.

— Vous la connaissez bien, Mr Fenn ?

Ardwyck Fenn haussa les épaules :

— Bien ? Je n'irai pas jusque-là. Je la connais depuis pas mal d'années, ce qui n'est pas la même chose. Et encore avec de notables éclipses.

Craddock le jaugea du regard. Solidement charpenté, mine sombre, menton volontaire, yeux perspicaces derrière des verres épais.

— L'idée directrice, d'après ce que j'ai pu lire dans la presse, poursuivit Ardwyck Fenn, c'est que cette Mrs Je-ne-sais-trop-quoi aurait été empoisonnée par erreur. Que la potion était destinée à Marina. C'est bien ça ?

— Oui. C'est bien ça. La dose mortelle avait été versée dans le cocktail de Marina Gregg. Mrs Badcock a renversé son verre et Marina lui a tendu le sien.

— Ce qui semble en effet concluant. Je me demande pourtant qui aurait bien pu vouloir supprimer Marina. D'autant que Lynette Brown n'était pas dans la place.

— Lynette Brown ? articula Craddock, quelque peu dépassé.

Ardwyck Fenn sourit :

— Si Marina rompt son contrat, si elle envoie promener le rôle... c'est Lynette qui l'endosse, et l'endosser ferait faire un sacré bond à sa carrière. Pour autant, je l'imagine mal dépêchant un émissaire chargé d'empoisonner sa rivale. Beaucoup trop mélodramatique à mon gré.

— Ça semble assez tiré par les cheveux, convint Dermot, mi-figue, mi-raisin.

— Bah ! vous seriez surpris de ce dont les femmes sont capables pour arriver. Notez bien que la mort n'était pas forcément le but recherché. Il ne s'agissait peut-être que de lui coller la frousse... Assez pour la mettre sur le flanc sans aller jusqu'à l'achever.

Craddock secoua la tête :

— Il ne s'agissait pas d'une dose pour rire.
— Les gens font des erreurs, dans les dosages... de grosses erreurs, parfois.
— C'est là votre opinion sur la question ?
— Oh ! non, pas du tout. Ce n'était qu'une suggestion. Je n'ai pas d'opinion sur la question. Je n'ai été qu'un innocent spectateur.
— Marina Gregg a été très surprise de vous voir ?
— Oui, elle s'attendait à tout sauf à ça, fit-il en riant de bon cœur. Elle ne pouvait pas en croire ses yeux, quand elle nous a vus monter l'escalier. Cela dit, elle m'a réservé le plus exquis des accueils, je me dois de le reconnaître.
— Vous ne vous étiez pas vus depuis longtemps ?
— Pas depuis quatre ou cinq ans, je crois bien.
— Et, quelques années encore auparavant, vous aviez été un temps fort intimes, me suis-je laissé dire ?
— Que cherchez-vous à insinuer, inspecteur Craddock ?

Le ton de sa voix n'avait qu'imperceptiblement changé mais une nuance subtile s'y était désormais glissée. Une note de dureté, un soupçon de menace. Dermot comprit soudain que cet homme pouvait représenter un adversaire redoutable.

— Il serait, j'estime, éminemment souhaitable, insista Ardwyck Fenn, que vous me précisiez ce que vous avez en tête.
— Bien volontiers, Mr Fenn. Il me faut enquêter sur les relations passées qu'auraient pu avoir avec Marina Gregg toutes les personnes présentes ce jour-là. D'après les racontars auxquels j'ai fait allusion, il était semble-t-il de notoriété publique qu'au cours de la période indiquée vous étiez éperdument amoureux d'elle.

Ardwyck Fenn haussa les épaules :
— On a parfois de ces foucades, inspecteur. Elles passent, Dieu merci.
— On raconte qu'elle vous avait encouragé avant de vous envoyer sur les roses et que vous l'aviez très mal pris.
— On raconte... on raconte ! J'imagine que vous avez lu ça dans *Confidential* ?

— Cela m'a été rapporté par des personnes du plus grand sérieux et fort bien informées.

Ardwyck Fenn rejeta la tête en arrière, laissant ainsi mesurer la puissance de son cou de taureau :

— J'ai eu un temps follement envie d'elle, c'est exact, admit-il. C'était une créature extrêmement belle et envoûtante, et elle l'est toujours. Mais dire que je l'ai jamais menacée serait aller trop loin. J'ai toujours eu horreur qu'on me mette des bâtons dans les roues et la plupart des gens qui s'y sont risqués ont eu à s'en mordre les doigts. Mais ce principe vaut essentiellement pour la vie professionnelle.

— Vous avez, je crois bien, usé de votre influence pour la faire évincer d'un film qu'elle était en train de tourner ?

Fenn haussa les épaules :

— Elle n'était pas faite pour le rôle. Il y avait conflit entre elle et le metteur en scène. J'avais mis de l'argent dans ce film et je n'avais pas la moindre intention de le voir dilapider. Il s'est purement agi, je vous l'affirme, d'une décision commerciale.

— Mais peut-être Marina Gregg n'en a-t-elle pas jugé ainsi ?

— Ça, c'est évident. La connaissant, elle ne pouvait que conclure à la vengeance personnelle.

— Elle aurait même été jusqu'à dire à certains de ses amis que vous lui faisiez peur, non ?

— Ah bon ? Quelle ânerie ! J'imagine qu'elle en a éprouvé tout un tas de frissons délicieux.

— Vous estimez qu'elle n'avait pas lieu d'avoir peur de vous ?

— Cela va sans dire. Quelle qu'ait pu être ma déconvenue, je n'ai pas tardé à en faire mon deuil. J'ai toujours eu pour doctrine qu'une femme de perdue, dix de retrouvées.

— Façon de voir qui simplifie beaucoup la vie, Mr Fenn.

— Oui, je trouve en effet.

— Vous possédez une connaissance étendue des milieux de cinéma ?

— J'y ai des intérêts financiers.

— Et vous êtes par conséquent à même d'en savoir long sur leurs tenants et aboutissants ?

— Peut-être.

— Vous êtes donc un homme dont le jugement vaut d'être écouté. Pourriez-vous me signaler qui, dans le métier, serait susceptible de nourrir à l'encontre de Marina Gregg des griefs suffisants pour souhaiter la supprimer ?

— Je pourrais sans l'ombre d'une hésitation vous en citer une bonne douzaine, répondit Ardwyck Fenn. A condition toutefois qu'ils n'aient pas à faire le sale boulot eux-mêmes. Et s'il ne s'agissait que de presser sur un bouton, je vous prie de croire que l'envie démangerait l'index de pas mal de monde.

— Vous étiez présent ce jour-là. Vous l'avez vue et lui avez parlé. Estimez-vous que parmi les gens qui se trouvaient autour de vous en ce bref laps de temps — depuis votre arrivée jusqu'à la mort de Heather Badcock — estimez-vous, disais-je, que parmi ceux-ci vous pourriez m'indiquer — m'indiquer, encore une fois, je ne vous demande rien de plus qu'une impression — quelqu'un qui vous aurait paru susceptible d'empoisonner Marina Gregg ?

— Je m'en garderai bien, décréta Ardwyck Fenn.

— Ce qui signifie que vous avez une idée ?

— Ce qui signifie que je n'ai rien à dire sur la question. Et ça, inspecteur Craddock, c'est tout ce que vous obtiendrez de moi.

15

Dermot Craddock regarda les derniers nom et adresse notés sur son carnet. Le numéro de téléphone, il l'avait déjà composé à deux reprises et ses appels étaient restés sans réponse. Il essaya encore une fois sans plus de succès. Haussant les épaules, il se leva et décida d'aller risquer sa chance.

Le studio de Margot Bence était situé dans une impasse donnant sur Tottenham Court Road. Hormis le patronyme de la jeune femme sur une plaque à droite de la porte, pas grand-chose ne le signalait à l'attention et en tout cas pas la moindre mention publicitaire. Craddock grimpa à l'aveuglette jusqu'au premier étage. Là, un avis était tartiné en hautes lettres noires sur un panonceau blanc : *Margot Bence, Photographe d'art. Entrez sans frapper.*

Craddock obtempéra. Il y avait une petite salle d'attente, mais personne pour vous y renseigner. Il balança d'un pied sur l'autre, puis se racla bruyamment la gorge. Ce procédé théâtral n'ayant attiré l'attention de personne, il décida de donner de la voix :

— Il y a quelqu'un ?

Un flip-flop de savates se fit entendre derrière un rideau de velours, le rideau s'écarta et un garçon à la tignasse extravagante et au visage de chérubin rose risqua un œil :

— Oh ! je me confonds en excuses, mon chou. Je ne vous avais pas entendu. Je venais d'avoir une idée renversante et j'étais en train de l'affiner.

Il ouvrit en grand le rideau afin de permettre à Craddock de le suivre à l'intérieur. La pièce était de vastes dimensions. C'était manifestement le studio de prises de vues. Il y avait des appareils photo, des projecteurs, des lampes à arc, des piles de tentures variées et des écrans montés sur roulettes.

— Une pagaille noire, reconnut bien volontiers le jeune homme qui était presque aussi évanescent que Hailey Preston. Mais c'est tellement difficile de travailler, je trouve, à moins de le faire dans un foutoir complet. Au fait, à quel sujet au juste désiriez-vous nous voir ?

— Je voulais rencontrer miss Margot Bence.

— Ah ! Margot. Ça, c'est trop bête. Seriez-vous passé une demi-heure plus tôt que vous l'auriez trouvée ici. Elle est allée photographier quelques modèles en extérieur pour *Fashion Dream*. Vous auriez dû téléphoner, vous savez, pour prendre rendez-vous. Margot ne sait plus où donner de la tête en ce moment.

— J'ai téléphoné. Mais personne n'a répondu.

— Bien sûr ! s'exclama le jeune homme. Nous avions bloqué la sonnerie. Ça me revient à l'instant. Elle nous dérangeait.

Il lissa l'espèce de robe-sac dans les tons lilas dont il était revêtu :

— Puis-je quelque chose pour vous ? Vous fixer un rendez-vous ? Je règle des tas de problèmes d'intendance pour Margot. Vous souhaitiez planifier une séance de photos quelque part ? Photos privées ou de nature commerciale ?

— Pour ce qui est de ça, ni l'un ni l'autre, sourit Craddock.

Il tendit sa carte au garçon.

— Mais c'est l'extase absolue ! s'écria ce dernier. Scotland Yard ! Je crois bien, vous savez, avoir vu des portraits de vous. Vous faites partie des grosses légumes, je parie ? La bande des Quatre, c'est ça, ou bien n'est-ce pas plutôt celle des Cinq ? A moins qu'on n'en soit désormais passé à Six ? La progression de la criminalité est tellement exponentielle de nos jours qu'il a bien fallu gonfler les effectifs, non ? Oh ! seigneur, est-ce que je ne serais pas au bord de l'outrage à représentant de la loi ? J'ai bien peur que si. Dieu sait pourtant que je n'ai jamais souhaité outrager personne. Au fait, qu'est-ce que vous lui voulez, à Margot ? Pas l'arrêter, j'espère ?

— J'avais tout au plus l'intention de lui poser deux ou trois questions.

— Elle ne fait pas de photos cochonnes ni rien de ce genre, commença de s'inquiéter le garçon. J'espère que personne ne vous a raconté ce genre de bobards parce que ce n'est pas vrai. Margot ne donne que dans l'Art. Elle fait pas mal de photos de plateau et de travail de studio. Mais ses études sont atrocement, abominablement éthérées... presque pudibondes, dirons-nous.

— Je peux vous confier en toute simplicité pourquoi je veux parler à miss Bence, le rassura Dermot. Elle a récemment été témoin oculaire d'un meurtre qui a eu lieu près de Much Benham, dans un village appelé St Mary Mead.

— Oh ! très cher, mais *bien sûr* ! Je suis au courant. Margot m'a *tout* raconté dès son retour. De la ciguë dans les cocktails, c'est ça ? Quelque chose dans ce goût-là. D'un *déprimant* ! Mais le tout dans le cadre de la Fondation St John qui, elle, serait plutôt olé olé, non ? Mais est-ce que vous n'avez pas déjà interrogé Margot là-dessus... à moins qu'il ne se soit agi de quelqu'un d'autre ?

— Plus on progresse dans une enquête, plus on entrevoit de questions à poser, avança Dermot.

— Vous voulez dire que ça se développe. Oui, je vois très bien. Le meurtre se développe. Oui, comme une photographie, en somme ?

— Ça se passe grosso modo comme pour une photographie, acquiesça Dermot. Très bonne comparaison.

— C'est vraiment gentil de votre part de me dire ça, vraiment. Maintenant pour en revenir à Margot... Vous aimeriez lui mettre le grappin dessus tout de suite ?

— Si vous pouviez m'aider à le faire, oui.

— Eh bien, à l'heure qu'il est, évalua le jeune homme en consultant sa montre, elle doit se trouver devant la maison de Keats, à Hampstead Heath. Ma bagnole est en bas. Ça vous dirait que je vous y jette ?

— Ce serait très gentil de votre part, Mr ...

— Jethroe, le renseigna le jeune homme. Johnny Jethroe.

Comme ils descendaient l'escalier, Dermot s'enquit :

— Pourquoi la maison de Keats ?

— Vous savez, les photos de mode, ça ne se fait plus du tout en studio. Le fin du fin, c'est qu'elles aient l'air naturelles, balayées par la bourrasque. Et si possible avec un arrière-plan incongru. Une robe pour gala de l'Opéra sur fond de prison pour dettes, vous voyez le genre, ou un déshabillé affriolant sur le pas de porte d'un vieux poète romantique.

Mr Jethroe remonta Tottenham Court Road comme le vent mais non sans virtuosité, traversa Camden Town et atteignit bientôt Hampstead Heath. Au beau milieu de la chaussée pavée, tout près de la maison de Keats, se déroulait une scène croquignolette. Debout, une fille longiligne revêtue d'organdi arachnéen étreignait une immense capeline noire. A plat ventre ou peu s'en fallait et derrière elle, une seconde fille se cramponnait à la jupe de la première de manière à la lui plaquer étroitement contre les hanches et les cuisses. D'une voix de rogomme, une fille qui brandissait un appareil photo dirigeait les opérations :

— Bon sang de bonsoir ! Jane, arrange-toi pour *baisser* ton énorme popotin. On ne voit que lui derrière son genou droit. *Aplatis-le* plus que ça. Voilà, on y est. Non, plus à gauche. C'est bon. Maintenant, tu es cachée par le buisson. Ça ira. Tiens la pose. On va en faire encore une. Les deux mains derrière la capeline, cette fois-ci. Tête relevée. Bon... maintenant, retourne-toi, Elsie. Et penche-toi. Plus que ça. Penche-toi ! Penche-toi, il faut que tu ramasses ce porte-cigarettes. Voilà, c'est bon. C'est *divin* ! Tu y es ! Maintenant, un peu vers la gauche. Même pose, seulement tu vas tourner la tête par-dessus ton épaule. Voilà.

— Ce que je comprends pas, c'est pourquoi tu tiens tellement à photographier mes fesses, maugréa la dénommée Elsie, boudeuse.

— Tu as un petit cul ravissant, mon chou. Il est à tomber à la renverse, garantit la photographe. Et quand tu tournes la tête, ton menton apparaît et on dirait la lune qui se lève au sommet de la montagne. Je ne crois pas que nous ayons besoin de nous casser la tête plus longtemps.

— Salut, Margot ! lança Mr Jethroe.

Elle tourna la tête :

— Oh ! c'est toi. Qu'est-ce que tu fabriques ici ?

— Je t'ai amené quelqu'un qui veut te voir. L'inspecteur Craddock, de Scotland Yard.

La fille lui décocha un regard vif comme l'éclair. Il crut y lire un rien d'inquiétude et de défiance, mais cela, il ne le savait que trop, n'avait rien d'extraordinaire. L'allergie aux inspecteurs de police est quasi universelle. C'était une jeune femme mince, anguleuse, mais néanmoins bien faite. Un épais rideau de cheveux noirs tombait de chaque côté de son visage. Elle avait le teint jaune, la mine peu engageante et lui parut d'une propreté douteuse. Mais force lui fut bien d'admettre qu'elle semblait avoir du caractère. Elle haussa des sourcils que la magie d'un coup de crayon s'était déjà chargée de rehausser préalablement :

— Que puis-je donc pour vous, inspecteur Craddock ?

— Comment allez-vous, miss Bence ? Je voulais vous demander si vous auriez la gentillesse de répondre à quelques questions au sujet de cette histoire tellement embêtante qui s'est déroulée au manoir de Gossington, près de Much Benham. Vous vous y étiez rendue, si je me souviens bien, pour y prendre un certain nombre de photos.

Elle hocha la tête :

— Oui, c'est bien ça.

Elle lui lança un regard scrutateur :

— Mais je ne vous y ai pas vu. C'était quelqu'un d'autre. L'inspecteur... l'inspecteur...

— L'inspecteur Cornish ? proposa Dermot.

— Oui, c'est ça.

— Nous sommes entrés en lice un peu plus tard.

— Vous êtes de Scotland Yard ?

— Oui.

— Vous êtes arrivé comme des cheveux sur la soupe et vous mangez le pain blanc de la police locale. C'est ça ?

— On ne débarque pas tout à fait comme des cheveux sur la soupe, vous savez. C'est au chef de la police du comté de décider s'il souhaite garder la haute main sur une affaire ou s'il estime que nous nous en débrouillerons mieux.

— Et selon quels critères en décide-t-il ?

— Tout dépend le plus souvent de l'orientation de l'affaire, qui peut se révéler d'intérêt purement local ou, au contraire, un peu plus... universel. Parfois même international.

— Et il a donc décidé que celle-ci avait droit au statut international ?

— Transatlantique serait le qualificatif le plus adéquat.

— Ils ont insinué ça dans les journaux, hein ? Insinué que le meurtrier, quel qu'il soit, voulait liquider Marina Gregg et que c'est par erreur qu'il a envoyé *ad patres* je ne sais quelle malheureuse bonne femme du cru. C'est vrai ou il ne s'agit là que d'un doigt de publicité supplémentaire pour son film ?

— Je crois qu'il n'y a guère de doute sur le sujet, miss Bence.
— Qu'est-ce que vous voulez me demander ? Faut-il que je vous accompagne à Scotland Yard ?

Il secoua la tête :

— Pas à moins que vous n'en ayez envie. Nous pouvons retourner à votre studio si vous préférez.

— D'accord, faisons ça. Ma voiture est au coin de la rue.

Elle remonta rapidement le trottoir, Dermot marchant dans sa foulée. Jethroe leur fit de grands signes :

— A plus tard, trésor, je n'ai aucune intention de m'immiscer. Je suis sûr que l'inspecteur et toi allez échanger de lourds secrets.

Sur quoi il s'en fut rejoindre les deux modèles sur le trottoir et se lança avec elles dans une discussion animée.

Margot monta en voiture, débloqua la portière côté passager et Dermot Craddock s'y installa à son tour. Elle ne dit pas un mot jusqu'au retour à Tottenham Court. Après avoir bifurqué dans l'impasse et roulé jusqu'au fond, elle s'engouffra sous un porche et coupa le moteur.

— J'ai droit de parking ici, expliqua-t-elle. C'est en réalité un garde-meubles, mais ils m'en louent une portion. Garer sa voiture à Londres est un vrai casse-tête, comme vous ne le savez sans doute que trop bien, encore que vous n'ayez peut-être pas à démêler les problèmes de circulation.

— Non, ça ne fait pas partie de mes soucis majeurs.

— J'imagine que le crime donne infiniment moins de fil à retordre, sourit Margot Bence.

Elle lui montra le chemin du studio, lui désigna un fauteuil, lui offrit une cigarette et se laissa tomber sur un énorme pouf en face de lui. De derrière le rideau de ses cheveux noirs, elle le jaugeait d'un air sombre, interrogateur :

— Ouvrez le feu, cher monsieur.

— Vous preniez des photos, le jour de cette mort, n'est-ce pas ?

— Oui.

— On vous avait engagée à titre professionnel ?
— Oui. Ils voulaient quelques clichés assez typés. C'est en gros mon domaine. Je travaille pas mal pour les studios de cinéma, mais cette fois-là je devais commencer par prendre un certain nombre de photos de la fête, après quoi j'étais censée monter mitrailler le gratin accueilli par Marina Gregg et Jason Rudd. Notabilités locales et personnalités en vue. Vous voyez le genre.
— Oui, très bien. Vous aviez votre appareil dans l'escalier, si j'ai bien compris ?
— Une partie du temps, oui. J'avais là un angle parfait. C'était idéal pour prendre d'en haut les gens qui montaient, et il me suffisait de pivoter d'un quart de tour pour les avoir en train de serrer la main de Marina. Je pouvais travailler un maximum sans avoir à bouger outre mesure.
— Je sais bien évidemment que vous avez en son temps répondu à certaines questions quant à ce que vous auriez pu voir d'inhabituel, à ce qui aurait pu être susceptible de nous aider. Il s'agissait de questions d'ordre général.
— Vous en avez de plus ciblées à poser ?
— D'un peu plus ciblées, je crois. De là où vous étiez postée, vous aviez une bonne vue sur Marina Gregg ?
— Excellente, acquiesça-t-elle.
— Et sur Jason Rudd ?
— Par intermittence. Pour la bonne raison qu'il se déplaçait beaucoup. Il distribuait des verres, il faisait les présentations : les gens du cru aux célébrités. Ce genre de trucs, j'imagine. Je n'ai pas vu cette Mrs Baddeley...
— Badcock.
— Navrée, Badcock. Je ne l'ai pas vue boire son bouillon d'onze heures ni quoi que ce soit de ce genre. En fait, je ne crois même pas avoir repéré de qui il s'agissait.
— Vous vous rappelez l'arrivée du maire ?
— Oh, que oui ! Je le revois comme si j'y étais encore. Il était affublé de sa toge, de sa chaîne et de tout le saint-frusquin. J'en ai pris une de lui montant l'escalier — un gros plan — un profil de bête de proie,

et puis je l'ai aussi éternisé sur la pellicule en train de serrer la main de Marina.

— Vous pouvez donc vous fixer ce moment-là comme point de repère. Mrs Badcock et son mari sont montés voir Marina immédiatement devant eux.

Elle secoua la tête :

— Désolée. Je ne me souviens toujours pas.

— Ça n'a pas grande importance. J'imagine que vous perdiez peu Marina Gregg de vue et que vous l'aviez souvent dans le viseur de votre appareil.

— Ça va de soi. J'étais la plupart du temps concentrée sur elle, à attendre l'instant propice.

— Vous connaissez de vue un dénommé Ardwyck Fenn ?

— Oh oui. Même plus que de vue. Chaînes de télévision, productions cinématographiques et j'en passe.

— Vous avez pris une photo de lui ?

— Oui. En train de monter l'escalier avec Lola Brewster.

— Ça devait être juste après le maire ?

Elle réfléchit deux secondes :

— Oui, à peu près.

— Est-ce que vous vous étiez rendu compte que, dans ces eaux-là, Marina avait soudain eu l'air prise de malaise ? Est-ce que vous n'auriez pas remarqué sur son visage une crispation, une mimique incongrue ?

Margot Bence se pencha, ouvrit un coffret à cigarettes et en tira une. Qu'elle alluma. Bien qu'elle n'ait toujours pas répondu, Dermot ne la bouscula pas. Il attendit, se demandant ce qui pouvait bien lui trotter dans la tête.

— Pourquoi me demandez-vous ça ? fit-elle enfin avec brusquerie.

— Parce que c'est une question à laquelle j'aimerais beaucoup avoir une réponse... une réponse fiable.

— Vous croyez que la mienne a des chances de l'être ?

— Oui, en fait, oui. Vous devez avoir l'habitude d'observer les visages avec infiniment d'attention, de guetter certaines expressions bien précises, d'attendre « l'instant propice », comme vous dites.

Elle hocha la tête en silence.

— Avez-vous noté quelque chose de particulier ?

— Quelque chose qu'une autre personne aurait noté aussi, n'est-ce pas ?

— Oui. Que plus d'une personne a fait, mais en le décrivant chacune de façon sensiblement différente.

— Comment ces autres personnes l'ont-elles décrit ?

— L'une d'entre elles m'a dit qu'elle avait paru sur le point de tomber dans les pommes.

Margot Bence hocha lentement la tête.

— Quelqu'un d'autre a affirmé qu'elle avait eu l'air épouvanté.

Il marqua un temps, puis :

— Une autre encore a décrit son regard figé, son air pétrifié.

— Pétrifié... murmura pensivement Margot Bence.

— Vous êtes d'accord avec ce dernier jugement ?

— Je ne sais pas au juste. Peut-être bien.

— Cela a été décrit de façon plus imagée encore, poursuivit Dermot. Selon les vers mêmes de feu notre grand poète Tennyson : *En mille éclats le miroir se brisa : « Le châtiment est sur moi ! » s'écria la Dame de Shalott*.

— Il n'y avait pas de miroir dans les parages, murmura Margot Bence, mais s'il y en avait eu un, c'est vrai qu'il aurait probablement été en miettes.

Elle se leva brusquement :

— Je vais faire mieux que vous la décrire, cette expression. Je vais vous la montrer.

Elle écarta le rideau au fond de la pièce et disparut un moment. Il l'entendit fourrager un peu partout en marmonnant à mi-voix.

— Quelle pagaille ! s'exclama-t-elle en revenant. On ne peut jamais rien trouver de ce qu'on cherche. Mais j'ai quand même mis la main dessus.

Elle lui tendit une épreuve glacée. Il la regarda. C'était une remarquable photo de Marina Gregg. Sa main était emprisonnée dans celle d'une femme qui se tenait devant elle et qui tournait par conséquent le dos à l'appareil. Mais ce n'était pas cette femme que regardait Marina. Ses yeux écarquillés ne fixaient pas non plus l'objectif mais étaient tournés un peu vers la gauche. Et ce qui intéressa au plus haut point Dermot Craddock, c'est que son visage n'exprimait rien. Il ne reflétait ni peur ni douleur. La femme dont c'était là le portrait regardait de tous ses yeux *quelque chose*, quelque chose qu'elle seule voyait peut-être, et l'émotion que cela suscitait chez elle était si violente qu'elle était dans l'incapacité physique absolue de l'exprimer par quelque expression faciale que ce soit. Dermot Craddock avait vu une fois semblable vacuité totale sur le visage d'un homme, d'un homme qui allait mourir par balle un quart de seconde plus tard.

— Satisfait ? s'enquit Margot Bence.

Craddock poussa un profond soupir :

— Oui, merci. C'est difficile, voyez-vous, de déterminer si des témoins n'exagèrent pas, s'ils n'ont pas imaginé avoir vu ci ou ça. Mais en l'occurrence la question de se pose pas. Il y *avait* quelque chose et elle l'a vu... Je peux garder cette photo ?

— Oui, bien sûr, vous pouvez emporter cette épreuve. J'ai le négatif.

— Vous n'avez pas envoyé le cliché à la presse ?

Margot Bence secoua la tête.

— Je me demande pourquoi vous ne l'avez pas fait. Après tout, c'est une photo assez dramatique. Des tas de journaux auraient payé gros pour l'avoir.

— Je n'aurais pas pu, répondit Margot Bence. Quand on a été amené par accident à faire une incursion dans l'âme de quelqu'un, actionner le tiroir-caisse aurait un côté répugnant.

— Vous connaissiez Marina Gregg ?

— Absolument pas.

— Vous venez des Etats-Unis, n'est-ce pas ?

— Je suis née en Angleterre. Et pourtant j'ai été élevée aux Etats-Unis. Je suis venue m'installer ici il y a de ça... oh ! environ trois ans.

Dermot Craddock acquiesça de la tête. Il connaissait d'avance les réponses à ses questions. Elles avaient été consignées à son intention et figuraient parmi les autres listes de renseignements empilées sur son bureau. Cette fille semblait ne pas tricher.

— Où avez-vous étudié le métier ? l'interrogea-t-il encore.

— Aux studios Reingarden. J'ai travaillé un temps auprès d'Andrew Quilp. Il m'a beaucoup appris.

— Les studios Reingarden, et Andrew Quilp...

Tous les sens de Dermot Craddock furent soudainement en alerte. Ces noms faisaient remonter des souvenirs à la surface :

— Vous avez vécu à Seven Springs, n'est-ce pas ?

Elle parut amusée :

— Vous semblez en savoir long sur mon compte. Vous avez épluché mon existence ?

— Vous êtes un photographe extrêmement connu, miss Bence. Pas mal de journaux vous ont consacré des articles. Pourquoi êtes-vous venue en Angleterre ?

Elle haussa les épaules :

— Bah ! j'aime le changement. Et, puis, je vous l'ai dit, même si on m'a envoyée très jeune aux Etats-Unis, je n'en suis pas moins née ici.

— On vous y avait envoyée très, *très* jeune, aux Etats-Unis, n'est-ce pas ?

— A 5 ans, si ça vous intéresse.

— Ça m'intéresse. Je pense, miss Bence, que vous pourriez m'en dire un peu plus que vous ne l'avez fait jusqu'ici.

Le visage de la jeune femme se durcit :

— Qu'est-ce que vous entendez par là ?

Dermot Craddock la regarda et décida de risquer le coup. Il n'avait pourtant pas beaucoup d'atouts dans son jeu. Rien que trois noms : ceux des studios Reingarden, d'Andrew Quilp et de la ville. Mais il avait l'impression que cette vieille chouette de miss Marple était venue se percher sur son épaule et le tarabustait pour qu'il aille de l'avant :

— Ce que j'entends par là ? Que vous connaissiez Marina Gregg beaucoup mieux que vous ne voulez bien l'admettre.

Elle éclata de rire :

— Prouvez-le ! Vous prenez vos désirs pour des réalités.

— Vous pensez ? Je ne crois pas. Quant à le *prouver*, ça ne demanderait guère que quelques recherches et un peu de temps. Allons, miss Bence, est-ce qu'il ne vaudrait pas mieux avouer la vérité ? Avouer que Marina Gregg vous a adoptée quand vous étiez toute gosse et que vous avez vécu quatre ans auprès d'elle ?

Elle aspira une goulée d'air par la bouche avec un sifflement strident.

— Espèce de fouinard dégueulasse ! éructa-t-elle.

Cette brutalité soudaine, en contraste si violent avec son comportement précédent, le fit sursauter. Quant à elle, elle se leva en secouant furieusement sa crinière noire :

— D'accord, d'accord, c'est exact ! Oui, Marina Gregg m'a emmenée en Amérique dans ses bagages. Ma mère avait huit gosses. Elle vivait dans un taudis je ne sais où. Elle faisait sans doute partie de ces centaines de femmes qui écrivent à toutes les stars de cinéma qu'elles ont par hasard vues ou dont elles ont entendu parler pour leur raconter leur chienne d'existence et les supplier d'adopter le môme auquel elles ne peuvent pas assurer l'avenir qu'il mériterait. Oh ! c'est un truc à vous donner la nausée !

— Vous étiez trois, souligna Dermot. Trois enfants adoptés dans des endroits et à des moments différents.

— Ça aussi, c'est exact. Angus, Rod et moi. Angus était plus âgé que moi, et Rod pratiquement un bébé. On a eu une vie sensationnelle. Oh ! oui, une vie sensationnelle ! Tous les avantages !

Sa voix s'enfla, se fit sarcastique :

— Vêtements, voitures, une maison merveilleuse où il faisait bon vivre, des gens adorables pour s'occuper de nous, une bonne éducation, de solides études, une nourriture raffinée. Tout ce que l'argent peut acheter, nous l'avons eu à gogo ! Avec elle en prime, notre « maman ». Une « maman » entre guillemets qui jouait son rôle, qui roucoulait en se penchant sur nous, qui ne se faisait plus jamais photographier sans nous ! Ah ! on ne faisait pas plus beau dans le genre tableau à vous tirer des larmes d'attendrissement.

— Mais elle voulait réellement des enfants, intervint Dermot Craddock. Ça, c'était sincère, non ? Ce n'était pas un simple coup publicitaire.

— Oh ! peut-être bien. Oui, je pense qu'il y avait du vrai làdedans. Elle voulait des enfants. Mais ce n'était pas *nous* qu'elle voulait ! Pas si on va au fond des choses. Ce n'était guère plus qu'un prodigieux rôle à interpréter. « Ma famille. » « C'est tellement divin d'avoir une famille bien à soi. » Et Izzy laissait faire. Il aurait dû être mieux avisé.

— Izzy, c'était Isidore Wright ?

— Oui, son troisième mari, ou le quatrième, j'ai oublié lequel au juste. Lui, c'était un type formidable. Il la comprenait, je crois, et il se faisait souvent du mauvais sang à notre sujet. Il était gentil avec nous, mais il n'a jamais prétendu jouer les pères. La fibre paternelle, ce n'était pas son fort. Tout ce qui l'intéressait, c'était son œuvre. J'ai lu depuis quelques-unes de ses pièces. On peut les juger cruelles, sordides, mais elles sont fortes. Je suis sûre qu'il sera considéré un jour comme un grand auteur dramatique.

— Et tout cela a duré jusqu'à quand ?

Le sourire de Margot Bence se fit grimaçant :

— Jusqu'à ce qu'elle en ait subitement marre de jouer ce rôle-là. Non, ce n'est pas tout à fait exact... Jusqu'à ce qu'elle découvre qu'elle allait avoir elle-même un enfant.

Elle eut un rire amer :

— Pour nous, ça a été la fin de tout ! Notre présence est devenue indésirable. Nous avions rempli à merveille notre rôle de bouche-trous, mais elle se fichait de nous comme de l'an 40, elle se fichait vraiment de nous. Oh ! elle nous a offert une retraite grand style. Avec un toit, une mère nourricière, de l'argent pour notre éducation et un joli petit pécule pour démarrer dans la vie. Personne ne peut dire qu'elle ne s'est pas conduite correctement ni même libéralement. Mais elle n'avait jamais voulu de *nous*... tout ce qu'elle avait toujours voulu, c'était un enfant bien à elle.

— Vous ne pouvez pas la blâmer pour ça, murmura Dermot avec douceur.

— Je ne la blâme pas d'avoir voulu mettre un enfant un monde, ça non ! Mais on devenait quoi, nous ? Elle nous avait arrachés à nos parents, déracinés. Ma mère m'avait vendue pour un plat de lentilles, je vous l'accorde, mais elle ne l'avait pas fait pour en tirer elle-même un profit quelconque. Elle m'avait vendue parce qu'elle était bête comme ses pieds et qu'elle s'imaginait que j'en tirerais, moi, des « avantages », que je m'en sortirais avec une « éducation » et que j'aurais droit à une vie sensationnelle. Elle s'était dit qu'elle avait fait ce qu'elle pouvait faire de mieux pour moi. Ce qu'elle pouvait faire de mieux ? Si seulement elle avait su...

— Vous êtes restée très amère, à ce que je vois.

— Non, maintenant, je ne le suis plus. J'ai dépassé ce stade. Si je vous parais comme ça, c'est parce que vous m'avez obligée à remonter dans le passé, à revivre un moment ce temps-là. Nous étions tous très amers.

— Tous ?

— Non, pas Rod. Rod se fichait toujours de tout. Et puis il était encore très petit. Mais Angus était dans le même état d'esprit que moi, à ceci près qu'il était plus vindicatif encore. Il passait son temps à répéter que quand il serait grand, il irait le tuer, ce gosse qu'elle allait avoir.

— Vous êtes au courant, pour ce qui est du gosse en question ?

— Oui, bien sûr. Et la terre entière sait ce qui s'est passé. Elle délirait de bonheur à l'idée de l'avoir, et quand il est né on a découvert que c'était un demeuré ! Elle ne l'avait pas volé. Mais, demeuré ou pas, elle ne voulait toujours plus de *nous*.

— Vous la haïssez vraiment, hein ?

— Comment ne pas la haïr ? Elle m'a fait la pire chose qu'on puisse faire à quelqu'un. Lui laisser croire qu'il était aimé, désiré... et bien lui montrer ensuite que c'était du bidon.

— Qu'est-il advenu de vos deux... je les appelle vos frères, pour une simple raison de commodité.

— Oh ! nous avons fini par nous éparpiller. Rod cultive la terre, quelque part dans le Middle West.

C'est une heureuse nature, il l'a toujours été. Angus ? Je ne sais pas. Je l'ai perdu de vue.

— Croyez-vous qu'il ait gardé intacts sa rancune et son désir de vengeance ?

— Ça m'étonnerait. Ce ne sont pas des sentiments avec lesquels il serait commode de vivre éternellement. La dernière fois que je l'ai vu, il envisageait de monter sur les planches. Je ne sais pas s'il l'a fait.

— *Vous*, quoi qu'il en soit des autres, vous n'avez rien oublié, n'est-ce pas ?

— Non, rien, reconnut Margot Bence.

— Marina a-t-elle été surprise de vous voir ce jour-là ou bien était-ce elle qui, dans le but de vous être agréable, avait pris ses dispositions pour qu'on fasse appel à vous ?

— Elle ? ricana la jeune femme. Elle ne savait rien des dispositions prises. J'étais curieuse de la revoir, aussi je m'étais décarcassée pour décrocher le contrat. Comme je vous l'ai dit, j'ai plutôt bonne réputation auprès des studios de cinéma. Je voulais voir quelle dégaine elle pouvait bien avoir au jour d'aujourd'hui.

Elle abattit sa main sur le plateau de la table basse :

— Elle ne m'a même pas reconnue. Qu'est-ce que vous dites de ça ? J'ai vécu dans ses jupes pendant quatre ans. De mon cinquième à mon neuvième anniversaire. Et elle ne m'a même pas reconnue.

— Les enfants changent, murmura Dermot Craddock, ils changent tellement en grandissant qu'on a presque toujours du mal à les reconnaître. J'ai une nièce que j'ai revue il y a peu et je vous assure que je l'aurais croisée dans la rue sans savoir de qui il s'agissait.

— Vous me dites ça pour me consoler ? Je m'en fiche, au fond. Ça m'est bien égal. Oh ! et puis, bon sang, soyons honnête, pour une fois ! Je ne m'en fiche pas. Ça ne m'est pas égal du tout. Elle possédait une sorte de magie qui n'appartenait qu'à elle, vous savez. Marina ! Une magie prodigieuse et catastrophique qui vous ensorcelait et ne vous lâchait plus. On peut haïr un être humain et s'intéresser quand même à ce qu'il devient.

— Vous ne lui avez pas dit qui vous étiez ?

Elle secoua la tête :

— Bien évidemment non. C'est la dernière des choses que j'aurais faites.

— Avez-vous essayé de l'empoisonner, miss Bence ?

Son humeur changea du tout au tout. Elle se leva en éclatant de rire :

— Vous posez de ces questions ! Mais, après tout, vous devez être obligé de le faire. C'est inhérent à votre métier. Non. Je peux vous assurer que je ne l'ai pas tuée.

— Ce n'est pas ce que je vous demandais, miss Bence.

Elle le dévisagea, sourcils froncés, un peu perdue.

— Marina Gregg, rappela-t-il, est encore vivante.

— Pour combien de temps ?

— Qu'entendez-vous par là ?

— N'estimez-vous pas vraisemblable, inspecteur, qu'une nouvelle tentative soit effectuée, et que cette fois... et que cette fois — qui sait ? — elle réussisse ?

— Toutes précautions seront prises pour l'éviter.

— Oh ! j'en suis sûre et certaine, railla-t-elle. Le mari fou d'amour va faire un rempart de son corps à sa bien-aimée, n'est-ce pas, et veiller à ce que rien de fâcheux ne puisse lui arriver ?

» A quoi songiez-vous quand vous m'avez dit que ce n'était pas ce que vous m'aviez demandé ? enchaîna-t-elle, revenant brusquement en arrière.

— Je vous avais demandé si vous aviez essayé de la tuer. Et vous m'avez répondu que vous ne l'aviez pas fait. Je le veux bien, mais il n'en reste pas moins que *quelqu'un* est mort, que *quelqu'un* a été tué.

— Ce que vous avez en tête, c'est que j'ai essayé de tuer Marina et que j'ai tué Mrs Machinchouette à la place ? Puisqu'il faut vous mettre les points sur les *i*, je n'ai *pas* essayé d'empoisonner Marina et je n'ai *pas* empoisonné Mrs Badcock.

— Mais vous savez peut-être qui l'a fait ?

— Je ne sais rien, inspecteur, je vous le garantis.

— Mais vous avez une idée ?

— Oh ! des idées, tout le monde en a toujours.

Elle lui adressa un sourire moqueur :

— Ce ne sont pas les candidats qui manquent. Il

se pourrait que ce soit ce robot de secrétaire à tignasse noire, cet élégant Hailey Preston, n'importe quel domestique, n'importe quelle bonne à tout faire, un masseur, le coiffeur, quelqu'un des studios, tant de gens sont des coupables potentiels... et l'un ou l'une d'entre eux pourrait ne pas être ce qu'il ou elle a prétendu être jusque-là.

Puis, comme il faisait inconsciemment un pas dans sa direction, elle secoua la tête avec véhémence :

— Ne montez pas sur vos grands chevaux, inspecteur. J'essaie de vous faire tourner en bourrique, un point c'est tout. *Quelqu'un* s'est mis en tête d'avoir la peau de Marina Gregg, je suis bien d'accord avec vous. Mais qui ? Ça, je n'en ai pas la moindre idée. Je vous le jure. Pas la moindre.

16

Au n° 16 du clos Aubrey, la jeune Mrs Baker discutait avec son mari, Jim, géant blond et fort beau gosse au demeurant, lequel était présentement absorbé par le délicat assemblage d'un modèle réduit.

— Ah ! les voisins ! fulmina-t-elle, ponctuant sa récrimination d'un mouvement de tête rageur. Les voisins !

Elle retira délicatement la poêle du feu et répartit son contenu dans deux assiettes en prenant grand soin de forcer la dose dans l'une. Elle plaça la plus pleine devant son mari.

— Mixed grill, annonça-t-elle.

Jim leva le nez et renifla avec gourmandise :

— Et un vrai de vrai, dis-moi ! On est quel jour ? C'est mon anniversaire ou quoi ?

— Il faut que tu sois bien nourri, expliqua Cherry.

Avec ses boucles brunes, elle était ravissante dans son tablier rayé rouge et blanc à volants. Jim Baker repoussa les pièces détachées d'un vaisseau stratosphérique pour faire de la place à son repas. Il sourit à sa femme et s'enquit :

— Qui est-ce qui a dit ça ?

— Miss Marple, entre mille ! sourit Cherry. Et si on va par là, ajouta-t-elle en s'asseyant en face de Jim et en attirant à elle son assiette, je ne me priverai pas de dire qu'elle aurait elle-même rudement besoin d'une nourriture un peu plus consistante. Cette vieille chipie de miss Knight ne lui donne que des glucides. Elle n'a que ça en tête ! Un « bon petit flan », un « bon petit pain perdu », de « bons petits macaronis au fromage ». Des puddings tremblotants inondés de sauce rosâtre. Et avec ça que je te cause, et que je jacasse, et que je bavarde, et que je pérore toute la sainte journée. Elle parle jusqu'à plus soif, voilà tout ce qu'elle sait faire.

— Bah ! que veux-tu, hasarda Jim, ces glucides, c'est un régime pour malade, après tout.

— Un régime pour malade ! grinça Cherry. miss Marple n'est pas plus malade que toi ou moi... elle est *vieille*, point final. Et puis elle se mêle de tout, par-dessus le marché.

— Qui ça, miss Marple ?

— Non. Cette miss Knight. Me dire comment faire les choses ! Elle essaie même de m'expliquer comment faire la cuisine ! J'en sais plus sur l'art et la manière de cuisiner qu'elle n'en saura jamais.

— Tu cuisines comme un chef, Cherry, la complimenta Jim.

— Et cuisiner, ce n'est pas rien, renchérit-elle. Ce n'est pas tout le monde qui peut mordre à ça.

Jim partit d'un bon rire :

— Pour ce qui est d'y mordre, avoue que je ne me fais pas prier. Pourquoi est-ce que ta miss Marple décrète que j'ai besoin qu'on me nourrisse ? Elle m'a trouvé flagada quand je suis allé l'autre jour lui sceller l'étagère de la salle de bains ?

Cherry éclata de rire à son tour :

— Tu ne devinerais jamais ce qu'elle m'a dit. Elle m'a déclaré tout net : « Votre mari est fort bel homme, ma chère petite. *Réellement* fort bel homme. » On aurait juré une citation d'un de ces romans d'autrefois qu'on vous lit à voix haute à la télé.

— J'espère que tu en es tombée d'accord avec elle ? fit Jim avec un sourire épanoui.

— J'ai dit que je ne te trouvais pas mal.

— Pas mal ! Tu parles d'un compliment de femme en extase !

— Et puis elle a ajouté : « Il faut que vous preniez bien soin de votre mari, ma chère petite. Que vous veilliez à le *nourrir* convenablement. Les messieurs ont besoin de beaucoup de bonne viande, cuite comme ils l'aiment. »

— Bravo !

— Et elle m'a dit aussi de penser à te préparer souvent du poisson, et de ne jamais t'acheter de ces plats tout prêts qu'on a tout juste besoin de glisser au four pour les réchauffer. Non pas que je le fasse souvent, ajouta Cherry d'un ton vertueux.

— Tu le ferais encore moins souvent que je ne m'en plaindrais pas, plaça Jim entre deux bouchées. Ça n'a vraiment pas le même goût.

— Pour autant que tu remarques ce que tu manges, ronchonna-t-elle, et que tu sois moins absorbé par ces modèles réduits que tu passes ton temps à construire. Et ne viens pas prétendre que tu as rapporté cette maquette de vaisseau stratosphérique pour ton neveu Michael. Tu l'as achetée histoire de jouer toi-même avec.

— Il n'est pas encore tout à fait assez grand pour ça, s'excusa Jim.

— Et j'imagine que tu vas continuer à te faire tourner toi-même en bourrique là-dessus toute la soirée. Pourquoi ne mettrais-tu pas un peu de musique ? Tu as acheté ce nouveau disque dont tu m'avais parlé ?

— Oui. Tchaïkovski. L'*Ouverture 1812*.

— Celle avec la bataille et qui fait un boucan infernal, c'est ça ? C'est cette chère Mrs Hartwell qui va en faire, une tête ! Ah, les voisins ! J'en ai ras le bol des voisins. Toujours à grincher et à se plaindre. Je ne sais pas lesquels sont les pires. Les Hartwell ou les Barnaby. Les Hartwell commencent à cogner dans le mur dès 11 heures et demie du soir. C'est quand même un peu fort ! Après tout, même la télé et la radio fonctionnent plus tard que ça. Pourquoi on ne *devrait pas* écouter un peu de musique si on en a envie ? Et toujours à demander qu'on baisse le son.

— Ces trucs-là, on ne peut pas les écouter trop bas, décréta Jim en connaisseur. On n'a pas le *timbre* si on n'a pas le volume. Tout le monde sait ça. C'est une évidence admise dans tous les milieux musicaux. Et que dire de leur chat... toujours à rappliquer dans notre jardin et à creuser des trous dans les plates-bandes dès que j'ai réussi à leur faire prendre tournure.

— Je vais te dire, Jim. J'en ai ma claque de cet endroit.

— Tu ne te plaignais pas de tes voisins, à Huddersfield, lui fit remarquer Jim.

— Ce n'était pas pareil. On était indépendants, là-bas. D'un autre côté, si on avait un problème, il y avait toujours quelqu'un pour vous donner un coup de main. Il y avait de l'entraide. Sans pour autant qu'on aille fourrer son nez chez le voisin. Il y a quelque chose dans ces lotissements qui fait que les gens ne peuvent pas s'empêcher de se regarder de travers. Peut-être parce qu'on y a tous débarqué en même temps, qu'il n'y a pas d'anciens. La quantité de débinages, de racontars, de dénonciations et de vacheries en tous genres qui se pratiquent dans le secteur me dépasse ! En ville, c'est autre chose, les gens sont trop occupés pour ça.

— Il y a peut-être du vrai dans ce que tu dis, ma poule.

— Tu te plais ici, toi ?

— Question boulot, c'est parfait. Et, tout compte fait, la maison est flambant neuve. J'aimerais bien qu'il y ait un peu plus de place, histoire de pouvoir m'étaler davantage. Ce serait bien si je pouvais avoir un atelier.

— J'ai adoré, au début, soupira Cherry, mais maintenant, je ne suis plus très sûre. La maison est très bien, et je raffole de cette peinture bleue, et la salle de bains est chouette comme tout, mais je n'aime ni les gens ni l'*ambiance* là autour. Est-ce que je t'ai dit que Lily Price et ce Harry qu'elle s'était dégotté ont rompu ? C'est un drôle de truc qui est arrivé le fameux jour où ils étaient allés visiter ce pavillon. Tu sais bien, quand elle est plus ou moins tombée par la fenêtre. Même qu'elle a dit que Harry n'avait pas bougé d'un poil.

— Je suis content qu'elle ait rompu. C'est un bon à rien comme j'en ai rarement vu, dit Jim.

— C'est un mauvais calcul d'épouser un garçon rien que parce qu'il y a un gosse en route, affirma Cherry. D'ailleurs, lui, il ne voulait pas se passer la corde au cou. Ce n'est pas un très joli coco. miss Marple l'avait bien dit, ajouta-t-elle, pensive. Elle en avait touché un mot à Lily. Laquelle l'avait prise pour une cinglée.

— Miss Marple ? Je ne savais pas qu'elles s'étaient jamais rencontrées.

— Oh ! si, elle se promenait dans le secteur, le jour où elle s'est flanquée par terre et où Mrs Badcock l'a ramassée et l'a fait entrer chez elle. Tu crois qu'Arthur et Mrs Bain vont convoler en justes noces ?

Sourcils froncés, Jim venait de sélectionner une pièce de son vaisseau stratosphérique et consultait la notice de montage.

— J'aimerais assez que tu écoutes quand je te parle, protesta Cherry.

— Qu'est-ce que tu disais ?

— Je te demandais pour Arthur Badcock et Mary Bain.

— Bon sang de bonsoir, Cherry, il vient à peine d'enterrer sa précédente ! Vous les femmes, alors ! A ce qu'il paraîtrait qu'il en a encore les nerfs en capilotade... il fait des bonds hauts comme ça chaque fois qu'on lui adresse la parole.

— Je me demande bien pourquoi... Je n'aurais jamais cru qu'il prendrait ça tellement au tragique, pas toi ?

— Est-ce que tu ne pourrais pas débarrasser ne fût-ce que ce bout-là de la table ? s'enquit Jim, refusant de s'intéresser plus avant à la vie sentimentale de ses voisins. Juste pour que je puisse étaler un peu ces pièces-là.

Cherry poussa un soupir d'exaspération.

— Pour qu'on vous accorde de l'intérêt ici, il faudrait être un bombardier supersonique ou une fusée interplanétaire, se lamenta-t-elle. Toi et ta manie des modèles réduits !

Elle mit assiettes et couverts sur un plateau qu'elle alla déposer sur la paillasse de l'évier. Mais elle décida de ne pas faire la vaisselle, impératif de la vie quotidienne qu'elle repoussait invariablement à plus tard. Au lieu de quoi elle empila le tout pêle-mêle dans l'évier, enfila une veste de velours côtelé et se dirigea vers la porte, ne s'arrêtant que pour lancer par-dessus son épaule :

— Je fais juste un saut jusque chez Gladys Dixon. Je voudrais lui emprunter un de ses patrons de *Vogue*.

— Vas-y, ma vieille, acquiesça Jim avant de replonger dans son modèle réduit.

Dardant au passage un regard venimeux à la façade de ses voisins immédiats, Cherry obliqua dans le clos Blenheim et s'arrêta au n° 16. La porte en était ouverte et Cherry y toqua avant d'entrer en criant :

— Gladys est dans les parages ?
— C'est vous, Cherry ?

Mrs Dixon jeta un œil depuis le fond de sa cuisine :

— Elle est en haut dans sa chambre, à faire de la couture.

— Merci. Je vais monter.

Elle escalada les marches et s'engouffra dans une petite chambre où Gladys, grosse fille au visage ingrat, les joues en feu et des épingles plein la bouche, était agenouillée sur le parquet, fort occupée à reporter un patron de papier.

— Salut, Cherry. Regarde, je me suis offert ce ravissant coupon de tissu en solde chez Harper, à Much Benham. Je vais recopier ce modèle taillé dans le biais et à fanfreluches, celui que je m'étais déjà fait en térylène.

— Ça va être chouette, pronostiqua Cherry.

Gladys se remit sur ses pieds, un rien pantelante :

— J'ai mal au cœur, maintenant.
— Tu ne devrais pas faire de la couture tout de

suite après dîner, s'apitoya Cherry. T'accroupir la tête en bas comme ça...

— Ce que je devrais surtout, c'est maigrir un peu, geignit Gladys en s'asseyant sur son lit.

— Des nouvelles des studios ? interrogea Cherry, toujours avide de potins de cinéma.

— Pas des masses. Encore que ça jase beaucoup. Marina Gregg est revenue hier sur le plateau... et elle a fait un scandale à tout casser.

— A propos de quoi ?

— Le goût de son café lui a pas plu. On leur sert du café, tu sais, au milieu de la matinée. Elle en a bu une gorgée et puis elle s'est mise à braire qu'il y avait quelque chose qui clochait. Ce qui était idiot, tu penses. Y avait rien qui pouvait clocher. Il arrive tout droit de la cantine dans un Thermos. Bien sûr, je le lui verse toujours dans une tasse en porcelaine plutôt chicos — différente des autres, quoi ! — mais ça reste le même café. Ce qui fait qu'il ne pouvait rien avoir d'anormal à son café, pas vrai ?

— Elle a les nerfs qui flanchent, j'imagine, conjectura Cherry. Comment ça s'est terminé ?

— Bah ! en eau de boudin. Mr Rudd a calmé tout le monde. Pour ça, il en connaît un rayon. Il lui a pris son café et l'a vidé dans le lavabo le plus proche.

— Ça, ce n'était pas très malin, rumina lentement Cherry.

— Pourquoi ? Qu'est-ce que tu veux dire ?

— Eh bien, s'il avait bel et bien été trafiqué... personne à présent ne le saura jamais.

— Trafiqué ? Tu crois vraiment qu'il avait pu l'être ? s'écria Gladys, soudain inquiète.

— Eh bien...

Cherry haussa les épaules :

— On lui avait bien mis une cochonnerie dans son cocktail le jour de la fête, non ? Alors pourquoi pas dans son café ? Si tu ne réussis pas du premier coup, recolle-toi vite fait à l'ouvrage, et recommence jusqu'à ce que ça marche.

Gladys frissonna :

— J'aime pas trop ça, Cherry. Parce que c'est vrai qu'il y a quelqu'un qui en a après elle. Elle a reçu d'autres lettres, tu sais, des lettres de menaces... et puis il y a eu cette histoire du buste, l'autre jour.

— Quelle histoire ? Quel buste ?

— Un buste en marbre. Sur le plateau. Dans l'angle d'un décor qui est censé être je ne sais quel palais autrichien. Un drôle de nom du genre Shotbrune. Bourré de tableaux, et de porcelaines, et de bustes en marbre. Celui-là, il était posé sur une console... peut-être un peu trop au bord, c'est ce que je me dis. Toujours est-il qu'un poids lourd est venu à passer sur la route et que ça l'aura ébranlé... résultat, il est tombé en plein sur le fauteuil où Marina s'assied pour sa grande scène avec le comte Machinchouette. Ratiboisé, je ne te dis pas, le fauteuil ! Encore heureux qu'ils étaient pas en train de tourner. Même que Mr Rudd il nous a dit comme ça de rien lui dire à elle, et puis il a fait mettre un autre fauteuil, et quand elle est revenue hier et qu'elle a demandé pourquoi on lui avait changé son fauteuil, il lui a répondu que le précédent était pas de la bonne période et que celui-ci passerait mieux à l'image. Mais je te prie de croire qu'il avait pas tellement apprécié tout ce bazar.

Les deux filles se regardèrent.

— Dans un sens, c'est assez palpitant, fit lentement Cherry. Mais n'empêche que...

— Moi, je crois bien que je vais laisser tomber ce boulot à la cantine des studios, marmonna de son côté Gladys.

— Pourquoi ça ? Ce n'est pas toi qu'on cherche à empoisonner, ni ton crâne qu'on essaie d'écrabouiller sous un buste !

— Non. Mais c'est pas toujours non plus la personne visée qui écope. Ça peut tomber sur quelqu'un d'autre. Comme ça l'a fait pour Heather Badcock.

— Ce n'est pas faux, voulut bien reconnaître Cherry.

— J'y ai repensé, tu sais, reprit Gladys. J'étais au manoir, ce jour-là, histoire de donner un coup de main. J'étais à deux pas, au moment où c'est arrivé.

— Quand Heather est morte ?

— Non, quand elle a renversé son cocktail. Tout partout sur sa robe. Une jolie robe, en plus, en taffetas de nylon bleu roi. Elle venait de se l'acheter pour l'occasion. Et c'est marrant, mais...

— Qu'est-ce qui est marrant ?

— Sur le moment, j'y avais pas fait attention. Mais plus j'y repense, plus je trouve ça « marrant »...

Cherry avait pris le qualificatif « marrant » dans le sens précis qui lui était en l'occurrence dévolu. Toute notion de drôlerie en était bien évidemment exclue.

— Bon sang de bonsoir, qu'est-ce qui était donc si marrant ? s'impatienta-t-elle.

— Je suis presque sûre qu'elle l'avait fait exprès.

— De renverser son cocktail ? Exprès ?

— Oui. Et je peux pas m'empêcher de trouver ça marrant. Pas toi ?

— Sur une robe flambant neuve ? Ça me ferait mal !

— Ce que je me demande tout d'un coup, murmura rêveusement Gladys, c'est ce qu'Arthur Badcock va faire de tous les vêtements de Heather. Cette robe-là reviendrait impeccable de chez le dégraisseur. Et comme c'était une jupe ample, je pourrais la reprendre sur une demi-largeur. Tu crois qu'Arthur Badcock sauterait au plafond si je lui proposais de la lui racheter ? Il n'y aurait pas grande transformation à y faire... et le tissu est chouette comme tout.

— Ça ne te... gênerait pas ?

— Me gêner comment ?

— Eh bien... porter une robe dans laquelle une femme est morte... et qui plus est morte de cette façon-là...

Gladys écarquilla les yeux.

— Je n'avais pas pensé à ça, avoua-t-elle. Mais après tout, chaque fois que tu achètes quelque chose d'occasion, quelqu'un qui est mort s'en est généralement servi, non ?

— Oui, mais ce n'est pas tout à fait pareil.

— Tu fais bien des chichis, trancha Gladys. C'est une ravissante nuance de bleu vif, et c'est du tissu que je ne pourrais pas m'offrir autrement. Pour ce qui est de ce truc marrant, ajouta-t-elle, songeuse, je crois que je vais faire un saut demain matin au manoir en allant au travail et en toucher un mot à Mr Giuseppe.

— Le majordome italien ?
— Oui. Il est d'une beauté à tomber à la renverse. Des yeux de braise. Il doit avoir un tempérament du feu de Dieu. Quand on y va donner un coup de main, il nous fait du rentre-dedans que c'en est pas croyable.

Elle gloussa :

— Mais il y en a pas une qui s'en plaint. Il sait se montrer chou comme tout, quand il veut... N'importe comment, je peux juste lui en parler et lui demander ce qu'il en pense.

— Je ne vois toujours pas ce que tu as à dire sur la question, insista Cherry.

— Eh bien que c'était marrant, quoi ! se buta Gladys, s'obstinant du même coup à n'utiliser que son adjectif de prédilection.

— Si tu veux mon avis, la prévint Cherry, tout ce que tu cherches, c'est une excuse pour aller bavasser avec Mr Giuseppe... et tu ne ferais pas mal de veiller au grain, ma fille ! Tu sais comment sont ces métèques ! Poursuites en paternité tous azimuts. Chauds lapins et rapides à la détente, voilà ce qu'ils sont, ces Italiens.

Gladys poussa un soupir extatique.

A voir le visage adipeux et passablement boutonneux de son amie, Cherry conclut que ses mises en garde n'étaient après tout pas indispensables. Mr Giuseppe devait avoir mieux à se fourrer sous la dent.

*

— Tiens, tiens ! s'exclama le Dr Haydock. On détricote, à ce que je vois.

Son regard était passé de miss Marple à un amoncellement de laine blanche, vaporeuse autant que frisottée.

— Vous m'avez conseillé d'essayer le détricotage si je n'arrivais plus à tricoter, se défendit miss Marple.

— Et vous semblez ne pas y être allée de main morte.

— Je m'étais trompée dans mon décompte de

mailles dès les premiers rangs. Ce qui fait que les proportions en ont été faussées, aussi va-t-il me falloir détricoter le tout. C'était un modèle très élaboré, voyez-vous.

— Que sont pour vous les modèles ou les schémas les plus élaborés ? Broutilles.

— Je crois bien pourtant qu'avec ma mauvaise vue, je devrais m'en tenir désormais au simple point à l'endroit.

— Vous trouveriez ça ennuyeux à périr. Quoi qu'il en soit, je suis flatté que vous ayez suivi mon conseil.

— Ne le fais-je pas toujours, docteur ?

— Uniquement quand cela vous arrange.

— Dites-moi, docteur, était-ce bien le tricot que vous aviez en tête quand vous m'avez donné cet excellent conseil ?

Le frémissement de paupière de la vieille demoiselle croisa celui du vieux médecin.

— Comment progressez-vous dans votre détricotage du meurtre ? s'enquit-il.

— Je crains bien que mes facultés ne soient plus ce qu'elles étaient, soupira miss Marple en dodelinant de la tête.

— Absurde, protesta le Dr Haydock. Ne me dites pas que vous n'êtes pas parvenue à un certain nombre de conclusions.

— Bien sûr, que je suis parvenue à des conclusions. Tout à fait catégoriques et formelles d'ailleurs.

— Telles que ? voulut savoir Haydock.

— Si le poison a été versé dans le verre de cocktail ce jour-là... or, je ne vois pas bien comment il aurait pu l'être...

— Il était peut-être tout prêt dans un compte-gouttes, suggéra Haydock.

— Vous êtes tellement professionnel ! s'émerveilla miss Marple. Mais, même ainsi, il me semble réellement très étrange que personne ne l'ait vu faire.

— Le meurtre, selon vous, ne devrait pas seulement être perpétré, mais il faudrait qu'on le voie perpétrer ! C'est ça l'idée ?

— Ce qu'est l'idée, vous le savez fort bien ! s'indigna miss Marple.

— C'était un risque que le meurtrier avait à courir, hasarda Haydock.

— Et non des moindres. Mais ce n'est pas de *cela* que je débats pour l'instant. Etaient présents sur les lieux, mes décomptes me l'ont appris, dix-huit à vingt personnes au bas mot. M'est avis que, sur vingt personnes, *l'une au moins* doit avoir vu faire ce geste.

Haydock acquiesça de la tête :

— Cela paraît évident. Mais tel n'est manifestement pas le cas.

— Je me le demande, fit miss Marple, songeuse.

— Où voulez-vous au juste en venir ?

— Eh bien, il y a trois possibilités. Je pose comme postulat qu'au moins une personne ait bel et bien vu quelque chose. Une sur vingt. Ce n'est pas déraisonner que se fixer ce pourcentage ?

— Il s'agit là d'une pétition de principe, se récria Haydock, et je vois poindre à l'horizon un de ces effroyables calculs de probabilités dans lequel six hommes sont coiffés de chapeaux blancs et six autres de chapeaux noirs et où il vous faut mathématiquement déterminer les chances qu'auront ces malheureux de mélanger leurs chapeaux et dans quelle proportion. Si vous vous lancez dans ce genre d'opérations, vous allez attraper le coup de bambou. J'aime autant vous en prévenir tout de suite !

— Je n'envisageais rien de tel, se défendit miss Marple. Je me demandais tout au plus s'il n'était pas vraisemblable que...

— Nous y voilà, gémit Haydock. Vous êtes impossible. Vous l'avez toujours été.

— Il est *hautement* vraisemblable, voyez-vous, reprit la digne demoiselle, que parmi vingt personnes une au moins cultive l'esprit d'observation.

— J'abandonne, capitula l'infortuné médecin. Passons aux trois possibilités.

— J'ai bien peur de devoir vous les livrer à l'état brut, s'excusa miss Marple. Je ne suis pas encore au bout de mes réflexions. L'inspecteur Craddock, et probablement Frank Cornish avant lui, aura interrogé toutes les personnes présentes, d'où l'idée bien naturelle que quiconque aurait surpris un geste qui ressemble à celui-là s'empresse de le déclarer.

— Serait-ce là l'une de vos fameuses possibilités ?

— Non, bien sûr que non, pour la bonne raison que cela ne s'est pas produit. Ce à quoi il nous faut fournir une explication satisfaisante, c'est ceci : si tant est qu'une personne ait bel et bien vu quelque chose, pourquoi ladite personne n'en fait-elle pas état ?

— Je suis tout ouïe.

— Hypothèse n° 1, se lança miss Marple, les joues soudain rosies par l'animation. La personne qui l'a vu n'a pas saisi le sens de ce qu'elle avait vu. Ce qui signifierait bien entendu que nous avons affaire à une créature passablement stupide. A quelqu'un capable, dirons-nous, de se servir de ses yeux mais pas de son cerveau. Le genre d'individu qui, si vous lui demandiez : « Avez-vous vu quelqu'un mettre quelque chose dans le verre de Marina Gregg ? » vous répondrait « Oh ! non » mais qui, pour peu que vous le lui formuliez autrement : « Avez-vous vu quelqu'un passer la main au-dessus du verre de Marina Gregg ? » s'exclamerait aussitôt : « Ça, oui, bien sûr ! »

Haydock éclata de rire :

— C'est vrai qu'on ne tient jamais suffisamment compte des imbéciles qui nous entourent. D'accord, je souscris à l'hypothèse n° 1. L'imbécile a tout vu mais n'y a vu que du feu. Et l'hypothèse n° 2 ?

— Celle-là est un peu tirée par les cheveux, mais je persiste à penser que c'est quand même une éventualité. Ç'aurait pu être quelqu'un chez qui le fait de mettre quelque chose dans un verre passe pour parfaitement naturel.

— Minute, minute, voilà qui réclame quelques éclaircissements.

— J'ai l'impression très nette que, de nos jours, s'exécuta miss Marple, les gens ne cessent d'ajouter toutes sortes d'ingrédients à ce qu'ils mangent ou boivent. Dans mon jeune temps, il aurait été du dernier mal élevé de prendre des médicaments à la salle à manger. Cela aurait été aussi mal jugé que se moucher à table. Cela ne se *faisait* pas. Si vous étiez *contraint* d'avaler cachets ou pilules, voire une cuillerée de potion, vous sortiez de la pièce pour ce faire.

Ce n'est désormais plus le cas. Lors d'un séjour chez mon neveu Raymond, j'ai remarqué que certains de ses hôtes arrivaient avec une kyrielle de fioles et de comprimés. Ils les prenaient en mangeant, ou avant le repas, ou encore après. Les femmes promenaient aspirine et autres dans leur sac à main et ne cessaient d'en prendre — avec leur tasse de thé, ou avec leur café, après déjeuner. Vous me suivez ?

— Oh ! oui, acquiesça le médecin. J'ai compris, et l'idée ne manque pas d'intérêt. Vous supposez que quelqu'un... Mais dites-le plutôt dans vos propres termes.

— Je voulais en venir à ceci : il aurait été tout à fait possible, audacieux mais possible, que quelqu'un s'empare de ce verre qui, sitôt dans sa main, aurait bien sûr passé pour le sien, et qu'il y ait, *au vu et au su de tous*, tranquillement versé le poison. En ce cas, voyez-vous, personne ne serait allé penser à mal.

— Il — ou elle — n'avait cependant aucune garantie que cela se passe aussi bien, releva le Dr Haydock.

— Non, reconnut miss Marple, ç'aurait été un coup de poker... mais cela *aurait pu* se passer ainsi. Et puis il nous reste la troisième hypothèse.

— Hypothèse n° 1, un imbécile mâle ou femelle, résuma le médecin. Hypothèse n° 2, un joueur *idem*. Quelle est l'hypothèse n° 3 ?

— Quelqu'un qui a vu ce qui s'est passé mais qui s'est bien gardé de le révéler.

Le Dr Haydock fronça les sourcils :

— Dans quel but ? Envisageriez-vous qu'il y ait chantage ? Si tel était le cas...

— Si tel était le cas, poursuivit miss Marple, il s'agirait d'une entreprise dangereuse.

— Certes oui.

Il jeta un regard pénétrant à la paisible vieille demoiselle blottie dans son fauteuil, un amoncellement de laine vaporeuse sur les genoux :

— Serait-ce cette troisième hypothèse que vous considérez comme la plus probable ?

— Non, dit miss Marple, je n'irai pas jusque-là. Je ne dispose pas d'assez d'éléments pour en juger. A moins, ajouta-t-elle, que quelqu'un d'autre se fasse tuer.

— Vous pensez que quelqu'un d'autre va se faire tuer ?

— J'espère que non, dit miss Marple, je veux croire que non et je prie pour qu'il n'en soit rien. Mais cela se produit si souvent, Dr Haydock. C'est cela qui est si triste et tellement effrayant. Cela se produit si souvent.

17

Ella raccrocha, se vota un sourire et sortit de la cabine téléphonique. Très contente d'elle.

— L'inspecteur Dieu Tout-Puissant Craddock ! ricana-t-elle. Je suis autrement forte que lui dans son domaine. Variations sur le thème : « Filez, vous êtes percé à jour ! »

Elle se représentait avec délectation les états par lesquels avait dû, quelques instants plus tôt, passer la personne à l'autre bout du fil. « Je vous ai vu... »

Elle partit d'un petit rire silencieux qui lui retroussa les commissures des lèvres en un rictus félin. Un amateur de psychologie l'aurait dévisagée avec intérêt. Jamais jusqu'à ces derniers jours elle n'avait éprouvé un tel sentiment de puissance. Elle ne mesurait même plus à quel point cette sensation l'enivrait.

« Le diable emporte cette vieille peau ! » songea Ella. On aurait dit que le regard de Mrs Bantry, qui la suivait des yeux tandis qu'elle remontait l'allée, la brûlait.

Sans qu'elle sache trop pourquoi, un dicton lui traversa l'esprit :

Tant va la cruche à l'eau qu'à la fin elle se casse...

Absurde. Personne ne pourrait jamais soupçonner que c'était elle qui avait murmuré ces propos menaçants.

Elle éternua.

— Fichu rhume des foins, récrimina Ella Zielinsky.

Quand elle entra dans son bureau, elle y trouva Jason Rudd planté devant la fenêtre.

Il pivota sur ses talons :

— Où étiez-vous ? Je vous ai cherchée partout !

— Il a fallu que j'aille dire un mot au jardinier. Il y avait...

Elle s'interrompit net en voyant l'expression de son visage :

— Que se passe-t-il ?

Ses yeux paraissaient plus profondément que jamais enfoncés dans leurs orbites. Toute la gaieté du clown était envolée. C'était un homme au bout du rouleau. Elle l'avait déjà vu prêt à craquer, mais jamais à ce point.

— Que se passe-t-il ? répéta-t-elle d'une voix âpre.

Il lui tendit une feuille de papier :

— C'est le résultat d'analyse de ce café. Le café dont s'était plainte Marina et qu'elle avait refusé de boire.

— Vous l'aviez envoyé à l'analyse ? sursauta-t-elle, stupéfaite. Mais vous l'aviez versé dans le lavabo. Je vous avais vu faire.

Son énorme bouche s'ourla d'un rictus :

— Je suis très doué pour les tours de passe-passe, Ella. Vous ne le saviez pas, hein ? Oui, j'en avais jeté la quasi-totalité, mais j'en avais néanmoins gardé assez pour l'expédier à un laboratoire.

Elle baissa les yeux sur le papier qu'elle tenait à la main.

— *Arsenic*, lut-elle avec incrédulité.

— Oui, arsenic.

— Ainsi Marina avait raison quand elle prétendait qu'il était amer ?

— Non, là elle se trompait. L'arsenic n'a pas de goût. Mais son instinct, lui, ne la trompait pas.

— Et nous qui la pensions tout bonnement hystérique !

— Elle frise l'hystérie ! Qui n'en ferait autant à sa place ? Une femme tombe raide morte pratiquement à ses pieds. Elle reçoit des lettres de menaces... les unes après les autres... Il n'y en a pas eu ce matin, n'est-ce pas ?

Ella secoua la tête.

— Qui peut bien les déposer, ces satanées lettres ? Bah ! ça ne doit pas être sorcier... avec toutes ces fenêtres ouvertes. N'importe qui peut entrer.

— Vous voulez dire que nous devrions garder la maison barricadée ? Mais avec cette chaleur... Et puis nous avons un homme en faction dans le parc, après tout.

— Oui. Et je ne tiens pas à l'effrayer davantage qu'elle ne l'est déjà. Les lettres de menaces, je m'en moque éperdument. Mais l'arsenic, Ella, l'arsenic, ça va chercher plus loin...

— Personne ne peut tripatouiller la nourriture ici, dans la maison.

— Vous croyez ça, Ella ? Personne ?

— Pas sans se faire voir. Quiconque n'est pas autorisé...

Il l'interrompit :

— Pour de l'argent, les gens feraient n'importe quoi.

— Ils n'iraient quand même pas jusqu'à tuer !

— Oh ! que si. Il se pourrait d'ailleurs qu'ils ne se rendent même pas compte qu'il s'agit d'assassinat... Les domestiques...

— Je suis sûre qu'ils vous sont tout dévoués.

— Même Giuseppe ? Je ne sais pas si me fierais beaucoup à Giuseppe dès lors que l'argent entrerait en ligne de compte... Il travaille pour nous depuis un certain temps, c'est vrai, mais...

— Faut-il vraiment que vous vous torturiez ainsi, Jason ?

Il se jeta dans un fauteuil et se pencha en avant, les bras pendant entre les genoux.

— Que faire ? murmura-t-il lentement. Seigneur Dieu, que faire ?

Ella ne disait pas un mot. Elle restait plantée devant lui, à le contempler.

— Elle était heureuse, ici, murmura encore Jason.

Il s'adressait moins à Ella qu'à lui-même. Les yeux baissés, il fixait le tapis entre ses genoux. Les eût-il levés que l'expression de la jeune femme l'aurait sans doute surpris.

— Elle était heureuse, répéta-t-il. Elle aurait donné n'importe quoi pour l'être et elle l'était bel et

bien. Elle le disait ce jour-là, le jour où Mrs Machin-chose...
— Bantry ?
— Oui. Le jour où Mrs Bantry est venue prendre le thé. Elle disait que tout ici était « d'un tel calme ». Elle disait qu'elle avait enfin trouvé son port d'attache, l'endroit où goûter le bonheur et la joie, et où le malheur ne pourrait l'y poursuivre. Seigneur ! ne pourrait l'y poursuivre !
— Heureuse jusqu'à la fin des temps ?
Dans la voix d'Ella transparaissait un soupçon d'ironie :
— Oui, formulé ainsi, cela faisait tout de même passablement conte de fées.
— Quoi qu'il en soit, elle y croyait.
— Mais pas vous, protesta Ella. Vous, vous n'avez jamais cru une seconde que ça se passerait comme ça !
Jason Rudd se laissa aller à sourire :
— Non. Je ne m'étais pas risqué jusque-là. Mais j'étais quand même persuadé que pour un temps — un an, deux ans —, nous connaîtrions une période de calme et de sérénité. Cela aurait pu faire d'elle une autre femme. Cela aurait pu lui donner confiance en elle-même. Elle est capable de bonheur, vous savez. Et quand elle est heureuse, on jurerait une enfant. Je vous assure, une enfant. Et maintenant... il a fallu que ceci lui arrive.
Ella s'agita fiévreusement.
— Les malheurs, c'est le lot de tout un chacun, décréta-t-elle avec brusquerie. La vie est ainsi faite. Il faut savoir encaisser les coups. Certains le peuvent, d'autres pas. Elle est du genre qui ne peut pas.
Elle éternua.
— Votre rhume des foins qui repique au vif ?
— Oui. Au fait, Giuseppe est parti pour Londres.
Jason parut quelque peu surpris :
— Pour Londres ? En quel honneur ?
— Ennuis de famille. Il a des parents à Soho, et l'un d'eux est au plus mal. Il est allé trouver Marina et elle lui a dit que c'était d'accord, ce qui fait que je lui ai donné sa journée. Il sera de retour dans la soirée. Ça ne vous contrarie pas, n'est-ce pas ?

— Non, pas du tout...

Il s'était levé et faisait les cent pas :

— Si seulement je pouvais l'emmener loin d'ici... maintenant... tout de suite...

— Et laisser tomber le film ? Vous n'y pensez pas !

Il haussa la voix :

— Je ne suis plus en mesure de penser à rien d'autre qu'à Marina. Vous ne comprenez pas ça ? Elle est en danger. C'est tout ce à quoi je suis désormais capable de penser.

Elle ouvrit impulsivement la bouche, et puis la referma.

Elle eut un nouvel éternuement étouffé et se leva.

— Je ferais bien d'aller chercher mon atomiseur.

Elle quitta les lieux et se dirigea vers sa chambre. Un nom résonnait en écho dans sa tête :

Marina... Marina... Marina... Encore et toujours Marina...

La colère monta en elle. Elle la réprima. Elle gagna sa salle de bains et prit son atomiseur habituel.

Elle en inséra l'embout dans une de ses narines et pressa.

L'avertissement lui parvint une seconde trop tard... Son cerveau enregistra l'odeur insolite d'amande amère... mais pas à temps pour stopper la pression de ses doigts.

18

Frank Cornish raccrocha son téléphone.

— Miss Brewster s'est absentée de Londres pour la journée, annonça-t-il.

— Tiens donc ! s'exclama Craddock.

— Vous croyez qu'elle...

— Je n'en sais rien. Ça m'étonnerait, mais je n'en sais rien. Et Ardwyck Fenn ?

— Sorti. J'ai laissé un message lui demandant de vous rappeler. Margot Bence, photographe de l'élite, est sur une prise de vues, quelque part à la campagne. La jeune tapette qui lui tient lieu d'associé ne sait pas où au juste... ou prétend ne pas le savoir. Quant au majordome, il a filé à Londres.

— Je me demande s'il n'aurait pas déguerpi pour de bon, marmonna pensivement Craddock. Je me méfie toujours des parents au plus mal. D'où lui venait cette hâte de se précipiter à Londres aujourd'hui ?

— Il aurait facilement pu mettre le cyanure dans l'atomiseur avant de tirer sa révérence.

— N'importe qui aurait pu.

— Je trouve quand même que tout le désigne. Ça n'aurait pas été du tout cuit pour quelqu'un de l'extérieur.

— Pourquoi ça ? Il aurait suffi de choisir son moment. Vous abandonnez votre voiture dans une des allées latérales, vous attendez que tout le monde soit à la salle à manger, par exemple, vous vous faufilez par une fenêtre ouverte et vous grimpez au premier. Les buissons viennent quasiment jusqu'au pied de la maison.

— Sacrément risqué.

— Notre assassin n'a pas froid aux yeux. C'est manifeste depuis le début.

— Nous n'avons pas cessé d'avoir un homme en faction dans le parc.

— Je sais. Mais c'était insuffisant. Tant qu'il n'a été question que de ces lettres anonymes, je ne voyais pas d'urgence à renforcer le dispositif. Marina Gregg elle-même est bien gardée. Et il ne m'était jamais venu à l'esprit que quelqu'un d'autre pouvait être menacé. Je...

Le téléphone sonna. Cornish prit l'appel.

— C'est le *Dorchester*. Mr Ardwyck Fenn est en ligne.

Il tendit le combiné à Craddock qui l'empoigna :

— Mr Fenn ? Craddock à l'appareil.

— Oui. Vous m'aviez appelé, à ce qu'il paraît. Je me suis absenté toute la journée.

— J'ai le regret de vous annoncer, Mr Fenn, que miss Zielinsky est morte ce matin... empoisonnée au cyanure.

— Vraiment ? C'est affreux. Accident ? Ou pas accident ?

— Pas accident. De l'acide prussique avait été introduit dans un atomiseur qu'elle utilisait régulièrement.

— Je vois. Oui, je vois...

Il y eut un léger temps mort. Puis :

— Mais pourquoi, si je puis me permettre, me relancer au bout du fil au sujet de ce drame affreux ?

— Vous connaissiez miss Zielinsky, Mr Fenn ?

— Cela va sans dire. Je la connaissais depuis des années. Mais nous n'étions pas amis intimes.

— Nous espérions que vous pourriez — oh ! éventuellement — nous aider.

— Comment cela ?

— Nous nous demandions si vous ne seriez pas en mesure de nous suggérer un mobile susceptible de nous éclairer sur sa mort. C'est une étrangère ici. Nous en savons très peu sur ses amis, ses relations et sa vie en général.

— M'est avis que Jason Rudd est la personne toute désignée pour vous éclairer en cela.

— Naturellement. Nous l'avons d'ailleurs interrogé. Mais il se pourrait qu'il y ait une vague chance que vous connaissiez à son sujet un détail dont il ignorerait tout.

— Je crains bien que ce ne soit pas le cas. Je ne sais pratiquement rien sur Ella Zielinsky en dehors du fait que c'était une jeune femme remarquable, une secrétaire de premier ordre. Quant à sa vie privée, j'en ignore tout.

— Ainsi donc, vous n'avez aucune suggestion à nous faire ?

Craddock s'attendait à une réponse négative, mais à son intense surprise elle ne vint pas. Au lieu de quoi il y eut un blanc. Ponctué par le souffle soudain plus court d'Ardwyck Fenn à l'autre bout du fil :

— Vous êtes toujours là, inspecteur Craddock ?

— Oui, Mr Fenn. Je ne quitte pas.

— Je viens de décider de vous faire une confidence qui pourra vous aider. Quand vous saurez ce dont il s'agit, vous comprendrez que j'aurais eu toutes les raisons de ne rien vous en dire. Mais j'estime que ç'eût été manquer de sagesse. Les faits sont les suivants. J'ai reçu il y a quelques jours un appel téléphonique. Une voix s'est adressée à moi dans un murmure. Elle disait — je cite maintenant : *Je vous ai vu... Je vous ai vu mettre les comprimés dans le verre... Vous ne saviez pas que vous aviez eu un témoin, n'est-ce pas ? C'est tout pour le moment... très prochainement, vous serez avisé de ce que vous aurez à faire.*

Craddock poussa une exclamation de stupeur.

— Ça vous étonne, hein, Mr Craddock ? Je vous affirme de la manière la plus catégorique que cette accusation était totalement dénuée de fondement. Je n'ai pas mis de comprimés dans le verre de qui que ce soit. Je défie quiconque de prouver le contraire. C'est une idée de bout en bout grotesque. Mais cela tendrait à indiquer que miss Zielinsky se lançait dans une entreprise de chantage.

— Vous avez reconnu sa voix ?

— On ne reconnaît pas un murmure. Mais ce n'en était pas moins Ella Zielinsky.

— Comment le savez-vous ?

— La personne qui murmurait a éternué avant de raccrocher. Je savais que miss Zielinsky souffrait actuellement de rhume des foins.

— Et vous en concluez... quoi ?

— J'en conclus que miss Zielinsky ne s'en était pas prise à la personne qu'il fallait lors de sa première tentative. Mais qu'il est vraisemblable qu'elle ait visé plus juste par la suite. Le chantage peut se révéler dangereux.

Craddock se ressaisit :

— Je me dois de vous remercier pour votre témoignage, Mr Fenn. Pour la forme, il me faudra néanmoins vérifier vos faits et gestes de la journée.

— Mais comment donc ! Mon chauffeur sera à même de vous fournir toutes précisions.

Craddock raccrocha et répéta ce que Fenn venait de lui dire. Cornish laissa échapper un long sifflement :

— Ou bien ça le blanchit de pied en cap. Ou alors...

— Ou alors c'est un fantastique coup de bluff. Pas impossible. Il est du genre à avoir le cran suffisant. S'il existe la moindre chance qu'Ella Zielinsky ait laissé une trace écrite de ses soupçons, cette façon de saisir le taureau par les cornes peut se montrer payante.

— Et pour ce qui est de son alibi ?
— Les faux alibis, on nous en a à l'un comme l'autre opposé bon nombre au cours de notre carrière, sourit Craddock. Il a les moyens de sortir la forte somme pour s'en assurer un bon.

*

Il était minuit passé quand Giuseppe regagna Gossington. Le dernier train desservant la correspondance Much Benham — St Mary Mead étant parti, il avait frété un taxi.

Il nageait en pleine euphorie. Il régla sa course à la grille et emprunta un raccourci à travers les buissons. Il ouvrit la porte latérale avec sa clé. La maison était silencieuse et plongée dans le noir. Giuseppe referma et verrouilla la porte derrière lui. Comme il se dirigeait vers l'escalier menant à son studio privatif avec bain, il remarqua un courant d'air. Une fenêtre ouverte quelque part, sans doute. Il décida de ne pas s'en préoccuper. Il escalada les marches et introduisit sa clé dans la serrure. Il fermait toujours sa porte à double tour. Comme il tournait la clé et poussait le battant, il sentit dans son dos la pression brutale d'une embouchure cylindrique. Et une voix lui intima :

— Mains en l'air et pas un mot.

Giuseppe s'empressa de lever les mains. Pas question de jouer au plus fin. Manque de chance, les dés étaient pipés.

On appuya sur la détente... une fois... deux fois.
Giuseppe tomba en avant...

*

Bianca releva la tête de sur son oreiller.

Est-ce que ça n'avait pas été un coup de feu ?... Elle était presque sûre d'avoir entendu un coup de feu... Elle attendit quelques minutes. Et puis elle conclut qu'elle s'était trompée et reposa sa tête sur l'oreiller.

— C'est trop affreux ! haleta miss Knight.
Elle posa ses paquets et souffla comme un phoque.
— Il est arrivé un accident ? s'enquit miss Marple.
— Je m'en voudrais de vous parler de ça, mon chou, je m'en voudrais vraiment. Ça pourrait vous causer un choc.
— Si ce n'est pas vous qui le faites, la prévint miss Marple, quelqu'un d'autre s'en chargera.
— Mon Dieu, mon Dieu, ce n'est hélas pas faux, déplora miss Knight. Oh ! que non. Les gens, tous autant qu'ils sont, parlent trop, à ce qu'on dit. Et je crois bien qu'il y a du vrai là-dedans. Je ne répète jamais rien, moi. Je m'en garde bien.
— Vous disiez, insista miss Marple, que quelque chose d'assez épouvantable était arrivé ?
— Ça m'a cassé bras et jambes, pantela miss Knight. Vous êtes sûre que vous ne sentez pas le courant d'air de cette fenêtre, mon pauvre chou ?
— J'aime bien un peu de fraîcheur, se défendit miss Marple.
— Ah ! mais il ne faudrait pas que nous soyons vilaine et que nous prenions froid ! caqueta miss Knight, primesautière. Je vais vous dire quoi. Je vais faire une petite trotte jusqu'à la cuisine et vous préparer un bon petit lait de poule. Ça nous fera plaisir, non ? Nous aimons ça !
— Je ne sais pas si *vous* aimez cela, rétorqua miss Marple. Mais *je* serais ravie pour *vous* que *vous* en preniez si cela *vous* fait plaisir.
— Ecoutez-nous ça ! Ecoutez-nous ça ! gloussa miss Knight en secouant l'index. Nous ne résistons pas à notre petite plaisanterie habituelle, n'est-ce pas ?
— Mais vous alliez me dire quelque chose, protesta miss Marple.
— Allons, allons, ne vous mettez pas martel en tête au sujet de ces horreurs, décréta miss Knight, et il ne faudrait surtout pas que vous laissiez l'agitation vous gagner à ce propos parce que je donnerais ma tête à couper que ça n'a rien à voir avec *nous*. Mais

avec tous ces gangsters américains et tout, j'imagine qu'il n'y a plus à s'étonner de rien.

— Quelqu'un d'autre a été tué, pronostiqua miss Marple. C'est bien cela, n'est-ce pas ?

— Oh ! quelle petite futée vous faites, mon chou ! Je ne sais pas ce qui a pu vous faire germer cette idée-là dans la tête.

— En réalité, murmura miss Marple, je m'y attendais.

— Pas possible ! s'exclama miss Knight.

— Il y a toujours quelqu'un qui voit quelque chose, énonça miss Marple, seulement il lui faut parfois un certain temps pour saisir de quoi il retourne. Qui est-ce qui a été tué ?

— Le majordome italien. Il a été abattu la nuit dernière.

— Je vois, fit pensivement miss Marple. Oui, c'est dans l'ordre des choses, bien sûr, mais j'aurais cru qu'il avait compris depuis un petit moment l'importance de ce qu'il avait vu...

— Vraiment ! s'ébaubit miss Knight, vous en parlez comme si vous saviez tout sur la question. Pourquoi fallait-il donc qu'il soit tué ?

— Sans doute, médita miss Marple, parce qu'il essayait de faire chanter quelqu'un.

— Il était allé à Londres, hier, à ce qu'il paraîtrait.

— Tiens donc ! C'est très intéressant, jugea miss Marple, et très révélateur aussi, m'est avis.

Miss Knight s'en fut à la cuisine dans la louable intention d'y concocter des breuvages revigorants. Restée seule, miss Marple s'abîma dans ses pensées jusqu'à ce qu'elle en soit arrachée par le vrombissement de l'aspirateur, secondé par la voix de Cherry chantant à tue-tête le dernier succès du moment : *« J't'e l'ai dit à toi et tu m'l'as dit à moi. »*

Miss Knight passa la tête par la porte de la cuisine :

— Pas tant de tapage, je vous prie, Cherry. Vous ne voudriez pas incommoder miss Marple, n'est-ce pas ? Vous auriez tort de vous laisser aller au manque d'égards, vous savez !

Sur quoi elle referma la porte cependant que

Cherry prenait la terre entière à témoin de son indignation :

— Et qui est-ce qui t'a permis de m'appeler par mon prénom, espèce de vieux tas de gélatine dégoulinant ?

L'aspirateur continua donc de vrombir tandis que Cherry reprenait sa chanson sur un ton plus mesuré.

Miss Marple l'appela de sa voix claire et haut perchée :

— Venez ici une minute, Cherry.

Cherry arrêta l'aspirateur et ouvrit la porte du salon :

— Je n'ai pas fait exprès de vous déranger en chantant, miss Marple.

— Vos chansons sont beaucoup moins désagréables que le bruit affreux de cet aspirateur, la rassura miss Marple. Mais je sais bien qu'on doit vivre avec son temps. Il ne servirait de rien que je vous demande à vous ou à l'une quelconque de vos contemporaines de vous servir d'une balayette et d'un ramasse-poussière comme on en usait au bon vieux temps.

— Quoi ? Qu'on se mette à quatre pattes avec ces trucs-là ?

Cherry manifestait tous les signes de la stupeur et de l'appréhension.

— Suggestion inouïe, je sais, convint la vieille demoiselle. Entrez et refermez la porte. Si je vous ai appelée, c'est que je voulais vous parler.

Cherry obtempéra et s'approcha.

— Le temps nous est compté, la prévint miss Marple. Cette vieille... — miss Knight, veux-je dire — va rappliquer d'une minute à l'autre avec je ne sais quelle mixture à base de jaune d'œuf.

— Ça vous fera peut-être du bien. Ça peut vous requinquer, commenta Cherry, soucieuse de se montrer encourageante.

— Aviez-vous entendu dire, la coupa miss Marple, que le majordome de Gossington avait été abattu la nuit dernière ?

— Quoi ? Le métèque ? Au manoir ?

— Oui. Il s'appelait Giuseppe, si je ne m'abuse.

— Non, déplora Cherry, je n'avais pas entendu ça.

Tout ce que je m'étais laissé dire, c'est que la secrétaire de Mr Rudd avait eu une crise cardiaque hier, même que quelqu'un a ajouté qu'elle était tout ce qu'il y a de morte... mais ça je suis persuadée que c'était bobards et compagnie. Qui vous a raconté cette histoire de majordome ?

— C'est miss Knight qui est revenue me le dire.

— Evidemment, je n'ai croisé personne à qui parler, en venant ici ce matin, avoua Cherry. A croire que la nouvelle vient seulement de se répandre. Est-ce qu'il a passé l'arme à gauche ?

— Cela semble implicite, à tort ou à raison, je ne sais trop.

— Ce patelin est sensationnel pour ce qui est des racontars, s'émerveilla Cherry. Je me demande si Gladys avait réussi à le voir ou non, ajouta-t-elle, pensive.

— Gladys ?

— Oh ! une espèce de copine que j'ai. Elle habite à trois pas de chez moi. Elle travaille à la cantine des studios.

— Et elle vous avait parlé de Giuseppe ?

— Eh bien il y avait un truc qui lui avait paru assez marrant et elle devait aller lui demander ce qu'il en pensait. Mais si vous voulez que je vous dise, c'était rien qu'un prétexte — elle a un gros faible pour lui. Bien sûr, il était très bel homme et puis ces Italiens en connaissent un rayon... même que je lui avais dit de veiller au grain. Vous savez comment ils sont chauds lapins.

— Il s'était rendu à Londres hier, souligna miss Marple, et n'était rentré que tard dans la soirée, d'après ce que j'ai compris.

— Je me demande si elle s'était débrouillée pour le voir avant qu'il s'en aille...

— Pourquoi voulait-elle le voir, Cherry ?

— Je vous l'ai dit, c'était juste à propos d'un truc qu'elle avait trouvé un peu marrant, répondit Cherry.

Miss Marple la considéra d'un air interrogateur. Elle était à même de concéder à l'adjectif « marrant » le sens que lui accordaient d'ordinaire toutes les Gladys du voisinage.

— Elle faisait partie des filles qui donnaient un

coup de main pour la réception, expliqua Cherry. Le jour de la fête. Vous savez bien, quand ça a été aussi celle de Mrs Badcock.

— Ah bon ?

Miss Marple paraissait soudain avoir plus que jamais repiqué au vif. Elle n'allait pas évoquer un fox-terrier face à un trou à rats.

— Et c'est là qu'elle a vu un truc qui lui a paru assez marrant.

— Pourquoi n'est-elle pas allée le dire à la police ?

— Ben, parce qu'elle ne pensait pas vraiment que ça avait une signification quelconque, expliqua Cherry. Et puis, de toute façon, elle préférait demander d'abord son avis à Mr Giuseppe.

— Qu'est-ce qu'elle avait bien pu voir ce jour-là ?

— Franchement, ce qu'elle m'en a dit m'a semblé n'avoir ni queue ni tête ! Je me suis même demandé si elle ne me menait pas en bateau... et si elle n'allait pas trouver Mr Giuseppe pour quelque chose de totalement différent.

Miss Marple était patiente mais surtout obstinée :

— Qu'est-ce qu'elle vous a dit *au juste* ?

Cherry plissa le front :

— Elle parlait de Mrs Badcock et du cocktail, et elle m'a dit qu'elle se trouvait tout près à ce moment-là. Et puis elle a ajouté qu'elle l'avait fait elle-même.

— Qu'elle avait fait quoi elle-même ?

— Renverser son cocktail sur sa robe et toute la gâcher.

— Vous voulez parler d'un geste maladroit ?

— Non, aucune maladresse là-dedans. Gladys m'a bien dit qu'elle l'avait fait *exprès*... que c'était *prémédité*. Ça ne tient pas debout, quoi ! Par quelque bout qu'on le prenne !

Miss Marple dodelina de la tête, perplexe :

Bien évidemment non... non, je ne vois pas quel sens cela pourrait avoir.

— Surtout qu'elle portait une robe neuve, insista Cherry. C'est même comme ça que le sujet est venu sur le tapis. Gladys se demandait si elle ne pourrait pas la racheter. Elle disait que les taches se nettoieraient très bien, seulement elle ne savait pas trop comment aller demander ça toute seule à Mr Badcock. Elle est très forte en couture, Gladys, et elle disait que le tissu était sensationnel. Du taffetas artificiel bleu roi. Et elle disait aussi que même si l'étoffe était après tout fichue à l'endroit des taches, elle pourrait défaire les coutures et, comme c'était une de ces jupes amples, reprendre l'ensemble sur une demi-largeur.

Miss Marple s'abîma un instant dans cet épineux problème de confection en chambre avant de s'en extraire avec détermination :

— Mais vous estimez que votre amie Gladys a pu garder quelque chose pour elle ?

— Je me le suis demandé parce que je ne comprends pas... Si c'est tout ce qu'elle a vu — Heather Badcock en train de renverser consciencieusement son cocktail sur sa robe —, je ne comprends pas pourquoi il aurait fallu demander à Mr Giuseppe son avis sur la question, vous si ?

— Non, je ne comprends pas non plus, soupira miss Marple. Mais c'est toujours intéressant de ne pas comprendre, ajouta-t-elle. Quand vous ne comprenez pas la signification d'un détail quelconque, c'est généralement parce que vous ne l'avez pas envisagé sous le bon angle, à moins, bien sûr, que ce ne soit parce que vous n'avez pas bénéficié de l'information complète. Ce qui est probablement le cas ici.

Elle soupira de plus belle :

— C'est dommage qu'elle ne soit pas allée tout droit à la police.

La porte s'ouvrit et miss Knight entra fort affairée, portant comme le saint sacrement une timbale couronnée d'exquise mousse jaune pâle.

— Voilà, voilà, voilà notre bonne petite récompense ! roucoula-t-elle. Nous allons nous régaler !

Elle tira une table basse et la plaça près de sa patronne. Puis elle affronta Cherry du regard :

— L'aspirateur est resté en plan dans une situation fort incommode au beau milieu du hall. J'ai été à deux doigts de la chute. *Quelqu'un* pourrait avoir un accident.

— Pigé, capitula Cherry. Je ferais bien d'aller continuer.

Elle quitta les lieux.

— Vraiment, protesta miss Knight, cette Mrs Baker ! Il me faut passer mon temps à lui faire des remontrances sur tout et le reste. Ça vous laisse les aspirateurs dans tous les coins, ça s'introduit chez vous pour papoter quand vous avez envie qu'on vous laisse bien tranquille...

— C'est moi qui lui avais dit d'entrer, tint à préciser miss Marple. Je voulais lui parler.

— Eh bien j'espère que vous lui avez touché un mot sur la façon dont les lits sont faits. J'ai été horrifiée quand je suis montée faire votre couverture hier au soir. Il m'a fallu refaire le lit de fond en comble.

— Vous n'auriez pas dû, c'est trop gentil de votre part, murmura miss Marple, la tête ailleurs.

— Oh ! je ne rechigne jamais à la peine, moi, se rengorgea miss Knight. C'est bien pour ça que je suis ici, n'est-ce pas ? Pour faire en sorte que certaine personne de notre connaissance soit aussi à l'aise et dorlotée que possible. Oh ! mon Dieu, mon Dieu, se désola-t-elle, nous avons encore détricoté presque tout notre ouvrage !

Miss Marple se laissa aller en arrière et baissa les paupières.

— Je vais faire un petit somme, dit-elle. Posez cette timbale ici... merci. Et, je vous en conjure, ne venez pas me déranger avant trois bons quarts d'heure d'horloge.

— Je m'en garderai bien, mon pauvre chou, jura miss Knight. Et je vais dire à cette Mrs Baker que je ne tolérerai pas le moindre bruit.

Elle sortit d'un pas martial, comme on part en croisade.

*

Le jeune et bel Américain regarda autour de lui d'un air un peu perdu.

Les méandres du lotissement le plongeaient dans la perplexité.

Il s'adressa fort civilement à une vieille personne aux cheveux de neige et aux joues roses qui semblait le seul être humain en vue.

— Pardonnez-moi, madame, mais pourriez-vous me dire où se trouve le clos Blenheim ?

La vieille personne le dévisagea un instant. Il commençait à se demander si elle n'était pas sourde et s'apprêtait à répéter sa question un ton au-dessus quand elle lui répondit :

— Prenez là à droite, tournez dans la première à gauche, puis dans la seconde une fois encore à droite et continuez tout droit. Vous cherchez quel numéro ?

— Le 16.

Il consulta un papier :

— Gladys Dixon.

— C'est bien ça, acquiesça la vieille personne. Mais je crois qu'elle travaille aux Studios Hellingforth. A la cantine. Vous la trouverez plus facilement là-bas.

— Elle ne s'y est pas présentée ce matin, expliqua le jeune homme. Je voudrais la persuader de venir nous donner un coup de main au manoir de Gossington. Nous y sommes très à court de personnel, ce matin.

— Bien sûr, compatit la vieille personne. Avec cela que le majordome a été tué par balle la nuit dernière, n'est-ce pas ?

Le jeune homme fut quelque peu désarçonné par cette réponse :

— Les nouvelles circulent vite, dans les parages, dites-moi !

— C'est bien vrai, reconnut la digne vieille. La secrétaire de Mr Rudd est morte d'une sorte de crise cardiaque hier aussi, si je ne m'abuse.

Elle dodelina de la tête :

— Ah ! c'est affreux. Réellement affreux. Où allons-nous, je vous le demande !

20

Un peu plus tard ce même jour, un autre visiteur encore se tailla son chemin jusqu'au 16, clos Blenheim. Le sergent de police William (Tom) Tiddler.

En réponse à ses coups impératifs frappés dans le battant jaune canari, la porte lui fut ouverte par une gamine d'une quinzaine d'années. Elle avait de longs cheveux blonds épars et portait un sweater orange sur un pantalon noir moulant.

— Miss Gladys Dixon habite bien ici ?
— Vous voulez Gladys ? Manque de chance, elle est pas là.
— Où est-elle ? Sortie pour la soirée ?
— Non. Elle est partie. Quéqu'chose comme des vacances.
— Elle est allée où ?
— Allez savoir.

Tom Tiddler se fendit de son sourire le plus engageant :

— Je peux entrer ? Votre mère est à la maison ?
— M'man est au boulot. Elle sera pas là avant 7 heures et demie. Mais elle pourra pas vous en dire plus que moi. Gladys est partie en vacances, un point c'est tout.
— Elle est partie quand ?
— Ce matin. Même que ça s'est fait en coup de vent. Elle a dit comme ça qu'elle avait l'occasion de faire le voyage à l'œil.
— Ça vous ennuierait vraiment de me donner son adresse ?

La blonde enfant secoua la tête :

— Je l'ai pas. Gladys a dit qu'elle nous l'enverrait quand c'est qu'elle saurait où elle allait débarquer. Mais, aussi bien, elle le fera pas. L'été dernier, elle est allée à Newquay et elle nous a même pas envoyé une carte postale. Elle est flemmarde, pour ce qui est de ça, et puis, comme elle dit, pourquoi il faut que les mères soyent toujours pendues à vos basques ?
— Est-ce que quelqu'un les lui a offertes, ces vacances ?
— Probable, estima la fille. Elle est plutôt fauchée, ces temps-ci. Faut dire qu'il y a eu les soldes, la semaine dernière.
— Et vous ne voyez pas non plus qui a pu lui faire cadeau de ce voyage ou... euh... la payer pour qu'elle l'accompagne quelque part ?

La fille se hérissa aussitôt :

— Allez pas imaginer des cochonneries. C'est pas le genre de Gladys. D'accord, son petit ami et elle, ils aiment bien aller passer leurs vacances du mois d'août tous les deux dans le même endroit, mais il y a pas de mal à ça. Elle paie sa part. Alors allez pas vous faire des idées, non mais !

Tiddler affirma humblement qu'il ne se ferait pour rien au monde des idées mais qu'il aimerait en revanche beaucoup avoir l'adresse de Gladys si toutefois celle-ci envoyait une carte postale.

Il regagna le poste de police avec le résultat de ses diverses enquêtes. Des studios, il avait appris que Gladys Dixon avait téléphoné le jour même pour signaler qu'elle ne serait pas en mesure de revenir travailler avant une semaine environ. Il avait en outre glané un certain nombre de renseignements annexes.

— Il y a eu dernièrement là-bas un souk de tous les diables, expliqua-t-il. Il ne se passe pas une journée sans que Marina Gregg y aille de sa crise d'hystérie. Ça a commencé quand elle a hurlé que le café qu'on lui servait était empoisonné. Elle l'avait trouvé amer. Ça l'a bien entendu mise dans tous ses états. Son mari a raflé la tasse, l'a vidée dans un lavabo et lui a conseillé de faire un peu moins de salades.

— Oui ? relança Craddock à qui il semblait évident que le principal restait encore à venir.

— Eh bien le bruit a couru les studios que Mr Rudd n'avait en réalité pas jeté le tout. Qu'il en avait gardé assez pour le faire analyser, et que l'analyse avait révélé qu'il y avait bel et bien du poison.

— Ça me paraît bien improbable, décréta Craddock. Mais il va quand même falloir que j'aille lui demander le fin mot de tout ça.

*

Jason Rudd était nerveux et se montra irritable :

— Vous n'allez pas me reprocher, inspecteur, une mesure que j'étais parfaitement en droit de prendre.

— Si vous aviez le moindre soupçon à propos de ce café, Mr Rudd, la meilleure solution consistait à nous en soumettre un échantillon, à nous.

— Le fond du problème, c'est que je n'avais sur le moment rien soupçonné du tout.
— En dépit du fait que votre épouse ait dit qu'il avait un goût bizarre ?
— Oh, ça !
Un sourire d'une infinie tristesse vint adoucir les traits du cinéaste :
— Depuis le jour de la fête, tout ce que ma femme mange ou boit a un drôle de goût. Entre ça et les lettres de menaces que nous recevons...
— Il en est arrivé d'autres ?
— Deux de plus. Une ici même, par la fenêtre. L'autre a été glissée dans la boîte aux lettres. Les voici, si vous souhaitez y jeter un coup d'œil.
Craddock les examina. Elles étaient tapées à la machine, comme l'avait été la première. L'une disait :
Prépare-toi. Ça ne va plus tarder.
Sur l'autre, un crâne et deux tibias en croix grossièrement dessinés étaient accompagnés de la mention :
Comment te trouves-tu comme ça, Marina ?
Craddock releva les yeux :
— Très puéril.
— Ce qui revient à dire que vous leur déniez tout caractère dangereux ?
— Pas du tout, s'en défendit Craddock. L'âge mental d'un assassin se situe généralement assez bas. Vous n'avez vraiment aucune idée, Mr Rudd, de qui a pu envoyer ça ?
— Pas la moindre, affirma Jason. Je ne peux pas m'empêcher de trouver que ça ressemble davantage à une plaisanterie macabre qu'à autre chose. Je me dis que peut-être...
Il hésita.
— Oui, Mr Rudd ?
— Il pourrait peut-être s'agir de quelqu'un du pays qui... auquel le premier assassinat, le jour de la fête, aurait donné des idées. Quelqu'un, peut-être bien, qui nourrirait de sérieux griefs à l'encontre du métier d'acteur. Dans certains bleds arriérés, on considère encore les comédiens en général comme des suppôts de Satan.
— Vous estimeriez donc que miss Gregg n'est pas

personnellement visée ? Mais alors comment expliquez-vous l'épisode du café ?

— Je ne sais même pas comment vous êtes au courant de cette histoire, récrimina Rudd, exaspéré.

Craddock secoua la tête :

— Tout le monde en a parlé. Ça devait bien finir par nous revenir aux oreilles. Mais vous auriez dû nous alerter. Or, même quand vous avez reçu les résultats positifs de l'analyse, vous ne l'avez pas fait.

— Non, reconnut Jason. Non, je ne l'ai pas fait. Mais j'avais d'autres soucis en tête. La mort de cette pauvre Ella, d'abord. Et maintenant toute cette affaire autour de Giuseppe. Quand pourrai-je emmener ma femme loin d'ici, inspecteur ? Elle va craquer.

— Je le conçois très bien. Mais il va falloir vous rendre l'un et l'autre à l'enquête.

— Vous rendez-vous compte que sa vie est toujours en danger ?

— Je veux croire que non. Toutes les précautions seront prises...

— Toutes les précautions ! Je crois bien avoir déjà entendu ça... Il faut que je l'emmène loin d'ici, Craddock. *Il le faut.*

*

Marina était dans sa chambre, étendue sur une chaise longue, paupières closes. Fatigue et tension nerveuse lui avaient fait le teint gris.

Son mari resta un moment à la contempler avant qu'elle n'ouvre les yeux :

— C'était ce Craddock ?
— Oui.
— Il était venu pour quoi ? Ella ?
— Ella... et Giuseppe.

Marina fronça le sourcil :

— Giuseppe ? Ils ont découvert qui lui avait tiré dessus ?
— Pas encore.
— Quel cauchemar... Est-ce qu'il a dit que nous pouvions partir ?
— Il a dit... pas encore.
— Pourquoi ça ? Il le faut pourtant. Tu ne lui as

pas fait comprendre que je ne pouvais pas continuer à attendre jour après jour que quelqu'un vienne me tuer ? Mais c'est inimaginable !

— Toutes les précautions seront prises.

— Ils l'avaient déjà dit. Est-ce que ça a empêché Ella de se faire assassiner ? Ou Giuseppe ? Est-ce que tu ne te rends pas compte qu'ils finiront par m'avoir moi aussi... Il y avait quelque chose dans mon café, l'autre jour, aux studios. Je suis sûre qu'il y avait quelque chose... Si seulement tu ne l'avais pas jeté ! Si nous l'avions gardé, nous aurions pu le faire analyser ou Dieu sait comment on appelle ça. Nous aurions su en toute certitude...

— Ça t'aurait rendue plus heureuse, d'avoir une certitude ?

Elle le dévisagea d'un air hagard, pupilles dilatées :

— Je ne comprends pas où tu veux en venir. S'ils avaient été convaincus que quelqu'un essayait de m'empoisonner, ils nous auraient laissés partir d'ici, ils nous auraient laissés nous en aller.

— Pas forcément.

— Mais je ne peux pas continuer comme ça ! Je ne peux pas... Je ne peux pas... Il faut que tu m'aides, Jason. Il faut que tu fasses *quelque chose*. J'ai peur. J'ai si effroyablement peur... J'ai un ennemi, ici. Et je ne sais pas qui c'est... Ça peut être n'importe qui... n'importe qui. Aux studios... ou ici, dans la maison. Quelqu'un qui me hait... mais pourquoi ?... pourquoi ?... Quelqu'un qui veut me voir morte... Mais qui est-ce ? Qui est-ce ? J'ai cru... j'en étais presque sûre... qu'il s'agissait d'Ella. Mais maintenant...

— Tu croyais qu'il s'agissait d'Ella ? répéta Jason, sidéré. Mais pourquoi ?

— Parce qu'elle me haïssait... oh ! oui, elle me haïssait. Les hommes ne voient-ils donc jamais ces choses-là ? Elle était follement amoureuse de toi. Je ne crois pas que tu en aies jamais eu la moindre idée. Mais ça ne peut pas être Ella, parce qu'Ella est morte. Oh ! Jinks, Jinks... aide-moi, je t'en conjure... emmène-moi loin d'ici... emmène-moi dans un endroit où je ne risquerai plus rien... plus rien...

Elle se leva d'un bond et se mit à marcher de long en large en se tordant les mains.

Le metteur en scène en Jason s'emplit les yeux de cette prodigieuse gestuelle exprimant si bien les affres de la douleur. Il faudra que je replace ça, songea-t-il. Dans *Hedda Gabler*, peut-être ? Et puis, avec un haut-le-corps, il réalisa soudain que c'était sa femme qu'il était en train de contempler ainsi.

— Calme-toi, Marina... Calme-toi. Je veillerai sur toi.

— Quittons cette horrible maison... quittons-la tout de suite. Je la hais, cette maison... je la hais.

— Allons, nous ne pouvons pas partir immédiatement.

— Pourquoi ? *Pourquoi ?*

— Parce que la mort engendre des complications... et puis il est un autre point à prendre en compte. Fuir arrangerait-il les choses ?

— Evidemment ! On s'éloignerait de cette personne qui me hait.

— S'il est quelqu'un qui te hait à ce point, en quoi cela l'empêcherait-il de te suivre ?

— Tu veux dire... tu veux dire... que je ne pourrai *jamais* m'échapper ? Que je ne serai jamais à l'abri ?

— Chérie... tout va s'arranger. Je veillerai sur toi. Je te protégerai.

Elle se cramponna à lui :

— Tu le feras, Jinks ? Tu feras en sorte que rien ne puisse m'arriver ?

Elle s'affaissa contre lui et il l'aida à regagner sa chaise longue.

— Oh ! je suis lâche, murmura-t-elle, je suis lâche... Si seulement je savais de *qui* il s'agit... et pourquoi... Apporte-moi mes pilules... les jaunes... pas les marron... Il faut que je prenne quelque chose pour me calmer.

— N'en prends pas trop, je t'en supplie, Marina.

— D'accord... d'accord... Quelquefois, elles ne me font plus aucun effet...

Elle le regarda dans les yeux. Et elle lui sourit, d'un tendre et merveilleux sourire :

— Tu vas prendre soin de moi, Jinks ? Jure-le, que tu vas prendre soin de moi...

— Toujours, dit Jason. Jusqu'à la fin des fins, quelque amère qu'elle puisse être.

Elle ouvrit tout grands les yeux :
— Tu as fait une tête si... si bizarre, en disant ça.
— Ah bon ? Bizarre comment ?
— Je ne crois pas que je saurai t'expliquer. Comme... comme un clown qui rirait à quelque chose de terriblement triste et que personne d'autre que lui n'a vu...

21

Ce fut un inspecteur Craddock fatigué et déprimé qui vint rendre visite à miss Marple le lendemain.
— Asseyez-vous et mettez-vous à votre aise, lui dit cette dernière. Je vois que vous avez eu une rude semaine.
— Je n'aime pas cette sensation de défaite, maugréa l'inspecteur Craddock. Deux nouveaux meurtres en vingt-quatre heures. Je suis plus nul que je ne pensais. Donnez-moi une bonne tasse de thé, tante Jane, avec de fines rôties de pain beurré, et bercez-moi de vos souvenirs de St Mary Mead au bon vieux temps.

Miss Marple fit claquer sa langue en signe de commisération, mais n'en exprima pas moins le fond de sa pensée :
— Rien ne justifie cependant que vous parliez comme ça, mon cher garçon, et je ne crois pas *du tout* que des rôties de pain beurré soient ce qu'il vous faut. En outre les messieurs, lorsque leur surviennent des désagréments, ont besoin de nettement plus corsé que le thé.

Comme à son habitude, miss Marple avait usé du vocable « messieurs » comme on le fait pour désigner d'étranges espèces inconnues :
— Et je vous conseillerais plutôt un bon whisky bien tassé avec une larme de soda.
— Vous iriez jusque-là, tantine ? En ce cas, je ne dirai pas non.
— Je vais vous le chercher moi-même, dit miss Marple en se mettant sur ses pieds.

— Non ! Ne vous donnez pas cette peine. Je m'en charge. A moins que miss Je-ne-sais-trop-quoi...

— Pas question que miss Knight vienne faire des embarras ici, décréta miss Marple. Elle ne m'apportera pas mon thé avant vingt minutes, ce qui nous autorise un minimum de paix et de tranquillité. Très judicieux de votre part, d'être venu à la fenêtre au lieu d'aller sonner à la porte d'entrée. Nous avons ainsi un peu de temps devant nous.

Elle gagna un buffet d'angle, l'ouvrit et en sortit une bouteille, un siphon d'eau de Seltz et un verre.

— Vous me surprendrez toujours, s'émerveilla Dermot Craddock. Je n'aurais jamais soupçonné ce que renfermait votre placard d'angle. Etes-vous bien sûre de ne pas boire en cachette, tante Jane ?

— Allons, allons ! l'admonesta miss Marple. Je ne me suis jamais faite l'avocate de l'antialcoolisme. Il est toujours recommandé d'avoir chez soi quelques boissons fortes en cas d'émotion violente ou d'accident. C'est souverain dans ce genre de circonstances. Ou, bien sûr, pour le cas où un monsieur se présenterait inopinément. Tenez ! conclut miss Marple en lui tendant ce remède à sa façon d'un air de triomphe modeste. Et assez de plaisanteries sur la question. Contentez-vous de vous asseoir tranquillement et de vous détendre.

— Que de merveilleuses épouses ne devait-on pas trouver au temps de votre jeunesse folle ! soupira Dermot Craddock.

— Je suis sûre, mon cher garçon, que le type de jeune femme auquel vous faites allusion vous paraîtrait faire aujourd'hui une compagne bien inadéquate. Les progrès de l'intellect n'étaient pas encouragés chez les jeunes personnes et peu d'entre elles acquéraient des diplômes universitaires, voire quelque distinction académique que ce soit.

— Il est des vertus qui valent mieux que vos distinctions académiques, répliqua Dermot. Et l'une d'elles consiste à savoir quand un homme a réellement besoin d'un whisky soda et de le lui servir.

Miss Marple lui sourit avec affection :

— Allez, racontez-moi tout. Ou du moins tout ce que vous avez l'autorisation de me raconter.

— Vous en savez sans doute autant que moi. Et, selon toute probabilité, vous dissimulez de surcroît quelques cartes dans votre manche. *Quid* de votre chien de garde, votre bien-aimée miss Knight ? Que diriez-vous d'elle en meurtrière récidiviste ?

— Allons, voyons, pourquoi miss Knight se serait-elle livrée à de tels actes ? se récria miss Marple, incrédule.

— Parce qu'elle est la dernière personne à laquelle on irait penser, répondit Dermot. Ça a l'air de tenir si bien la route, quand vous vous lancez dans vos explications.

— Jamais de la vie ! protesta miss Marple avec fougue. J'ai toujours dit et répété, et pas seulement à vous, mon cher Dermot — s'il m'est toutefois permis de vous appeler ainsi — que le suspect le plus *évident* est invariablement celui qui a commis le crime. Et le fait que l'on pense si souvent à la femme ou au mari tient à ce que, la plupart du temps, c'est en effet la femme ou le mari.

— A savoir, en l'occurrence, Jason Rudd ? fit-il en secouant la tête. Ce type adore Marina Gregg.

— Ma remarque était d'ordre général, répliqua miss Marple dans un sursaut de dignité. On a d'abord cru que Mrs Badcock était personnellement visée. On s'est donc demandé qui avait pu faire le coup et la réponse la plus plausible a tout naturellement été le mari. Force a donc été de creuser cette piste. Et puis nous sommes arrivés à la conclusion que la cible réelle de l'assassin était Marina Gregg, et, là encore, il nous a fallu déterminer quelle était la personne la plus intimement liée à Marina Gregg, en commençant comme je l'ai dit par le mari. Parce qu'il ne fait pas de doute que les maris éprouvent très fréquemment l'envie de tordre le cou de leur épouse, encore qu'il arrive parfois qu'ils ne fassent qu'en *rêver* et se gardent bien de passer à l'acte. Mais je suis d'accord avec vous, mon cher garçon, que Jason Rudd aime vraiment Marina Gregg de tout son cœur. Il se *pourrait* qu'il simule en réalité ce sentiment, mais j'ai peine à le croire. Et je ne vois aucun motif d'aucune sorte pour qu'il puisse désirer s'en débarrasser. Voudrait-il en épouser une autre qu'il n'y aurait, m'est avis, rien de plus simple. Chez les stars de cinéma, le divorce semble, si j'ose dire, une seconde nature. Un quelconque avantage financier ne semblerait pas non plus en découler. Il n'est, et de fort loin, pas dans le besoin. Il mène sa propre carrière, dans l'exercice de laquelle il remporte, si mes renseignements sont bons, beaucoup de succès. Il nous faut donc chercher plus loin. Mais ce n'est pas facile. Non, vraiment pas facile.

— Et ça l'est d'autant moins pour vous, compatit Craddock, que cet univers cinématographique vous est totalement étranger. Vous en ignorez la complexité et les scandales internes.

— J'en sais tout de même un peu plus long que vous ne l'imaginez, tint à rectifier miss Marple. J'ai épluché quelques numéros de *Confidential*, *Film Life*, *Film Talk* et *Film Topics*.

Dermot Craddock éclata de rire. Ç'avait été plus fort que lui :

— La perspective de vous entendre me détailler votre immersion littéraire me met en joie.

— J'ai trouvé cela très intéressant, avoua miss Marple. Ces revues ne brillent certes pas par le style, mais il est confondant de constater à quel point rien n'a changé depuis mes vertes années. Depuis *Modern Society*, *Tit Bits* et autres. Une pluie de ragots. Un déluge de scandales. Une préoccupation essentielle : qui est amoureux de qui ? Et le tout à l'avenant. En somme, voyez-vous, une situation pratiquement identique à celle que nous connaissons à St Mary Mead. Ou au Développement. L'être humain, pour en revenir à mon dada, est partout le même. Ce qui nous ramène à la question de savoir qui pourrait vouloir la mort de Marina Gregg, la vouloir avec assez de force pour qu'après un premier échec et un envoi de lettres de menaces, une nouvelle tentative soit encore effectuée. Quelqu'un, peut-être, d'un peu...

Elle se tapota le front.

— Oui, convint Craddock. Ça semble évident. Mais bien sûr, cela ne se porte pas toujours sur la figure.

— A qui le dites-vous ! acquiesça miss Marple

avec ardeur. Le fils cadet de notre vieille Mrs Pike, Alfred, *avait l'air* tout à fait normal et raisonnable. Presque lamentablement terre à terre, si vous voyez ce que j'entends par là. Et il semble pourtant bien qu'il était fou à lier. Un danger public. Depuis qu'il est à l'asile d'aliénés, il paraît heureux et épanoui, d'après ce que m'a dit Mrs Pike. On le comprend, là-bas, et les médecins trouvent que c'est un cas fascinant. Ce qui l'enchante, bien évidemment, ce garçon. Oui, tout est bien qui finit bien, mais la malheureuse l'a une ou deux fois échappé belle.

Craddock passa mentalement en revue l'entourage de Marina Gregg dans l'espoir d'y trouver le pendant du fils cadet de Mrs Pike.

— Le majordome italien, poursuivit miss Marple, celui qui a été tué. Il était allé à Londres, si je ne m'abuse, le jour de sa mort. Quelqu'un sait-il ce qu'il y avait fait... si toutefois il vous est permis de me le confier, bien entendu, ajouta-t-elle vertueusement.

— Il est arrivé à Londres à 11 h 30 du matin, la renseigna Craddock. Et ce qu'il y a fait demeure un point d'interrogation jusqu'à 2 heures moins le quart, heure à laquelle il est allé déposer à sa banque 500 livres en espèces. J'ajouterai que rien n'est venu corroborer son histoire de visite à un parent malade. Aucun membre de sa famille ne l'a vu ce jour-là.

Miss Marple hocha la tête avec satisfaction :

— Cinq cents livres... Oui, c'est là une coquette somme. J'imaginerais volontiers que c'était la première d'une longue suite à venir, pas vous ?

— Si, ça m'en a tout l'air, acquiesça Craddock.

— Cela représentait probablement tout ce que la personne qu'il faisait chanter avait pu réunir en liquide. Il a pu prétendre s'en contenter, ou l'accepter au titre d'avance contre la promesse que sa victime lui verserait des sommes échelonnées dans un avenir immédiat. Ce qui porte un coup fatal à la théorie selon laquelle le tueur pourrait être un individu de condition modeste, ennemi des stars de cinéma, ou encore un quelconque employé des studios : assistant, maquilleur, habilleuse, voire simple jardinier. A moins que, souligna miss Marple, l'individu en question n'ait été que la main qui exécute tandis que le cerveau qui commandite les opérations ne se trouve lui-même pas dans les parages. D'où le voyage éclair à Londres.

— Très juste. Nous avons d'ailleurs à Londres Ardwyck Fenn, Lola Brewster et Margot Bence. Tous trois étaient présents lors de la fête. Chacun des trois aurait pu rencontrer Giuseppe dans un quelconque endroit convenu de Londres entre 11 heures et demie et 2 heures moins le quart. Ardwyck Fenn n'a que le témoignage de son chauffeur pour justifier de son emploi du temps. Lola Brewster avait soi-disant quitté Londres pour la journée. Margot Bence s'était absentée de son studio pour cause de séance de photos en extérieur. A propos de Margot Bence...

— Oui ? fit miss Marple. Vous avez quelque chose à me dire ?

— Vous m'aviez interrogé sur le sort des enfants. Des enfants que Marina Gregg avait adoptés avant de découvrir qu'elle pouvait en avoir un.

— Oui, et alors ?

Craddock lui fit part de ce qu'il avait appris.

— Margot Bence, murmura pensivement miss Marple. Je sentais bien, voyez-vous, que cela avait à voir avec les enfants...

— Je ne parviens pas à croire qu'après toutes ces années...

— Je sais, je sais. On n'y parvient jamais. Mais croyez-vous vraiment, mon cher Dermot, que vous en sachiez long sur les enfants ? Reportez-vous à votre propre enfance. Ne vous remémorez-vous pas quelque incident, quelque événement qui vous aurait causé une joie ou une douleur sans commune mesure avec son importance intrinsèque ? Quelque chagrin ou quelque ressentiment féroce tels que rien n'a jamais pu les égaler depuis ? Il y a eu ce livre, voyez-vous, écrit par ce brillant romancier. Mr Richard Hughes. J'ai oublié son titre mais il y était question d'un enfant qui avait survécu à un ouragan. Oh, oui... le plus violent ouragan qui ait frappé la Jamaïque. Ce qui les avait le plus marqués, lui et ses parents, c'était le spectacle de leur chat courant comme un fou en tous sens dans la maison. C'était le seul souvenir qu'ils en gardaient. Toute l'horreur de la situation, toutes les angoisses et les peurs par lesquelles ils étaient passés se trouvaient condensées dans cette seule image.

— C'est drôle que vous me disiez ça, murmura pensivement Craddock.

— Pourquoi ? Cela vous a rappelé quelque chose ?

— Je pensais au jour où ma mère est morte. J'avais 5 ans, je crois. Cinq ou six. Je mangeais mon dessert dans la nursery : un gâteau roulé à la confiture. J'aimais beaucoup le gâteau roulé à la confiture. Et puis une des bonnes est entrée et a dit à ma nurse : « C'est affreux ! Il y a eu un accident et Mrs Craddock a été tuée. »... Chaque fois que je repense à la mort de ma mère, vous savez ce que je vois ?

— Quoi ?

— Une assiette avec du gâteau roulé à la confiture, et je le regarde, ce gâteau. Je le regarde et je remarque aussi distinctement aujourd'hui que je l'avais fait jadis comment la confiture dégoulinait d'un côté. Je n'avais pas pleuré, je n'avais rien dit. Je me rappelle seulement être resté figé, pétrifié, à regarder ce gâteau roulé. Et encore maintenant, quand j'entre dans une pâtisserie ou dans un restaurant, ou que je vais chez des gens et que j'y vois une portion de gâteau roulé sur une assiette, une vague d'horreur et de désespoir me submerge. Il arrive parfois que, pendant un moment, je ne me souvienne pas *pourquoi*. Est-ce que ça vous paraît complètement débile ?

— Non, murmura miss Marple, cela me semble au contraire parfaitement naturel. C'est d'ailleurs très intéressant. Cela vient en outre de me donner une idée...

La porte s'ouvrit à la volée et miss Knight apparut, portant le plateau du thé.

— A la bonne heure ! à la bonne heure ! s'exclama-t-elle. Alors, comme ça, nous avons un invité ? Comme c'est gentil ! Comment allez-vous, inspecteur Craddock ? Je cours chercher une autre tasse !

— Ne vous donnez pas cette peine, la rappela-t-il comme elle disparaissait. J'ai déjà eu droit à un verre à la place.

Déjà sortie, elle passa la tête à la porte :
— Je me demandais... pourriez-vous m'accorder rien qu'une petite minute, Mr Craddock ?

Dermot la rejoignit dans le hall. Elle le poussa dans la salle à manger et referma la porte :
— Vous prenez bien vos précautions, n'est-ce pas ?

— Mes précautions ? Dans quel sens l'entendez-vous, miss Knight ?

— Avec notre pauvre vieille chérie, ici. Elle s'intéresse tellement à tout, voyez-vous, mais ce n'est pas très bon pour elle de s'échauffer l'esprit avec des meurtres et des horreurs de ce genre. Nous ne voulons surtout pas qu'elle rumine tout ça et qu'elle fasse des cauchemars. Elle est très âgée et fragile, et il lui faut vraiment une petite existence protégée. Elle n'a jamais connu rien d'autre, comprenez-vous. Je suis sûre que ces histoires d'assassins et de gangsters sont très, très mauvaises pour elle.

Dermot la dévisagea avec un certain amusement.
— Je ne crois pas, lui dit-il gentiment, que ce que vous ou moi pouvons lui dire sur le sujet soit de nature à la surexciter et encore moins à la traumatiser. Laissez-moi vous garantir, chère miss Knight, que miss Marple est capable d'envisager le meurtre, la mort violente et jusqu'aux crimes en tous genres avec une totale sérénité d'esprit.

Il retourna au salon où miss Knight, gloussant comme une poule offensée, le suivit. Elle n'arrêta pas de caqueter avec entrain pendant le thé, mettant l'accent sur les dernières nouvelles d'ordre politique relevées dans la presse et autres sujets propres à remonter le moral de son auditoire. Quand elle emporta finalement le plateau en refermant la porte derrière elle, miss Marple poussa un profond soupir :
— Enfin la paix ! J'espère ne pas assassiner cette créature un de ces quatre matins. Maintenant, écoutez-moi, Dermot, il est des choses que j'ai besoin de savoir.

— Oui, lesquelles ?

— Je souhaiterais reprendre le plus méthodiquement possible le fil des événements tels qu'ils se sont déroulés le jour de la fête. Mrs Bantry est arrivée, et le pasteur sitôt après elle. Ensuite se sont présentés Mr et Mrs Badcock tandis que montaient l'escalier le maire et sa femme, cet Ardwyck Fenn, Lola Brewster, un journaliste du *Herald & Argus* de Much Benham ainsi que cette photographe, Margot Bence. Margot Bence, avez-vous dit, avait placé son appareil photo dans un angle de l'escalier et photographiait les arrivants. Avez-vous vu une ou plusieurs de ces photographies ?

— En fait, j'en ai apporté une à vous montrer.

Il sortit l'épreuve de sa poche. miss Marple l'examina avec attention et dans le détail. Marina Gregg avec Jason Rudd à son côté mais un peu en retrait, Arthur Badcock, la main devant le visage et l'air assez embarrassé, à deux pas derrière sa femme qui emprisonnait les mains de Marina Gregg dans les siennes et levait les yeux vers elle tout en discourant. Marina, elle, ne regardait pas Mrs Badcock. Les yeux écarquillés, elle semblait, par-dessus l'épaule de l'importune, fixer l'objectif ou un point situé légèrement à gauche de celui-ci.

— *Très* intéressant, conclut miss Marple. J'ai eu, vous le savez, des descriptions de ce à quoi ressemblait à ce moment-là son visage. Un visage figé. Oui, cela correspond assez bien au rendu de cette photo. Un regard d'hallucinée. Un air d'épouvante. Là, je suis moins d'accord. On dirait une paralysie générale au niveau des sensations plutôt qu'une terreur apocalyptique. Vous ne trouvez pas ? Je ne trancherais pas en faveur de la notion de peur, voyez-vous, encore que la frayeur puisse vous plonger dans ce genre d'état. Qu'elle puisse physiquement vous paralyser. Non, je ne crois pas que c'était de la peur. Je pense qu'il s'agissait plutôt d'un *choc*. Dermot, mon cher garçon, j'aimerais que vous me répétiez, si toutefois vous l'avez en note, ce que Heather Badcock a très précisément dit à Marina Gregg. J'en connais en gros la teneur, bien sûr, mais je souhaiterais que l'on s'approche le plus possible des *mots exacts* qui ont été employés. Vous avez dû en recueillir des témoignages de tous côtés.

Dermot acquiesça de la tête :

— Oui. Voyons voir. Votre amie, Mrs Bantry, puis

Jason Rudd et, je crois bien, Arthur Badcock. Comme vous dites, ils ont un peu varié au niveau du vocabulaire, mais la teneur était bien la même.

— Je sais. Ce sont ces variantes que je veux connaître. Je crois qu'elles peuvent nous être d'une grande utilité.

— Je ne vois pas comment, soupira Dermot, mais tant mieux si vous avez raison. C'est, je crois bien, votre amie, Mrs Bantry, qui a été la plus précise sur ce point. Autant que je me souvienne... attendez... j'ai une bonne partie de mes notes sur moi.

Il sortit un carnet de sa poche et le consulta pour se rafraîchir la mémoire :

— Je n'ai pas ici les mots précis, mais Mrs Badcock était apparemment volubile, ravie d'être là et encore plus ravie d'elle-même. Elle a dit des choses du genre : « Je ne peux pas vous dire à quel point c'est merveilleux pour moi. Vous ne vous en souvenez sûrement pas mais, il y a des années, aux Bermudes... je me suis arrachée à mon lit pour venir vous voir alors que j'avais la varicelle et vous m'avez signé un autographe, et ç'a été le plus beau jour de ma vie, un jour que je n'oublierai jamais. »

— Elle avait mentionné l'endroit, releva miss Marple. Mais pas la date ?

— Non, pas la date.

— Et Rudd, que vous a-t-il dit, lui ?

— Jason Rudd ? Que Mrs Badcock avait raconté à sa femme qu'elle s'était sortie de son lit où elle était couchée avec la grippe pour aller la voir et qu'elle avait toujours son autographe. Son témoignage a été plus court que celui de votre amie, mais sa teneur était sensiblement la même.

— A-t-il mentionné le lieu et la date ?

— Non, je ne crois pas. Il me semble qu'il s'est contenté de signaler que ça remontait à dix ou douze ans.

— Et Mr Badcock ?

— Mr Badcock m'a expliqué que Heather était survoltée à la perspective de rencontrer Marina Gregg, qu'elle était depuis toujours fan de Marina Gregg et qu'elle lui avait raconté comment elle s'était débrouillée, quand elle était jeune et un jour qu'elle était malade, pour se lever, aller voir miss Gregg et lui soutirer un autographe. Il n'est pas entré dans le détail pour l'excellente raison que tout cela se passait bien avant qu'il ne la rencontre et ne l'épouse. Il ne m'a pas non plus semblé attacher beaucoup d'importance à l'incident.

— Je vois, murmura miss Marple. Oui, je vois...

— Et vous y voyez quoi ? s'énerva Craddock.

— Pas encore tout à fait aussi clair que je le souhaiterais, avoua honnêtement miss Marple, mais j'ai cependant l'impression que si je savais pourquoi elle a sciemment abîmé sa belle robe toute neuve...

— Qui ça ? Mrs Badcock ?

— Oui. Cela me semble un geste tellement bizarre... tellement inexplicable à moins que... mais bien sûr !... mais c'est ça ! Mon Dieu, faut-il que je sois *bête* !

Miss Knight ouvrit la porte et entra en allumant l'électricité.

— Je crois que ce dont nous avons besoin ici, c'est de lumière ! pépia-t-elle.

— Oui, acquiesça miss Marple, vous n'avez que trop raison, miss Knight. De la lumière, comme vous dites. Une lueur. C'est très précisément ce qui nous faisait défaut. Mais je crois, voyez-vous, qu'elle nous éclaire bel et bien désormais.

Le tête-à-tête semblant compromis, Craddock se leva pour prendre congé :

— Il ne me reste plus qu'une précision à vous demander : que vous me disiez quelle est la réminiscence qui est en train de vous trotter par la tête depuis un petit moment.

— Tout le monde me taquine à ce propos, sourit miss Marple. Mais je vous avouerai que je me suis soudain remémorée il y a quelques instants la chambrière des Lauriston.

— La chambrière des Lauriston ? balbutia Craddock, éberlué.

— Oui, il lui fallait, bien évidemment, prendre les messages téléphoniques et elle n'était pas douée pour ça. Elle en comprenait certes le sens général, si vous voyez ce que je veux dire, mais la façon dont elle les notait leur faisait parfois dire le contraire de ce qu'ils étaient censés signifier tant sa syntaxe était floue. Il arrivait qu'il en résulte des quiproquos regrettables. Je me souviens d'un en particulier. Un certain Mr Burroughs, je crois bien, avait téléphoné pour dire qu'il était allé voir Mr Evanston au sujet d'une clôture abattue mais qu'il lui avait dit que la réparation de cette clôture ne lui incombait en rien. Elle se trouvait de l'autre côté de la propriété et il disait qu'il aimerait savoir si c'était réellement le cas avant d'engager une procédure, car cela dépendrait de s'il était responsable ou non, et qu'il était important pour lui de connaître la configuration exacte du terrain avant de donner ses instructions à son homme de loi. Message obscur s'il en fut jamais, vous en conviendrez. Et qui, au lieu de simplifier le problème, le rendait plus confus encore.

— Pour que vous mentionniez une chambrière, gloussa miss Knight, cela doit remonter à *très* longtemps. Cela fait de nombreuses années que je n'avais pas entendu prononcer ce mot.

— Cela se passait effectivement il y a pas mal de temps, convint miss Marple, mais les êtres humains n'en étaient pas moins fort semblables à ce qu'ils sont maintenant. Et les erreurs étaient commises pour les mêmes raisons. Oh ! mon Dieu, ajouta-t-elle, comme je suis heureuse que cette fille soit en sûreté à Bournemouth.

— Cette fille ? Quelle fille ? interrogea Dermot.

— Cette fille qui fait de la couture et qui est allée voir Giuseppe ce jour-là. Comment s'appelait-elle, déjà ? Gladys Je-ne-sais-trop-quoi...

— Gladys Dixon ?

— Oui, c'est bien cela.

— Elle serait à *Bournemouth*, d'après vous ? Comment diable pouvez-vous le savoir ?

— Pour l'excellente raison que c'est moi qui l'y ai envoyée.

— Quoi ?

Dermot n'en croyait pas ses oreilles :

— Vous ? Mais comment ça ?

— Je suis allée la trouver, expliqua miss Marple, et je lui ai donné de l'argent en lui disant de prendre des vacances et de ne communiquer son adresse à personne.

— Mais pourquoi diable avez-vous fait une chose pareille ?

— Parce que je n'avais aucune envie qu'elle se fasse tuer, quelle question ! répliqua miss Marple en lui décochant, sans fausse honte aucune, un clin d'œil appuyé.

22

— Une si gentille lettre de lady Conway, roucoula deux jours plus tard miss Knight en posant devant miss Marple le plateau de son petit déjeuner. Vous vous souvenez de ce que je vous avais dit à son sujet ? Tout au plus...

Elle se tapota le front :

— Tout au plus s'égare-t-elle un peu parfois. Et sa mémoire n'est plus ce qu'elle était. Elle ne reconnaît pas toujours les membres de sa famille, et elle leur dit de s'en aller.

— Plutôt que de gâtisme, peut-être s'agit-il au contraire de clairvoyance, conjectura miss Marple.

— Allons, allons, s'émut miss Knight, ne sommes-nous pas une vilaine fille d'émettre des suggestions pareilles ? Elle passe l'hiver à l'hôtel *Belgrave*, à Llandudno. Une pension bourgeoise *si* comme il faut. Un parc splendide, et une terrasse vitrée tellement agréable... Elle aimerait tant que j'aille l'y rejoindre pour lui tenir compagnie, soupira-t-elle.

Miss Marple se redressa brusquement dans son lit :

— Oh ! mais je vous en conjure... Si on vous réclame... si on a besoin de vous là-bas et que vous souhaitiez vous y rendre...

— Non, non, il ne saurait en être question ! se récria miss Knight. Oh ! non, loin de moi une telle idée. Voyons, qu'en penserait Mr West ? Il ne m'a pas caché que mon emploi ici risquait de devenir permanent. Rien au monde ne me ferait faillir à mes obligations. Je ne faisais que mentionner la proposition de cette chère lady Conway en passant, aussi ne vous inquiétez pas, mon pauvre chou, ajouta-t-elle en administrant à miss Marple une petite tape sur l'épaule. Nous n'allons pas être abandonnée ! Non, non, il n'en est pas question ! Nous allons continuer à être soignée, dorlotée, cajolée. Notre petit bien-être et notre petit confort sont assurés pour toujours, toujours, *toujours*.

Ayant dit, elle sortit de la pièce.

Miss Marple s'assit d'un air décidé, contempla avec écœurement le contenu de son plateau et résolut de ne rien manger. Au lieu de quoi elle décrocha son téléphone et composa un numéro :

— Dr Haydock ?

— Oui ?

— Jane Marple à l'appareil.

— Et que diable vous arrive-t-il ? Besoin urgent de mes talents professionnels ?

— Non, répliqua miss Marple. Mais je tiens néanmoins à vous voir au plus vite.

Lorsque le médecin arriva, il trouva une miss Marple toujours au lit et qui l'attendait avec impatience.

— Mais vous êtes l'image même de la bonne santé ! protesta-t-il.

— C'est précisément pourquoi je voulais vous voir, expliqua la vieille demoiselle. Pour vous dire que je me sens parfaitement bien.

— Raison assez peu commune d'appeler son médecin.

— J'ai repris toutes mes forces, je me porte comme un charme et il est absurde qu'on m'impose une présence continuelle à la maison. Tant que quelqu'un passera tous les jours me faire ma cuisine et mon ménage, je ne vois pas la moindre nécessité d'avoir quelqu'un en permanence à demeure sous mon toit.

— Vous ne la voyez pas, mais moi si, insista le Dr Haydock.

— J'ai l'impression très nette que vous être en train de vous métamorphoser en vieil enquiquineur, lança peu charitablement miss Marple.

— Ah ! ne m'insultez pas ! fulmina le Dr Haydock. Vous jouissez d'une excellente santé pour votre âge. Tout au plus aviez-vous été passablement abattue par une de ces mauvaises bronchites aux effets toujours redoutables pour les vieillards. Mais vivre seule à un âge pareil n'est pas sans risques. Imaginez que vous dévaliez les escaliers un soir, que vous tombiez de votre lit ou que vous glissiez dans la baignoire. Vous resteriez en plan toute seule sans que personne s'en aperçoive.

— Si on va par là, on peut imaginer n'importe quoi, se rebiffa miss Marple. Miss Knight peut très bien dévaler les escaliers et moi lui rentrer dedans et me casser la figure à mon tour en courant voir ce qui s'est passé.

— Vous avez tort de vouloir jouer les fortes têtes, la gronda le Dr Haydock. Vous êtes une vieille personne et vous avez besoin que l'on s'occupe convenablement de vous. Si vous n'aimez pas cette femme que vous avez actuellement, débarrassez-vous-en et prenez-en une autre.

— Ce n'est pas si facile, objecta miss Marple.

— Retrouvez la trace d'une de vos anciennes domestiques, quelqu'un que vous aimiez bien et qui aurait déjà partagé votre existence. Je comprends que cette vieille dinde vous exaspère. Elle me porte sur les nerfs à moi aussi. Il doit bien se trouver encore quelque part une servante au grand cœur. Votre neveu est un de nos auteurs à succès du moment. Il aurait les moyens de payer la personne adéquate pour peu que vous mettiez la main dessus.

— Il va de soi que ce cher Raymond ne lésinerait pas à la dépense. Il est tellement généreux ! s'émut miss Marple. Mais c'est trouver la personne adéquate, comme vous dites, qui n'est pas si facile. Les jeunes ont leur vie bien à eux et qu'il faut leur laisser. Quant à mes anciennes servantes fidèles, la plupart, c'est triste à dire, sont déjà mortes.

— Mais morte, vous, vous ne l'êtes pas, trancha le Dr Haycock, et vous vivrez encore longtemps à condition de prendre soin de vous.

Il se leva :

— Bon, eh bien inutile que je m'attarde davantage

231

à votre chevet. Vous êtes en parfaite santé. Je ne vais pas perdre mon temps à vous prendre votre tension, à vous tâter le pouls ou à vous ausculter. Même si vous ne pouvez pas y fourrer votre nez autant que vous le souhaiteriez, nos poussées de fièvre locales vous font un bien fou. Au revoir, il me faut aller jouer pour de bon les médecins ailleurs. J'ai huit ou dix rubéoles, une demi-douzaine de coqueluches et une probable scarlatine en plus de mes malades chroniques !

Le Dr Haydock s'en fut gaiement... mais miss Marple, sourcils froncés, n'y prit pas garde, plongée qu'elle était dans ses réflexions... Quelque chose qu'il avait dit... Mais qu'était-ce donc ? Des malades à voir... des maladies telles qu'on en a communément dans les villages aussi bien qu'ailleurs... mais quelles maladies ? Elle repoussa définitivement son plateau. Et décrocha son téléphone pour appeler cette fois Mrs Bantry :

— Dolly ? Ici, Jane. J'ai un renseignement à vous demander. Mais ne me répondez pas à la légère. Est-il exact que vous ayez dit à l'inspecteur Craddock que Heather Badcock avait raconté à Marina Gregg une histoire sans intérêt aucun sur la façon dont elle s'était arrachée à son lit alors qu'elle avait la varicelle pour aller la voir et lui demander un autographe ?

— Oui, plus ou moins.

— La *varicelle* ?

— Oui, quelque chose comme ça. Mrs Allcock était en train de me tanner avec ses états d'âme à propos de la vodka, ce qui fait que je n'ai pas vraiment écouté.

— Vous êtes bien certaine, haleta miss Marple, qu'il ne s'agissait pas de la coqueluche ?

— De la coqueluche ? répéta Mrs Bantry, ébahie. Evidemment non. Elle n'aurait pas eu besoin de se dissimuler sous trois couches de maquillage si elle avait eu la coqueluche.

— Je vois... c'est le fait qu'elle parle maquillage qui... qui vous a amenée à votre conclusion ?

— Que voulez-vous, elle a tellement insisté là-dessus... et se maquiller avait l'air si peu son genre... Mais je crois quand même que vous avez raison, ce n'était pas la varicelle... Une crise d'urticaire, peut-être ?

— Vous parlez de crise d'urticaire uniquement parce qu'il vous est arrivé une fois d'en avoir une et que ça vous a empêchée d'aller à je ne sais quel mariage, lui reprocha miss Marple, glaciale. Vous êtes indécrottable, Dolly, vous ne changerez jamais.

Et elle raccrocha à grand bruit, coupant ainsi court au « Vraiment, Jane ! » ahuri de Mrs Bantry.

La vieille demoiselle émit un reniflement de dépit infiniment distingué, proche de l'éternuement du chat quand ce dernier tient à exprimer toute la profondeur de son écœurement. Puis elle en revint au problème posé par le souci de son propre confort domestique. La fidèle Florence ? Ce grenadier en jupons se laisserait-elle persuader d'abandonner la petite maison confortable héritée de ses parents pour revenir à St Mary Mead veiller sur la santé de celle qui avait été autrefois sa patronne ? La fidèle Florence s'était toujours montrée le dévouement personnifié. Mais elle était également très attachée à son petit chez elle. Miss Marple secoua la tête avec dépit. Un joyeux ran-tan-plan fit soudain vibrer le battant de la porte. En réponse au « Entrez ! » de miss Marple, Cherry passa le bout de son nez :

— Je viens chercher votre plateau. Il y a eu un pépin ? Vous avez l'air plutôt tourneboulée, dites-moi !

— Je me sens tellement réduite à l'impuissance, soupira miss Marple. Tellement vieille et réduite à l'impuissance.

— Arrêtez de vous faire du mauvais sang, répliqua Cherry en empoignant le plateau. Que vous soyez réduite à l'impuissance, ce n'est pas demain la veille. Vous ne savez pas tout ce que j'ai entendu sur votre compte dans le secteur ! Bon sang, il n'y en a pratiquement pas un au Développement qui ne vous connaisse pas de réputation. Il n'y est question que de vos prouesses en tous genres. Ce ne sont pas *eux*, là-bas, qui iraient jamais croire que vous êtes vieille et au bout du rouleau. C'est *elle* qui vous met ces idées-là dans la tête.

— Elle ?

— La peau de vache au bec enfariné. Votre miss Knight. Ne la laissez pas vous filer le bourdon.
— Elle est très obligeante, murmura miss Marple. Vraiment *très* obligeante, insista-t-elle sur le ton de qui cherche à se convaincre soi-même.
— Les bons sentiments peuvent parfois faire plus de mal que de bien. Vous n'avez quand même pas envie qu'elle vous tue à force d'obligeance, non ?
— Bah ! soupira une fois de plus miss Marple, chacun a sa croix à porter.
— A qui le dites-vous ! explosa Cherry. Je ne devrais pas me plaindre, mais je me dis souvent que si je dois continuer longtemps à avoir Mrs Hartwell comme voisine, il va y avoir du pétard un de ces quatre matins. Ce vieux chameau avec sa gueule d'enterrement... toujours à se plaindre quand elle n'est pas en train de cancaner. Jim en a ras le bol lui aussi. Ils se sont fait une scène à tout casser hier au soir. Rien que parce qu'on écoutait le *Messie* un peu fort ! Il n'y a rien à redire au *Messie*, non mais ? Après tout, c'est religieux, quoi !
— Et elle a trouvé à y redire ?
— Elle a fait un scandale du feu de Dieu, oui ! Cogné dans le mur et beuglé des injures et j'en passe.
— Faut-il absolument que vous écoutiez la musique à un tel niveau sonore ? s'inquiéta miss Marple.
— C'est comme ça que ça plaît à Jim, expliqua Cherry. Il assure qu'on n'a pas le timbre exact si on ne pousse pas le volume à fond.
— Il n'est pas impossible, hasarda miss Marple, que ce ne soit *un tout petit peu* éprouvant pour des gens qui ne seraient pas musiciens.
— Ça tient à ce que ces maisons sont accolées deux par deux, trancha Cherry. Et à ce que les murs sont épais comme du papier à cigarettes. Je ne raffole pas tellement de ces constructions modernes, si on va par là. Ça en jette et c'est plutôt chouette mais pas moyen d'y exprimer sa personnalité sans que quelqu'un vous tombe sur le poil.
Miss Marple lui sourit :
— Et de la personnalité à exprimer, ce n'est pas cela qui vous manque, Cherry !

— Vous trouvez ?

Ravie, elle éclata de rire.

— Je ne sais pas si... commença-t-elle.

Soudain, elle parut embarrassée, posa le plateau et revint vers le lit :

— Je ne sais pas si vous me trouveriez culottée de vous demander quelque chose ? Je veux dire... vous n'auriez qu'à me répondre « c'est hors de question » et voilà tout.

— Quelque chose que vous voudriez que je fasse ?

— Pas tout à fait. Il s'agit de cet appartement, au-dessus de la cuisine. Personne ne s'en sert plus jamais, n'est-ce pas ?

— Non.

— Vous y logiez le jardinier et sa femme, d'après ce que j'ai entendu dire. Mais ça remonte au déluge. Ce que je me demandais... ce que Jim et moi on se demandait, c'est si on ne pourrait pas l'avoir. Venir vivre ici, je veux dire.

Miss Marple la dévisagea avec stupéfaction :

— Mais... et votre belle maison toute neuve au Développement ?

— On en a tous les deux plein le dos. On aime les gadgets, d'accord, mais les gadgets on peut en avoir n'importe où. Et il y aurait de beaux volumes à créer, là-haut, surtout si Jim pouvait disposer en plus de la pièce au-dessus des écuries. Il remettrait le tout à neuf et il pourrait y transporter tout son bazar de modélisme pour ne plus avoir à le pousser de côté tout le temps. Et si on installait aussi notre stéréo là-bas, vous ne l'entendriez qu'à peine.

— Vous parlez sérieusement, Cherry ?

— Je veux, oui. Jim et moi, on a discuté ça dans tous les sens. Jim pourrait faire vos réparations quand ça se trouve... vous savez bien, plomberie, menuiserie, tout ça, quoi ! Et moi, je veillerais sur vous cent fois mieux que le fait votre miss Knight. Oh ! je sais bien que vous trouvez que je travaille un peu à la va-comme-j'te-pousse... mais je ferais des efforts, et je m'appliquerais pour les lits et la vaisselle... surtout avec ça que je suis devenue un vrai cordon bleu. J'ai fait un bœuf Strogonov hier au soir, eh bien c'est facile comme bonjour.

Miss Marple la contempla avec attention.

Cherry avait tout du chien fou ou du chaton survolté. Elle irradiait vitalité et joie de vivre. Miss Marple repensa encore une fois à sa fidèle Florence. La fidèle Florence tiendrait, bien évidemment, beaucoup mieux la maison. (Miss Marple n'accordait aucune foi aux belles promesses de Cherry.) Mais elle devait avoir soixante-cinq ans... sinon davantage. Et puis accepterait-elle le déracinement ? Peut-être le ferait-elle en raison de son attachement profond à miss Marple. Mais miss Marple souhaitait-elle vraiment que l'on se sacrifie à sa cause ? N'avait-elle pas déjà suffisamment à souffrir de miss Knight et de son encombrant sens du devoir ?

Si médiocres que soient ses vertus ménagères, Cherry *voulait* la place. Et elle était parée de qualités désormais essentielles aux yeux de miss Marple.

Chaleur humaine, vitalité et curiosité insatiable.

— Je ne voudrais bien évidemment pas, assura Cherry, avoir l'air de tirer dans le dos de miss Knight.

— Ne vous souciez pas de miss Knight, trancha miss Marple qui venait de prendre sa décision. Elle va s'en aller retrouver, dans un hôtel de Llandudno, une certaine lady Conway avec laquelle elle pourra s'en donner à cœur joie. Il faudra que nous mettions au point un certain nombre de détails, Cherry, et j'aimerais en parler à votre mari... mais si vous pensez vraiment que vous seriez tous deux heureux ici...

— Ce serait le rêve, pour nous ! Et je vous jure que je ferai tout bien comme il faut. Je me servirai même de la balayette et du ramasse-poussière si vous y tenez.

Face à cette concession suprême, miss Marple ne put retenir son hilarité.

Cherry réempoigna le plateau du petit déjeuner :

— Il faut que je me grouille. J'ai été retardée en route, ce matin... toutes ces histoires à propos de ce pauvre Arthur Badcock.

— Arthur Badcock ? Qu'est-ce qui lui est arrivé ?

— Vous n'êtes pas au courant ? Il est au poste à l'heure qu'il est. Les flics l'y ont embarqué pour qu'il

« les assiste dans leur enquête », et on sait bien ce que ça veut dire.

— Quand est-ce arrivé ? s'enquit miss Marple.

— Ce matin, répondit Cherry. Sans doute parce que le bruit s'est répandu qu'il avait été marié un temps à Marina Gregg.

— Quoi ? !

Miss Marple, qui s'était laissée aller contre ses oreillers, se redressa d'un bond :

— Arthur Badcock a été marié un temps à Marina Gregg ?

— C'est bien ce qui pose problème, soupira Cherry. Personne n'aurait jamais été imaginer ça. C'est Mr Upshaw qui a lâché la bombe. Il est allé une ou deux fois aux Etats-Unis en voyage d'affaires pour sa firme, ce qui fait qu'il a rapporté un tas de ragots de là-bas. Ça ne date pas d'hier, vous savez. Ça s'est passé avant qu'elle démarre vraiment sa carrière. Ils n'ont été mariés qu'un an ou deux, sur quoi elle a remporté je ne sais quel prix d'interprétation et il n'a du coup plus été assez bon pour elle. Ils se sont alors offert un de ces divorces bien pratiques à l'américaine et lui s'est volatilisé. Il est du genre à se volatiliser, Arthur Badcock. Ce n'est pas lui qui rouspéterait. Il a changé de nom et il est revenu en Angleterre. C'est maintenant de l'histoire ancienne. Et on pourrait croire que ça ne compte plus, pas vrai ? Eh bien, pas du tout. C'est apparemment suffisant pour que la police se mette en branle.

— Oh ! non, se révolta miss Marple. Oh ! *non*. Ça ne peut pas se passer comme ça. Si seulement je savais quoi faire... Attendez, voyons voir...

Elle fit un geste à l'adresse de Cherry :

— Emportez ce plateau, Cherry, et envoyez-moi miss Knight. Je vais me lever.

Cherry ne se le fit pas dire deux fois. Et miss Marple entreprit de s'habiller en dépit de ses doigts un peu gourds et tremblants. Constater que les émotions, de quelque ordre qu'elles puissent être, avaient désormais le pouvoir d'affecter son comportement la mettait hors d'elle. Elle était tout juste en train d'agrafer sa robe quand miss Knight entra :

— Vous m'avez fait appeler ? Cherry m'a dit...

Miss Marple la coupa avec autorité :
— Convoquez Inch.
— Je vous demande pardon ? sursauta miss Knight.
— Inch, répéta miss Marple. Convoquez Inch. Téléphonez-lui de venir ici tout de suite.
— Oh, oh ! je vois, gloussa miss Knight. Nous voulons parler du chauffeur de taxi. Mais ne s'appellerait-il pas plutôt Roberts ?
— Pour moi, tonna miss Marple, il s'agit de Inch et il en sera toujours ainsi. N'importe comment, convoquez-le. Il faut qu'il vienne ici toute affaire cessante.
— Nous avons envie d'aller faire une petite promenade ?
— Contentez-vous de le convoquer, vous voulez bien ? s'énerva miss Marple. Et en vitesse, je vous prie.
Miss Knight la considéra non sans anxiété mais se mit néanmoins en devoir d'obéir à ses objurgations.
— Nous sommes sûre que nous nous sentons bien, mon pauvre chou ? s'inquiéta-t-elle, une fois son devoir accompli.
— Nous nous sentons toutes deux très bien, riposta miss Marple, et je me sens même, pour ma part, *exceptionnellement* bien. L'inertie ne m'a jamais convenu et ne me conviendra jamais. Passer enfin à l'action, voilà ce que j'attendais depuis trop longtemps.
— Est-ce que cette Mrs Backer vous aurait dit quelque chose qui vous aurait perturbée ?
— Rien ne m'a perturbée, affirma miss Marple. Je me sens particulièrement bien. La seule chose qui m'ennuie, c'est de m'être montrée si stupide. Mais réellement, jusqu'à ce que le Dr Haydock me mette ce matin sur la voie... seigneur ! voilà que je me demande si je me souviens bien de ce qu'il m'a dit. Où est mon dictionnaire médical ?
Elle écarta miss Knight de son passage et dévala prestement l'escalier. Elle trouva l'ouvrage qu'elle cherchait sur une des étagères du salon. Elle l'ouvrit, en parcourut rapidement l'index, marmonna : « Page 210 », se reporta à la page en ques-

tion, s'absorba quelques instants dans la lecture, puis opina du bonnet, satisfaite :

— Extraordinaire... vraiment pas banal. Je crois bien que personne n'y aurait jamais pensé. Je ne l'avais pas fait moi-même, jusqu'à ce que s'opère ce rapprochement.

Mais soudain elle secoua la tête. Et une petite ride vint se creuser entre ses sourcils. Si seulement il y avait *quelqu'un* qui...

Elle repassa dans son esprit les divers récits de la scène tels qu'ils lui avaient été rapportés.

Ses yeux s'écarquillèrent. Il y avait bien quelqu'un... mais elle doutait qu'il puisse lui être d'un grand secours. Avec le pasteur, on ne pouvait jamais jurer de rien. Il était tellement imprévisible !

Elle gagna néanmoins le téléphone et composa son numéro :

— Bonjour, mon cher pasteur, ici miss Marple.

— Oh ! bien sûr, miss Marple... est-il quoi que ce soit que je puisse faire pour vous ?

— Je me demandais si vous ne pourriez pas m'apporter vos lumières sur un point de détail. Cela a trait au jour de la fête, quand cette pauvre Mrs Badcock est morte. Je crois que vous étiez tout près de miss Gregg lorsque Mr et Mrs Badcock sont arrivés.

— Oui... oui... j'étais passé juste avant eux, il me semble. Quelle journée tragique !

— Oui, c'est le cas de le dire. Et je crois que Mrs Badcock était en train de rappeler à miss Gregg qu'elles s'étaient autrefois rencontrées aux Bermudes. Elle était malade et s'était levée spécialement pour l'occasion.

— Oui, oui, je m'en souviens très bien.

— Et vous souvenez-vous si Mrs Badcock avait mentionné la maladie dont elle avait souffert à l'époque ?

— Je crois bien que... attendez que je réfléchisse... oui, c'était la rougeole... ou plutôt non... la rubéole... qui est beaucoup plus bénigne. Certaines personnes peuvent l'avoir sans quasiment s'en rendre compte. Il me revient en mémoire que ma cousine Caroline...

Miss Marple coupa court aux réminiscences de la

cousine Caroline par un « merci infiniment, cher pasteur » sans réplique et s'empressa de raccrocher.

Un pieux respect mêlé de crainte superstitieuse se lisait sur le visage de la digne demoiselle. L'un des grands mystères de St Mary Mead tenait aux choses dont le pasteur était capable de se souvenir... et n'était surpassé que par le mystère plus prodigieux encore de celles qu'il avait la faculté d'oublier !

— Le taxi est là, mon pauvre chou, haleta miss Knight en arrivant tout courant. C'est une voiture hors d'âge, et pas des plus propres, si je puis me permettre. Je n'aime pas du tout vous voir monter là-dedans. Vous risquez d'attraper des microbes ou Dieu sait quoi.

— Absurde ! décréta miss Marple.

Posant son chapeau bien droit sur sa tête et boutonnant son paletot de demi-saison, elle se dirigea vers le taxi dont le moteur tournait :

— Bonjour, Roberts !

— Bonjour, miss Marple. Vous êtes bien matinale, aujourd'hui. Où faut-il que je vous conduise ?

— Au manoir de Gossington, je vous prie.

— Oh ! je ferais peut-être mieux de vous accompagner, mon pauvre chou ! s'époumona miss Knight. Je n'en ai que pour deux secondes d'enfiler des chaussures de sortie.

— Non, merci, décréta miss Marple d'un ton sans réplique. J'y vais toute seule. En route, Inch... Roberts, je veux dire !

Mr Roberts démarra en se contentant d'observer :

— Ah ! Gossington... Ça nous en a fait des changements, là comme ailleurs. Et ce nouveau quartier... Et toutes ces histoires... Qui aurait cru que tout ça pourrait arriver à St Mary Mead.

Sitôt arrivée au manoir, miss Marple actionna la cloche et demanda à voir Mr Jason Rudd.

Le successeur de Giuseppe, vieillard qui semblait ne plus guère tenir debout que par miracle, exprima ses doutes sur la question :

— Mr Rudd ne reçoit personne sans rendez-vous, madame. Et à plus forte raison aujourd'hui...

— Je n'ai pas rendez-vous, convint miss Marple. Mais j'attendrai, ajouta-t-elle.

Elle lui passa sous le nez et alla s'asseoir sur une des chaises gothiques à haut dossier de l'entrée.

— J'ai bien peur que ce ne soit impossible ce matin, Madame.

— En ce cas, rétorqua miss Marple, je patienterai jusqu'à cet après-midi.

Médusé, le nouveau majordome battit en retraite. Et bientôt un jeune homme se présenta à miss Marple. Il avait de bonnes manières, un air avenant et un léger accent américain.

— Je vous ai déjà vu quelque part, sourit miss Marple. Ah ! mais oui... au Développement. Vous m'aviez demandé le chemin du clos Blenheim.

Hailey Preston lui sourit avec bonhomie :

— Je présume que vous aviez fait de votre mieux. Mais vos indications étaient complètement erronées.

— Mon Dieu, est-ce possible ? fit mine de s'émouvoir miss Marple. Mais il y en a tant, de ces « clos », n'est-ce pas ? Puis-je voir Mr Rudd ?

— Eh bien, voilà, c'est que cela tombe très mal, se défendit Hailey Preston. Mr Rudd est un homme très occupé et il est... euh... il n'a pas une minute à lui ce matin... et on ne peut absolument pas le déranger.

— Je suis bien consciente qu'il puisse être très occupé, consentit à admettre miss Marple. Et je suis venue ici tout à fait préparée à attendre.

— Ce que je peux vous suggérer, se reprit Hailey Preston, c'est que vous me disiez ce que vous souhaitez au juste. Je m'occupe de tous ces petits riens pour Mr Rudd, voyez-vous. Tout le monde doit en passer d'abord par moi.

— Je regrette, maintint miss Marple. Je veux voir Mr Rudd en personne. Et, ajouta-t-elle, j'attendrai jusqu'à pouvoir le faire.

Ce disant, elle avait affermi ses positions sur sa lourde cathèdre de chêne.

Hailey Preston hésita, voulut dire le fond de sa pensée, s'en abstint, tourna finalement les talons et monta au premier.

Il en revint accompagné d'un grand gaillard vêtu de tweed :

— Je vous présente le Dr Gilchrist... miss... euh...

— Miss Marple.

— Ainsi donc vous êtes miss Marple ! s'exclama le Dr Gilchrist en examinant la vieille demoiselle avec un intérêt non dissimulé.

Hailey Preston, quant à lui, en profita pour s'éclipser sans demander son reste.

— J'ai beaucoup entendu parler de vous, enchaîna le Dr Gilchrist. Par mon confrère le Dr Haydock.

— Le Dr Haydock est un de mes plus vieux amis.

— Et comment ! Alors, comme ça, vous voulez voir Mr Jason Rudd ? Pourquoi ?

— Il est indispensable que je le fasse.

Le Dr Gilchrist la jaugea du regard :

— Et vous comptez camper sur vos positions jusqu'à ce que cela se fasse ?

— Absolument.

— Vous en seriez capable, soupira le médecin. Puisqu'il en est ainsi, je vais vous donner la véritable raison pour laquelle vous ne pourrez pas voir Mr Rudd. Sa femme est morte la nuit dernière pendant son sommeil.

— Morte ! s'exclama miss Marple. De quoi ?

— Une dose excessive de somnifère. Nous ne voulons pas que la nouvelle filtre jusqu'à la presse avant quelques heures. Aussi vous demanderai-je de garder en attendant ce renseignement pour vous.

— Bien entendu. Il s'agit d'un accident ?

— C'est mon point de vue et rien ne m'en fera démordre.

— Mais ce pourrait être un suicide.

— Ça le pourrait... mais c'est très peu probable.

— À moins encore que quelqu'un ait pu la lui administrer, cette dose excessive ?

Gilchrist haussa les épaules :

— Ce serait aller chercher bien loin. Et il s'agirait alors d'un crime, ajouta-t-il d'un ton tranchant, dont je vous préviens qu'il serait rigoureusement impossible à prouver.

— Je vois, murmura miss Marple.

Elle respira à fond :

— Je regrette, mais il est plus que jamais indispensable que je rencontre Mr Rudd.

Gilchrist la regarda :

— Attendez-moi ici.

23

Jason Rudd se redressa en entendant entrer Gilchrist.

— Il y a en bas une vieille demoiselle, lui dit le médecin. On lui donnerait cent ans. Elle veut vous voir. Elle se moque des rebuffades et affirme qu'elle attendra. Elle attendra jusqu'à cet après-midi, je présume, ou jusqu'à ce soir s'il le faut, et je la crois parfaitement capable, je vous l'avoue, de passer la nuit ici. Elle a quelque chose qu'elle tient dur comme fer à vous dire. Je la recevrais, si j'étais vous.

Le cinéaste releva la tête. Il avait les traits tirés et son visage était blanc comme un linge :

— C'est une folle ?
— Non. Oh ! non, elle en est loin.
— Je ne vois pas pourquoi je... Oh ! bon, d'accord, faites-la monter. Plus rien n'a d'importance.

Gilchrist acquiesça, se retira et se mit en quête de Hailey Preston.

— Mr Rudd peut enfin vous accorder quelques instants, annonça bientôt le jeune Américain à miss Marple.

— Merci. C'est fort aimable de sa part, commenta-t-elle en se mettant sur ses pieds. Il y a longtemps que vous travaillez auprès de Mr Rudd ?

— Depuis deux ans et demi. Je m'occupe de ses relations publiques en général.

— Je vois, fit miss Marple en le regardant d'un air pensif. Vous me rappelez beaucoup, ajouta-t-elle, quelqu'un que j'ai connu et qui s'appelait Gerald French.

— Vraiment ? Et que faisait ce Gerald French ?

— Pas grand-chose, avoua miss Marple, mais il n'avait pas sa langue dans sa poche. Il n'avait pas eu une jeunesse heureuse.

— Vous m'en direz tant, grinça Hailey Preston, un tantinet mal à l'aise. Et ça avait consisté en quoi, cette jeunesse malheureuse ?

— Je me garderai bien de vous le dire. Il n'aimait pas qu'on en parle.

Jason Rudd se leva de derrière son bureau et

regarda non sans surprise la vieille demoiselle trottemenu qui s'avançait vers lui :

— Vous teniez à me voir ? Que puis-je pour vous ?

— Je suis consternée par la mort de votre femme, déclara miss Marple. Je me doute du chagrin immense que sa perte doit vous causer et croyez bien que je n'aurais jamais songé à forcer votre porte en de telles circonstances si la nécessité ne s'en était fait impérieusement sentir. Car il est certains points qui doivent être éclaircis si l'on ne veut pas qu'un innocent ait à souffrir.

— Un innocent ? Je ne vous comprends pas.

— Arthur Badcock, expliqua miss Marple. Il est actuellement aux mains de la police, en train de subir un interrogatoire.

— Interrogatoire en rapport avec la mort de ma femme ? Mais c'est absurde, complètement absurde. Il ne s'est jamais approché de la maison. Il ne connaissait même pas Marina.

— Oh ! que si, il la connaissait, insista miss Marple. Il a même été marié avec elle.

— Arthur *Badcock* ? Mais... il était... il était le mari de Heather Badcock. Ne seriez-vous pas en train de...

Il s'exprimait avec gentillesse, presque avec commisération :

— ... En train de commettre une petite erreur, d'être la victime d'une certaine confusion ?

— Il a été marié aux deux, trancha miss Marple. Il avait épousé votre femme alors qu'elle était très jeune, avant qu'elle n'entame sa carrière.

Jason Rudd secoua la tête :

— Ma femme avait épousé en premières noces un certain Alfred Beadle. Il était agent immobilier. Ils n'étaient pas faits l'un pour l'autre et ils se sont presque immédiatement séparés.

— Ensuite de quoi Alfred Beadle a troqué son nom contre celui de Badcock, n'en démordit pas miss Marple. Et il travaille ici au sein d'une agence immobilière. C'est curieux comme certaines personnes répugnent à changer d'emploi et s'obstinent à creuser immuablement le même sillon. J'imagine que c'est pour cela que Marina Gregg a préféré se séparer de lui. Il n'aurait pas pu la suivre dans son ascension.

— Ce que vous me dites là est très surprenant.

— Je vous jure que je ne brode pas ni n'invente rien. Ce ne sont là que faits patents et avérés. Les nouvelles vont vite, dans un petit village... mais il leur faut, bien sûr, un peu de temps pour monter jusqu'au château.

— Eh bien... préluda Jason Rudd, ne sachant trop que dire et avant de prendre le taureau par les cornes : Que voulez-vous au juste que je fasse pour vous, miss Marple ?

— Je souhaiterais, si faire se pouvait, me tenir un instant en haut de l'escalier, à l'endroit précis où votre épouse et vous receviez vos invités le jour de la fête.

Il lui jeta un coup d'œil perplexe. N'était-elle au fond qu'une de ces tordues en proie au pire sensationnalisme ? Mais le visage de miss Marple était grave et quasi compassé.

— Mais certainement, si c'est ce que vous souhaitez, acquiesça-t-il. Suivez-moi.

Il la mena là où débouchait l'escalier et où de l'espace avait été gagné au détriment d'une chambre.

— Vous avez opéré de nombreux changements dans la maison depuis que les Bantry n'y sont plus, observa-t-elle. J'aime beaucoup cet agrandissement-ci. Maintenant, voyons un peu... Les tables devaient être dressées ici, j'imagine, et votre femme et vous deviez vous trouver...

— Ma femme se tenait là.

Il lui montra l'endroit :

— Les gens montaient, elle leur serrait la main et je les prenais en charge.

Elle se tenait là, répéta miss Marple.

Elle alla se placer dans les marques de Marina Gregg. Et elle y demeura un long moment immobile. Jason Rudd ne la quittait pas des yeux. L'intérêt le disputait chez lui à la perplexité. Elle tendit la main droite comme pour accueillir quelqu'un, porta un regard plongeant dans la cage d'escalier comme pour voir des gens en train de monter. Puis elle redressa la tête et regarda droit devant elle. Sur le mur en face d'elle, une vaste toile était accrochée, copie de quelque vieux maître italien. De part et d'autre était percée une étroite fenêtre, l'une donnant sur les jardins et l'autre sur les toits des communs, coiffés d'une girouette. Mais miss Marple ne s'intéressait ni à l'une ni à l'autre. Ses yeux étaient rivés sur la toile elle-même.

— Comme de juste, c'est le premier écho entendu qui est toujours le bon, murmura-t-elle. Mrs Bantry m'a rapporté que votre femme avait regardé le tableau comme une hallucinée, qu'elle avait l'air pétrifié... le regard « figé », selon ses propres termes.

Elle se perdit un instant dans la contemplation des somptueux rouges et bleus des vêtements de la Madone, une Madone à la tête légèrement rejetée en arrière et qui riait à l'enfant Jésus hilare haut porté dans ses bras.

— Une œuvre de Bellini, un tableau religieux, murmura encore miss Marple, mais aussi et surtout le portrait d'une mère et de son enfant nageant dans la joie. N'ai-je pas raison, Mr Rudd ?

— Si, en effet.

— Je comprends, maintenant, dit miss Marple d'une voix plus forte. Je comprends parfaitement. Toute cette affaire était réellement très simple, n'est-ce pas ?

Ce disant, elle s'était tournée vers Jason Rudd.

— Simple ? fit ce dernier.

— Je suis persuadée que vous savez fort bien à quel point elle l'était, insista la vieille demoiselle.

En bas, la cloche de l'entrée sonna à toute volée.

— Je ne vois pas du tout où vous voulez en venir, bougonna Jason Rudd.

Il regarda dans la cage d'escalier. Des voix s'élevaient du rez-de-chaussée.

— Je connais cette voix-là, dit miss Marple. C'est celle de l'inspecteur Craddock, je ne me trompe pas ?

— Non, cela semble bien être l'inspecteur Craddock.

— Il veut vous voir, lui aussi. Cela vous ennuierait-il beaucoup qu'il se joigne à nous ?

— Personnellement, pas du tout. Quant à savoir si lui sera d'accord...

— Je pense qu'il le sera, déclara miss Marple. Il n'y a plus guère de temps à perdre. Nous en sommes arrivés au moment où il nous faut comprendre comment les choses se sont exactement passées.

— Je croyais vous avoir entendue dire que c'était très simple.

— Cela l'était à un point tel, répliqua miss Marple, que personne n'avait rien pu y comprendre.

Le vieux majordome flageolant venait d'atteindre le palier :

— L'inspecteur Craddock est ici, monsieur.

— Priez-le de monter nous rejoindre, lui répondit Jason Rudd.

Le majordome s'éclipsa et, quelques instants plus tard, Dermot Craddock escalada les marches.

— Vous ! s'exclama-t-il à l'adresse de miss Marple. Comment diable êtes-vous venue jusqu'ici ?

— En Inch, répondit la digne personne, provoquant le trouble que cette déclaration ne manquait jamais de susciter.

Posté un peu en retrait, Jason Rudd se tapota le front en adoptant un air interrogateur. Dermot Craddock écarta ses doutes en secouant la tête.

— J'étais en train de dire à Mr Rudd... signala miss Marple. Au fait, le majordome est-il hors de portée de voix ?

Dermot Craddock jeta un coup d'œil dans l'escalier :

— Oui, il n'est pas en train de nous espionner. Je compte d'ailleurs sur le sergent Tiddler pour y veiller.

— En ce cas, tout est pour le mieux, reprit la vieille demoiselle. Nous aurions pu nous retirer dans une des chambres pour éviter les oreilles indiscrètes, mais je préfère que nous restions ici. Nous sommes à l'endroit même où les événements se sont produits, ce qui nous les rendra beaucoup plus faciles à comprendre.

— Vous parlez bien du jour de la fête, voulut se faire préciser Jason Rudd, du jour où Heather Badcock est morte empoisonnée ?

— Oui, acquiesça miss Marple, et je prétends que les faits sont d'une extrême simplicité pour peu qu'on les examine sous le bon angle. Tout a découlé, voyez-vous, de l'encombrante personnalité de Heather Badcock. La connaissant, il était inévitable qu'un drame de ce genre se produise un jour ou l'autre.

— Je ne saisis pas ce que vous voulez dire, l'interrompit Jason Rudd. Je n'y comprends rien du tout.

— J'admets que cela nécessite un brin d'explication. Voyez-vous, quand mon amie Mrs Bantry, qui était présente ici, m'a décrit la scène, elle m'a cité une de mes œuvres de prédilection au temps de ma jeunesse, un poème de ce cher lord Tennyson. *La Dame de Shalott*.

Elle éleva un peu la voix :

> *En mille éclats le miroir se brisa :*
> *« La malédiction est sur moi ! » s'écria*
> *La Dame de Shalott.*

— Cela, enchaîna-t-elle, c'est ce que Mrs Bantry a vu, ou qu'elle a cru voir, encore qu'elle se soit trompée dans sa citation et qu'au lieu de « la malédiction » elle ait dit « le châtiment » — mot qui convient peut-être effectivement mieux étant donné les circonstances. Elle a vu votre femme parler à Heather Badcock et entendu Heather Badcock se lancer dans un interminable discours, et puis elle a vu ce regard exprimant la malédiction ou l'imminence du châtiment sur le visage de votre femme.

— N'avons-nous pas rabâché tout ceci un grand nombre de fois déjà ? protesta Jason Rudd.

— Si, mais il va nous falloir le passer une fois de plus en revue, décréta miss Marple. Le visage de votre femme était figé dans cette expression et ce n'était pourtant pas Heather Badcock qu'elle regardait, mais ce tableau — ce portrait d'une mère extatique portant haut son enfant qui riait lui aussi de bonheur. L'erreur que nous avons tous commise tient à ce que si l'annonce du châtiment figeait bel et bien le visage de Marina Gregg, ce n'était pas sur *elle* que ce châtiment s'abattrait. C'était Heather que le châtiment en question était appelé à frapper. Heather avait été condamnée à mort à la minute même où elle s'était lancée à corps perdu dans la narration d'un événement du passé.

— Vous ne pourriez pas vous montrer un peu plus claire et explicite ? la pria Dermot Craddock.

Miss Marple pivota vers lui :

— Il va de soi que je vais le faire. Vous en seriez incapable car vous ne savez rien de la question. Et ce parce que personne ne vous a rapporté ce que Heather Badcock avait réellement dit.

— Mais si, s'insurgea Dermot. Les gens l'ont fait à maintes et maintes reprises. Des tas de gens me l'ont raconté.

— Certes, reconnut miss Marple, mais vous n'en savez pourtant rien, voyez-vous, pour la bonne raison que Heather Badcock ne vous l'a pas rapporté directement *à vous*.

— Elle aurait été bien en peine de le faire étant donné qu'elle était morte quand je suis arrivé ici, ironisa Dermot.

— Exactement. Tout ce que vous savez, c'est qu'elle était malade mais qu'elle s'était arrachée à son lit pour se rendre à une festivité quelconque où elle avait rencontré Marina Gregg, où elle lui avait parlé et demandé un autographe qu'elle avait d'ailleurs obtenu.

— J'ai entendu ça cent fois, commença de s'impatienter Craddock.

— Oui, mais ce que vous n'avez toujours pas entendu, c'est la phrase clef, parce que personne ne l'avait jugée importante, riposta miss Marple. Heather Badcock était au lit, malade... *elle avait la rubéole*.

— La rubéole ? Que diable cela a-t-il à voir avec l'histoire qui nous occupe ?

— C'est une maladie bénigne, convint miss Marple. On ne s'en ressent que fort peu. On souffre d'une éruption facile à dissimuler sous de la poudre ou du fond de teint. On a un peu de fièvre, mais pas au point d'en être incommodé. On se sent suffisamment bien pour sortir voir des gens si l'envie vous en prend. Et tout cela mis bout à bout explique que ce mot de rubéole n'ait pas frappé les témoins. Mrs Bantry, par exemple, s'est contentée de signaler que Heather était au lit avec une maladie quelconque et, poussée dans ses retranchements, a mentionné la varicelle et la crise d'urticaire. Mr Rudd ici présent a dit pour sa part qu'il s'agissait de la grippe, mais il va de soi qu'il mentait sciemment. Tout me porte à croire que ce que Heather Badcock a déclaré à Marina Gregg c'est qu'elle avait à l'époque la rubéole et était néanmoins sortie de son lit pour aller lui demander un autographe. Or, c'est la réponse à toutes nos interrogations car, voyez-vous, la rubéole est extrêmement contagieuse. Rien n'est plus facile à attraper. Et il est à son sujet un point qu'on ne saurait ignorer. Si une femme la contracte au cours des quatre premiers mois de sa...

Miss Marple ne se résolut à prononcer le mot suivant qu'avec un petit rien de pruderie victorienne :

— De sa... euh... grossesse, cela peut avoir des conséquences dramatiques. L'enfant peut naître aveugle ou retardé mental.

Elle se tourna vers Jason Rudd :

— Je ne pense pas me tromper, Mr Rudd, en disant que votre femme a donné le jour à un enfant anormal et qu'il s'est agi là d'un traumatisme dont elle n'est jamais parvenue à se remettre. Elle avait toujours voulu un enfant et quand enfin elle l'a eu, cela s'est traduit par une tragédie. Une tragédie qu'elle n'a jamais oubliée, qu'elle ne s'est jamais autorisée à oublier, qui l'a intérieurement rongée comme un ulcère et jusqu'à l'obsession.

— C'est on ne peut plus exact, acquiesça Jason Rudd. Marina avait attrapé la rubéole très tôt au cours de sa grossesse et son gynécologue lui a affirmé à la naissance qu'il ne fallait pas chercher d'autre cause à la débilité mentale du bébé. Qu'il ne s'agissait en rien d'un quelconque facteur héréditaire. Il lui avait dit ça pour lui remonter le moral, mais je ne crois pas que ça l'ait beaucoup aidée. Quand, comment et qui lui avait passé cette maladie, elle ne l'a, en revanche, jamais su.

— Nous en sommes bien d'accord, convint miss Marple. Jamais su jusqu'à ce que, par un bel après-midi, une parfaite inconnue monte ces escaliers pour le lui apprendre... et le fasse, qui plus est, avec toutes les apparences de la plus parfaite satisfaction ! L'air enchanté de son coup d'éclat ! N'avait-elle pas, autrefois, fait preuve d'audace, de courage et de débrouillardise en trouvant le moyen de s'arracher à son lit et de se couvrir de maquillage pour aller voir l'actrice dont elle raffolait afin d'en obtenir un autographe ? N'était-ce pas là un exploit dont elle s'était glorifiée toute sa vie ? Ce faisant, Heather Badcock ne pensait pas à mal. Elle n'aurait jamais pensé à mal, mais il ne fait cependant pas de doute que les gens comme Heather Badcock (et comme ma vieille amie Alison Wilde) sont capables d'en causer beaucoup non par manque de gentillesse — elles sont la gentillesse même —, mais parce qu'elles sont tellement obnubilées par leur petite personne qu'elles ne s'attardent jamais un instant à mesurer ce que leurs faits et gestes peuvent avoir comme incidence sur autrui.

Miss Marple dodelina de la tête :

— Aussi est-elle morte, voyez-vous, en raison de ce trait de caractère et pour un acte stupide commis il y a bien longtemps. Vous pouvez imaginer ce que cette révélation soudaine a pu signifier pour Marina Gregg. Je gage que Mr Rudd ne le comprend que trop bien. M'est avis qu'elle avait entretenu au cours de toutes ces années une haine inexpiable à l'encontre de celui ou celle qui était la cause directe de sa tragédie. Et voilà soudain que la coupable se dressait face à elle. Une coupable heureuse, joyeuse et ravie d'elle-même. C'en était trop. Si elle avait eu le temps de réfléchir, de se calmer, s'il s'était trouvé quelqu'un pour la persuader de jauger la portée de son acte... Mais le temps, elle n'en laissa à personne. Devant elle se trouvait la femme qui avait ruiné sa vie en ruinant la santé physique et mentale de son enfant à naître. Il fallait qu'elle la punisse. Il fallait qu'elle la tue. Et le moyen, hélas, elle l'avait sous la main. Elle avait toujours sur elle ce tranquillisant, ce Calmo. Médicament dangereux s'il en fut, et à utiliser avec précaution. Quoi de plus simple ? Elle versa la dose létale dans son propre verre. Quiconque l'aurait par hasard vue faire ne s'en serait guère soucié, se disant tout bonnement qu'elle s'administrait, selon son habitude bien connue, un calmant ou au contraire un dopant quelconque dans le premier breuvage à portée de main. Il est néanmoins possible qu'un témoin ait remarqué son jeu, encore que j'en doute. J'incline à penser que miss Zielinsky n'a fait que deviner la chose. Marina a ensuite posé son verre sur la table et profité de la première occasion pour heurter d'un coup de coude le bras de Heather Badcock de façon à ce que cette dernière renverse sur sa belle robe toute neuve le cocktail qu'elle était en train de boire. Et c'est là qu'une des pièces du puzzle trouve sa place, à ce détail près que les gens s'embrouillent trop souvent dans leur utilisation des prénoms.

» Cela m'a tellement rappelé cette chambrière dont je vous ai parlé, ajouta-t-elle à l'adresse de Dermot. Je n'avais eu, comprenez-vous, que le récit de ce que Gladys Dixon avait confié à Cherry et qui se résumait en gros à ses inquiétudes quant à l'état de la robe sur le corsage de laquelle le cocktail avait été répandu. Ce qui lui paraissait si « marrant », selon ses propres termes, c'était qu'elle l'ait fait exprès. Mais le « elle » auquel Gladys se référait, ce n'était pas Heather Badcock, c'était Marina Gregg. Comme l'a dit Gladys : elle l'avait fait exprès. Elle avait donné un coup de coude dans le bras de Heather. Pas par accident, mais de façon *délibérée*. Nous savons en toute certitude qu'elle devait se trouver à côté de Heather pour la bonne raison qu'il lui a fallu éponger sa robe à elle en même temps que celle de Heather avant d'insister pour que cette dernière accepte son cocktail. Cela a vraiment été, fit miss Marple, méditative, un meurtre d'une rare perfection si l'on songe qu'il a été commis, pourrait-on dire, « dans le feu de l'action », sans se donner le loisir de la réflexion. Elle avait voulu que Heather Badcock meure et, quelques minutes plus tard, Heather Badcock était bel et bien morte. Peut-être n'avait-elle pas tout de suite mesuré la gravité de son acte et la situation périlleuse dans laquelle elle se mettait. Mais elle n'a pas tardé à le faire. Et elle a alors eu peur, horriblement peur. Peur que quelqu'un l'ait vue trafiquer le contenu de son propre verre ou donner exprès un coup de coude dans le bras de Heather, peur que quelqu'un l'accuse d'avoir empoisonné cette dernière. Et il ne lui est venu à l'idée qu'un subterfuge, un seul, pour se disculper : faire croire par tous les moyens que c'était *elle* qui avait été visée, *elle* qui était en fait la victime désignée. Elle a commencé par expérimenter cette version des faits sur son médecin personnel. Elle a insisté pour qu'il n'en parle pas à son mari parce qu'elle savait, je crois bien, que ce dernier ne se laisserait pas abuser. Elle s'est ensuite livrée aux manœuvres les plus extravagantes. Elle s'est adressé des lettres de menaces qu'elle s'est chaque fois arrangée pour « découvrir » dans les endroits et dans les moments les plus extraordinaires. Elle est même allée un jour, aux studios, jusqu'à empoisonner son propre café. Elle a, en somme, fait des choses qui auraient sauté aux yeux de quiconque se serait avisé de les envisager sous le bon angle. Cela dit, il est quelqu'un qui n'a pas un instant été dupe.

Elle toisa Jason Rudd.

— Vous développez là une théorie qui vous est toute personnelle, protesta ce dernier.

— Libre à vous de le prendre ainsi, lui accorda miss Marple, mais vous savez cependant fort bien, n'est-ce pas, Mr Rudd, que ce que je prétends est exact. Vous le savez pour la bonne raison que vous le saviez depuis le début. Vous le saviez parce que vous aviez entendu Heather Badcock mentionner sa rubéole. Vous le saviez et vous vous démeniez comme un beau diable pour la protéger. Mais ce que vous ne mesuriez pas, c'est jusqu'à quel point il vous faudrait aller pour ce faire. Vous ne vous rendiez pas compte qu'il ne s'agirait pas seulement d'étouffer un assassinat, le meurtre d'une créature dont vous pouviez honnêtement vous dire qu'elle l'avait bien cherché. Mais qu'il y aurait d'autres meurtres : le meurtre de Giuseppe, un maître chanteur, j'en conviens, mais néanmoins un être humain. Et puis celui d'Ella Zielinsky, dont je veux croire que vous l'aimiez beaucoup. Vous vous démeniez pour protéger Marina mais aussi pour l'empêcher de nuire davantage. Tout ce que vous souhaitiez, c'était pouvoir l'emmener loin d'ici, à l'abri des autres et d'elle-même. Vous passiez votre temps à essayer de la surveiller, de faire en sorte qu'aucun nouveau drame ne puisse survenir.

Elle s'interrompit, le temps de s'approcher de Jason Rudd et de lui poser doucement la main sur le bras.

— Je vous plains, reprit-elle, je vous plains de tout mon cœur. Croyez bien que je mesure les affres par lesquels vous êtes passé. Vous l'aimiez si fort, n'est-ce pas ?

Jason Rudd s'écarta un peu.

— Ça, c'est de notoriété publique, fit-il d'une voix rauque.

— Elle était tellement belle, murmura miss Marple. Et elle possédait des dons si prodigieux. Elle avait une incommensurable faculté d'aimer et de haïr, mais elle était instable. Ce doit être affreux de traîner toute sa vie un tel handicap. Elle était incapable de tirer un trait sur le passé comme de prendre l'avenir pour ce qu'il serait : elle le voulait tel qu'elle l'imaginait. C'était une grande actrice, doublée d'une femme superbe et infiniment malheureuse. Quelle merveilleuse *Marie, reine d'Ecosse* elle a été ! Je ne l'oublierai jamais.

Le sergent Tiddler apparut soudain en haut de l'escalier :

— Puis-je vous parler un instant, monsieur ?

Craddock s'excusa auprès de Jason Rudd :

— Je ne serai pas bien long.

Et il se dirigea vers l'escalier.

— Rappelez-vous bien, lui lança miss Marple, que ce pauvre Arthur Badcock n'a rien à faire dans cette histoire. Il n'est venu à la fête que pour voir à quoi pouvait ressembler maintenant la jeune fille qu'il avait épousée il y a des années. Je parierais qu'elle ne l'a même pas reconnu. Qu'en pensez-vous ? demanda-t-elle à Jason Rudd.

Il secoua la tête :

— Je ne crois pas, en effet. Elle ne m'a en tout cas rien dit de tel. Non, je ne crois pas, ajouta-t-il, songeur, qu'elle aurait été capable de le reconnaître.

— Quoi qu'il en soit, trancha miss Marple, il est innocent sur toute la ligne. Souvenez-vous-en bien, insista-t-elle comme Dermot Craddock commençait de dévaler les marches.

— Il ne court aucun danger, je vous le garantis, affirma Craddock, s'interrompant dans sa course. Mais il va de soi que quand nous avons appris qu'il avait été le premier mari de miss Marina Gregg, nous avons aussitôt tenu à l'interroger sur ce point. Ne vous en faites pas pour lui, tante Jane, conclut-il à mi-voix avant de reprendre sa descente vers le rez-de-chaussée.

Miss Marple revint à Jason Rudd. Le regard perdu dans on ne savait quels lointains, il était planté là comme un homme vaincu par la fatalité.

— Me permettriez-vous de la voir ? lui demanda-t-elle.

Il pesa un instant le pour et le contre, puis acquiesça :

— Oui, ce n'est que trop normal. Vous semblez l'avoir... très bien comprise.

Il tourna les talons et elle lui emboîta le pas. Il la précéda dans la chambre et entrebâilla pour elle les rideaux.

Marina Gregg reposait dans la vaste coquille blanche de son lit, les yeux clos, les mains jointes.

C'était sans doute ainsi, songea miss Marple, que la Dame de Shallot avait reposé dans l'embarcation qui la ramenait à Camelot. Et là, à côté de la vieille demoiselle, se tenait un homme plongé dans sa méditation, un homme aux traits rudes et ingrats qui figurait assez bien un Lancelot d'un autre âge.

— C'est une bénédiction pour elle que d'avoir... pris cette trop forte dose de somnifère, prononça doucement miss Marple. La mort était réellement la seule échappatoire qui lui restait encore. Oui... c'est une bénédiction qu'elle ait pris cette trop forte dose... ou bien... *qu'elle lui ait été administrée ?*

Leurs regards se croisèrent, mais il ne releva pas.

— Elle était... tellement adorable, se contenta-t-il de murmurer d'une voix brisée. Et elle avait... tant souffert.

Miss Marple contempla une fois encore les traits figés de la morte.

Et, dans un souffle, elle cita les derniers vers du poème :

> *Mais Lancelot s'attarda un moment.*
> *Il dit : « Elle a un visage charmant ;*
> *Dans sa pitié, que Dieu lui soit clément,*
> *A cette Dame de Shallot. »*